PHILIPP REINARTZ

Die letzte Farbe des Todes

Buch

Aus dem Berliner Westhafen wird die Leiche des Hotelchefs Hans Pohl geborgen. Der Tote ist merkwürdig kostümiert, sein Nacken wurde mit einem lilafarbenen Punkt markiert. Ein Fall für die neu gegründete Neunte Berliner Mordkommission, eine Sondereinheit für außergewöhnliche Fälle. Ihr Leiter: Jerusalem »Jay« Schmitt, Polizei-Elite, international ausgebildet. Doch bald wird die nächste Leiche gefunden, wieder mit einem farbigen Punkt im Nacken. Und schon lange Vergangenes wird plötzlich aktuell. Jay vermutet einen Masterplan, sucht nach der Gemeinsamkeit hinter den in Szene gesetzten Morden. Langsam kommt er seinem Gegenspieler immer näher. Oder ist es am Ende umgekehrt?

Informationen zu Philipp Reinartz
finden Sie am Ende des Buches.

1

Westhafen

Ziemlich alt für einen Matrosen, dachte Jay. Er verstand nicht viel von Seefahrt, aber der vor ihm war sicher über sechzig. Da war man als Matrose im Ruhestand, rauchte Pfeife im Schaukelstuhl und sah hin und wieder sehnsüchtig auf den viktorianischen Taschenkompass auf der Anrichte. Und wer sich doch nicht von den Schiffen trennen konnte, war zumindest tätowiert, zerknautscht, furchiges Gesicht, glasige Alkoholaugen. Nicht so wie der hier. Jay hatte recht klare Vorstellungen von einem Matrosenleben, war sich seiner eigentlichen Unkenntnis jedoch bewusst.

Vielleicht war der Mann sogar betrunken, man konnte es ihm nicht ansehen. Vielleicht hatte sich irgendwer gestern Abend gefragt, was sich früher die Seefahrer der Royal Navy fragten und inzwischen jede Coverband auf dem Dorffest. What shall we do with the drunken sailor? Und dann einfach … Jay musterte den Mann. Weiße Mütze mit dunkelblauem Band, eckiger Matrosenkragen mit drei Streifen, Latztrikot. Das Halstuch auf der Brust verknotet. Sein Gesicht war blass, natürlich. Darüber kurze schwarze Haare mit vielen weißen Strähnen. Aus der Ferne würden sie wohl gräulich wirken, jetzt stand Jay nur einen Meter von ihm entfernt. Alles war nass. Das Wasser strömte aus der Kleidung auf den Asphalt, eine große Pfütze, mit Ausläufern fast bis zu den Rangierschienen.

Der Matrose hatte die Augen halb geöffnet und starrte nach oben. Jay folgte seinem leeren Blick. Über die bunten Container, die immer wirkten wie Bauklötze, wie sie aufeinandergestapelt im Hafen standen oder auf Schiffe verladen wurden, blau, gelb, grün, keine Logos, keine Einheitlichkeit, einfach bunte Kisten wie im Kindergarten. Über das rotbraune Gebäude, das einem Kreuzfahrtschiff ähnelte, über die großen gelben Buchstaben auf dem Dach, die das Wort *Behala* formten, bis in die Sonne. Der Verladekran sah regungslos zu, nur das Wasser bewegte sich leise im Becken des Berliner Westhafens. Was der wohl angestellt hat, dachte Jay. Fragen konnte er den Matrosen nicht. Denn der Matrose war tot.

Jay überlegte, was der Matrosenanzug aussagen konnte. Er hatte keine Ahnung davon, er war in Berlin aufgewachsen, wurde hier Polizist, dann College in Coventry, eine Zeit in Lyon. Immer ziemlich weit weg von Seeleuten. Ein Experte könnte vielleicht schon mit einem Blick auf die Wasserleiche Aussagen treffen. Knotenart, Anzahl der Streifen, Farbe des Latzes. Bestimmt sagte das etwas aus über Herkunft und Rang, Untermatrosen hatten nur einen Streifen auf dem Matrosenkragen, Obermatrosen durften ihr Mützenband mit einem längeren Schweif enden lassen, so was in der Art.

»Dr. Hans Pohl, Hotelier, 67 Jahre alt. Wurde gestern Abend als vermisst gemeldet.« Jay hatte Marcel nicht kommen hören.

»Der hier?«

»Der hier.«

Ungläubig sah Jay zurück auf den stummen Matrosen am Boden, der nun kein Matrose mehr war. Hotelier. Er hatte sich schon gewundert, ein toter Matrose fiel nicht unbedingt in ihren Aufgabenbereich.

»Hobby? Fetisch?«

Marcel schien Jays Frage nicht verstanden zu haben. Manchmal dachte Jay, sein Kollege wäre in einem Job mit weniger kombinatorischen Anforderungen und mehr Stück-für-Stück besser aufgehoben. Lagerist vielleicht. Oder Fahrkartenkontrolleur oder Notar. »Na, der Kerl liegt hier in einem Matrosenanzug.«

Jay ging noch näher an den Toten. Er hatte etwas bemerkt, einen Fetzen, der hinter dem Ohr aus den Haaren ragte. Er zog sich die Plastikhandschuhe über, die Marcel ihm in die Hand gedrückt hatte, komplettierte den Partnerlook: weißer Einwegoverall, weiße Kapuze, weiße Handschuhe. Als er das Stück Papier herausziehen wollte, zog er dem Matrosen die Mütze vom Kopf. Ein Preisschild. An der Mütze war noch das Preisschild. Man konnte nicht mehr viel lesen, das Wasser hatte den Aufdruck fast völlig abgewaschen. Jays Kopf ratterte. Er tastete den Toten ab, besah Kragenunterseite, tastete nach Innentaschen, dann in den Ärmel. Da. Noch ein Preisschild. Jay zog einen weiteren Papierfetzen hervor. Er war an der Innenseite des Hemdärmels befestigt worden. Hier ließ sich genauso wenig lesen, 29 Euro oder 49 Euro, vielleicht war es auch eine Sieben am Anfang oder die Neun eine Eins.

»In einem nagelneuen Matrosenanzug«, ergänzte Jay.

»Und wir haben noch etwas gefunden. Schauen Sie mal in seinen Nacken.«

Alle duzten Jay in der Kommission, bis auf einen. Jay drehte den Kopf des Toten leicht zur Seite. Noch bevor er etwas sagen konnte, reagierte Marcel.

»Ein lilafarbener Punkt, ein Zentimeter Durchmesser, in wasserfester Farbe.«

Tatsache. Der Mann hatte einen lila Punkt im Nacken. Jay drehte den Kopf zurück. Was der wohl angestellt hat, dachte sich Jay erneut.

2

Grunewald

Der Waldboden war angenehm gedämpft, die Luft feucht und unbelastet. Wie immer im Grunewald. Es gab für ihn nach langen Arbeitstagen nichts Angenehmeres, als hier zu spazieren. Vögel stiegen am Himmel auf und andere ab, wie Flugzeuge, dachte er, und im selben Moment hielt er es für bezeichnend, dass er bei Vögeln an Flugzeuge denken musste und nicht etwa bei Flugzeugen an Vögel. Lange Zeit waren verglaste Senator Lounges seine Vogelwarten gewesen, er konnte die Dinger an ihrem bunten Gefieder bestimmen, wusste, wer nach Süden und wer nach Norden flog und wie lange sie brauchten. Seit er den Jungen mehr Verantwortung gegeben hatte, sah er endlich wieder mehr Vögel und weniger Flugzeuge.

Manchmal hielt er die Jungen für Spinner. Sie stellten beschreibbare Wände auf, gaben jedem Filzstift und Klebezettel in die Hand und kritzelten gedankenlos drauflos, hefteten jede Schnapsidee an die Wand, und wenn man sie hier und da auf die Lächerlichkeit ihrer Vorschläge hinwies, riefen sie »Defer Judgement!« und erzählten etwas von einer Bewertungsphase, in der man noch nicht sei. Und es gab nicht mal Kekse.

Andererseits waren ihm die Jungen auch recht, denn sie arbeiteten wenigstens viel. Er konnte sich endlich ein bisschen zurückziehen, musste manchmal ein Brainstorming über sich ergehen lassen, ansonsten vor allem entscheiden. Entscheiden mochte er. Er kannte andere, für die es schon schwierig war, eine Krawatte zu kaufen. Nicht für ihn. Sich eine überschaubare Anzahl von Optionen zurechtlegen, die Konsequenzen jeder Option durchdenken, die beste Option wählen. Er hatte schon sehr viele Entscheidungen treffen müssen in seinem Leben, in seiner Karriere, wichtige, mit Tragweite, es war ihm unverständlich, wie andere an Krawatten scheitern konnten oder an einem Einkauf im Supermarkt. Es gab natürlich die ganz schwierigen Entscheidungen, diejenigen, bei denen man nicht in wenigen Minuten alle Optionen zu Ende denken konnte. Da brauchte auch er länger, klar, er wollte nicht undurchdacht entscheiden, nur eben effizient.

Richtig entschieden hatte er fast immer. Er hatte etwas aufgebaut, er hatte den Laden groß gemacht, sehr groß, niemand bezweifelte die Erfolgsgeschichte. Er war stets fasziniert, wenn er seinen Namen auf Briefpapier las oder in der Zeitung. Man sprach über ihn, er war ein Thema, er war das, was man eine Respektsperson nannte. Ja, für einige war er bestimmt Vorbild, und es würde ihn nicht wundern, wenn manch Brainstormer seinem Beispiel folgte und sein Team beim nächsten Mal auch auf Schnapsideen hinwiese, trotz irgendwelcher Regeln irgendwelcher Klebezettelgurus. Er hatte eine bedingungslos loyale Frau, die komplementär alles abdeckte, was ihm nicht lag, die mit jedem reden konnte und sich um alles kümmerte und die er über dies hinaus liebte, nicht im leidenschaftlichen Sinne, aber im Sinne eines tiefen Zugehörigkeitsgefühls, das in seinem Alter die normale Form der Liebe war. Er hatte einen Sohn und eine Tochter durchgebracht, zugegebenermaßen mit unterschiedlichem Erfolg, und er konnte an einem Sonntagabend um sechs im ruhigsten Wald der Gegend spazieren, und zurück in der Casa würde es Rehrücken geben. Ja, richtig entschieden hatte er fast immer. Fast immer, murmelte es ihm leise durch den Kopf.

Hätte man ihm zu diesem Zeitpunkt ein bevorstehendes Unheil orakelt und vier absurd erscheinende Szenarien zur Sortierung nach Wahrscheinlichkeit vorgelegt, den Börsencrash hätte er oben positioniert, man weiß ja nie, danach den Terroranschlag auf eines der Häuser der Firma, sogar eine Affäre seiner Frau mit dem Gärtner hätte er sich mit ganz, ganz viel Fantasie vorstellen können. Nicht hingegen, in fünfzehn Stunden in einem Matrosenkostüm aus dem Becken des Berliner Westhafens gezogen und für einen betrunkenen Seemann gehalten zu werden.

3

Casa

Jay dachte über den falschen Matrosen nach und über Sonya. Eigentlich sollte er besser nur über den falschen Matrosen nachdenken, es war Arbeitszeit, er saß mit Marcel in einem Polizeiwagen Richtung Grunewald, und der falsche Matrose verlangte Antworten. Aber er konnte sich nicht davon abbringen, an Sonya zu denken, denn der Kopf, das hatte er die letzten Monate gemerkt, machte in solchen Situationen immer, was er wollte, so verlässlich er auch sonst schien.

Sonya war die Höchststrafe, Sonya war das Schlimmste, was einem Mann passieren konnte. Sie war wie Kastration, sie hatte ihm die Eier herausgerissen, so fühlte es sich an. Es tat nicht weh wie bei einer normalen Trennung, es war einfach nur peinlich, das war das Fiese, es war peinlich für ihn, peinlicher als alles, eine jahrelange Affäre mit seinem besten Freund wäre noch okay gewesen, halb so peinlich wie das. Sonya war lesbisch.

Sie waren vier Jahre zusammen gewesen, lange genug, um die Schwächen des anderen identifiziert zu haben, aber auch lange genug, um die Stärken des anderen wertzuschätzen. Beide über dreißig, sie wohnten zusammen, Hochzeit mochte nun kommen oder Kind. Bei Sonya folgte eine gründliche Selbstfindung mit dem überraschenden Ergebnis einer sexuellen Neuorientierung namens Sasha. Sasha war Tänzerin oder Sängerin und schokobraun, falls man das sagen durfte.

Sie war wahrscheinlich zur Hälfte irgendetwas Ausgefallenes, Réunion, Kap Verde, Französisch Guyana, Surinam, keine Ahnung. Und attraktiv war sie natürlich, aber das war schon fast egal. Sie war vor allem eine Frau und Sonya auch, und so musste Jay nicht nur über eine Trennung hinwegkommen, sondern über die Demütigung, dass seine Freundin sich nach ihm für eine Abkehr vom männlichen Geschlecht entschieden hatte.

»Hier müsste das jetzt irgendwo sein«, meinte Marcel und versuchte an den Toren und Hecken und glatten Fassaden einen Hinweis auf die Casa Lollo zu finden. Klingelschilder gab es hier nicht mehr, manchmal sah man noch ein T. G. auf dem Briefkasten oder ein S., je größer die Häuser, desto kürzer die Namen.

»Das weiße da vorne vielleicht.«

Sie stiegen aus und besahen das silberne Klingelschild. Casa Lollo.

Die Frau des toten Hoteliers, Luitgard Pohl, hatte nicht nur einen seltsamen Vornamen, sondern auch ein seltsames Wohnzimmer. Jay war noch nicht lange bei der Mordkommission, und im Gegensatz zu Derrick wurde er selten in Unterkünfte mit Dreifachcarport gerufen. Dennoch hatte er schon Reichenwohnzimmer gesehen, und die waren meistens puristisch. Dort schienen sich die Bewohner bei jedem Accessoire zu fragen, ob es wirklich notwendig war, die Beweislast lag somit beim Einrichtungsgegenstand. Pohls hingegen schienen den umgekehrten Ansatz zu verfolgen, hatten offenbar vielmehr Schwierigkeiten damit, einem Accessoire keine Wohnzimmertauglichkeit auszustellen. So gab es unzählige Vasen, Bilder, Figuren und Dinge, die man gemeinhin als Nippes bezeichnen könnte, auch wenn ihr Ankaufspreis das vermutlich verbot.

»Franziska habe ich rufen lassen.« Frau Pohl tupfte sich mit einem Taschentuch die Wangenknochen ab und ging dabei mit der notwendigen Feinfühligkeit vor, um Tränen, nicht jedoch die darunterliegende Schminke wegzuwischen.

Die ersten Minuten solcher Gespräche waren aus polizeilicher Sicht selten ergiebig. Die wichtigen Fragen brannten auf der Zunge, doch zuerst musste man durch Beileid und Formalitäten. Der Tod ihres Mannes schockierte Frau Pohl, die Matrosengeschichte entsetzte sie. Sie könne sich keinen Reim darauf machen, er war spazieren gegangen wie so oft am Wochenende, um acht wollten sie essen, dann wurde es neun, dann zehn, und dann rief sie die Polizei. Matrosenkostüm, schluchzte Frau Pohl noch einmal und zog verständnislos das Gesicht zusammen, was sie faltiger aussehen ließ, als sie war.

»Guten Tag.«

Marcel und Jay drehten sich zur Tür. Eine junge Frau in übergroßem Pullover stand unter dem weißen Bogen, der den Durchgang ins Wohnzimmer markierte. Dunkle Haare, groß, mit der rechten Hand rieb sie den Oberarm des linken Arms. Gemeinhin eine Verlegenheitsgeste, für Jay jedoch immer mit besoffenen Pubquatschern und missliebigen Flirts verbunden. Sie hatten es auf dem College in Coventry als geheime Geste eingeführt, um umherstehenden Freunden in solchen Situationen ein *Holt mich hier raus* zu signalisieren.

»Das ist Franziska, Hendrik ist leider noch in den USA, er wird heute Abend ...«

»Hallo, Jerusalem Schmitt, Neunte Berliner Mordkommission, das ist mein Kollege Marcel Bräutigam.«

Franziska Pohl wirkte kontrolliert, gefasst, traurig, aber nicht hysterisch. Sie strahlte in Anbetracht der Situation eine überraschende Ruhe aus.

»Können wir uns irgendwo unterhalten? Dann würde mein Kollege hier mit Ihrer Mutter weitermachen.«

Frau Pohl junior ging durch den langen Flur vorweg und bog in ein Zimmer ab, das man vielleicht Salon nennen konnte oder Bibliothek, Aufenthaltsraum, es gab einen Kamin, ein schmales Sofa, Bücher, ein Alkoholika-Wägelchen. Jay dachte an lange Winterabende, dabei bot die vollkommen verglaste Front einen ungefilterten Blick auf den Frühling, die bodentiefen Fenster zeigten den Garten des Hauses. Franziska Pohl hatte Probleme, die Terrassentür zu öffnen, unsanft riss sie an einem Hebel, unter dem ein kleiner Knopf dazu einlud, gedrückt zu werden.

»Ich bin hier ewig nicht mehr gewesen«, entschuldigte sie sich, und Jay kam ihr zu Hilfe, mit einer einfachen Bewegung verifizierte er seine Knopf-Hypothese.

»Sie wohnen nicht hier?«

»Ich bin 35.« Eigentlich hatte sie recht. Einer Mittdreißigerin zu unterstellen, bei ihren Eltern zu wohnen, war ungewöhnlich. Es musste an der Casa liegen, reiche Familien hatten immer etwas von fest zusammenhaltenden Clans.

»Ich habe hier nur sehr kurz gewohnt, drei Tage nach meinem achtzehnten Geburtstag bin ich ausgezogen.«

Sie gingen ein paar Meter, bis sie in der Sonne standen, dann blieben sie gleichzeitig stehen. Jay holte einen Notizblock hervor. Viele verwendeten ihre Smartphones, zum Tippen oder direkt zum Aufnehmen, er nutzte lieber noch den Klassiker. Nicht aus Nostalgie, dafür war er zu jung, er merkte nur, dass es die Gesprächssituation zu beruhigen schien, Smartphones verunsicherten die Vernommenen, als könne er mit einem falschen Wisch einen Haftbefehl beantragen.

Franziska Pohl hatte von ihrer Mutter vom Tod des Vaters

erfahren, auf den Hafen und den Matrosenanzug reagierte sie mit demselben Unverständnis, wenngleich weniger emotional. Man merkte, wie sie nachdachte, sie nahm die Nachricht nicht bloß hin, sondern überlegte, was die absurde Szenerie bedeuten könnte. Es gefiel Jay, einen rationalen Menschen vor sich zu haben, jemanden, der mitdachte, keinen Marcel, der zu diesem Zeitpunkt noch mit der Verarbeitung der Ausgangsinformation beschäftigt wäre.

»Arbeiten Sie in der Branche Ihres Vaters?«

»Hotel?« Sie lachte bitter. »Niemals. Ich habe mich nicht gut mit meinem Vater verstanden, also wir haben uns nicht gestritten, wir hatten nur wenig«, sie machte eine kurze Pause, »wir hatten nur sehr wenig Kontakt.«

»Seit wann?«

»Schon seit meiner Schulzeit, so mit sechzehn, siebzehn. Wir hatten nicht viel gemeinsam, seine ganze Welt … ich kam damit nicht klar, das war nichts für mich.«

»Die Hotelbranche?«

»Ja, die Branche und seine Häuser und …« Sie blickte leer in den Garten. »Ich bin nur gekommen, weil meine Mutter meinte, die Polizei will mich sehen.«

»Wie ist denn Ihr Verhältnis zu Ihrer Mutter? Haben Sie da mehr …?«

»Meine Mutter war mein Vater. Sie hätte sich nie von seiner Seite bewegt. Ich konnte kein normales Verhältnis zu meiner Mutter haben ohne ein halbwegs normales zu meinem Vater.«

Jay wusste, was er noch fragen musste, doch es war ihm unangenehm, und so zögerte er es hinaus und erkundigte sich nach dem eigenwilligen Namen des Hauses. Es sei nach Gina Lollobrigida benannt, meinte Franziska Pohl und erzählte von 1986, als die italienische Diva Jurypräsidentin

15

der Berlinale gewesen war und während ihres Aufenthaltes in ebendiesem Haus bei ihrem Liebhaber, einem deutschen Fotografen und Erben, gewohnt hatte. Der benannte die Villa nach ihr, und beim Kauf des Hauses Mitte der Neunziger hätten ihre Eltern den Namen einfach übernommen. Casa Lollo.

»Wo waren Sie gestern Abend? Und wo haben Sie sich bis heute Morgen aufgehalten?« Jay entschied sich für den abrupten Themenwechsel, entschuldigte sich dann aber gleich. Er müsse das fragen.

Sie habe sich direkt nach der Arbeit mit einer Freundin zum Essen getroffen – Wo? Friedrichshain –, da müsse es Zeugen geben, sie seien im Maître Corbeau gewesen. Jay notierte. Und als ihre Mutter sie gegen halb elf anrief, sei sie hergekommen und die Nacht über geblieben, mit ihrer Mutter und der Angestellten.

Er war doppelt froh. Erstens klang es nach einem soliden Alibi, dessen Details Marcel freilich noch überprüfen musste, und zweitens spielte ein etwaiger Partner bei der Gestaltung des vorigen Abends keine Rolle. Und auch keine Partnerin.

4

Überfall

Die Erinnerung an ihn war über all die Jahre gleich geblieben. Es gab keinen Abschluss, keine Linie, die man unter alles setzen konnte. Sie war immer da, seine traurige Geschichte.

Der Mann mit den drei Muttermalen auf der rechten Wange, die auf einer wie mit dem Lineal gezogenen Geraden lagen, holte einen Sekt vom Spätkauf. Keinen Champagner, aber ein Sekt musste es sein. Es gab etwas zu feiern, einen Neuanfang, einen neuen Abschnitt, darauf musste man anstoßen. Er freute sich immer, nach Hause zu kommen, freute sich auf Netti, wie ihre Freundinnen sie nannten, und auf die Kinder. Doch noch nie hatte er sich so sehr gefreut wie heute. An diesem Tag brauchte er nur sieben Minuten mit dem Rad nach Hause, sonst waren es elf, bald würde er den Weg gar nicht mehr fahren.

Netti hatte ihn kommen sehen oder hören, die Tür stand einen Spalt offen.

»Hallo?«, rief er in die Wohnung. In seiner rechten Hand hielt er den Sekt, links die alte Ledertasche. Mit dem Fuß stupste er die Tür auf. »Hal-lo-oh?«

Niemand antwortete. Der Mann mit den drei Muttermalen stellte ab und ging durch die Wohnung. In der Küche war niemand, im Schlafzimmer auch nicht, das Kinderzimmer leer. Um diese Zeit waren sie doch zu Hause, kurz

17

vor sieben, Kindergarten, Schule, Spielplatz, Turnen, alles vorbei. Für einen Moment erinnerte er sich zurück an die Zeit vor zehn Jahren, als er jeden Abend empfangen wurde wie heute, nämlich gar nicht. Das ganze Glück einer Familie konzentrierte sich in der einen Minute des Heimkommens, dachte er, wenn die Kleine *Papa* rief und der Große mit dem kaputten Raumkreuzer in der Hand aus dem Kinderzimmer kam. Immer derselbe Raumkreuzer, der im Lauf des Tages wieder am Regal oder der Tischplatte zerschellt und in seine grauen und blauen Noppensteine zerfallen war. Und der dann noch vor der Suppe wieder zusammengebaut werden wollte.

»Wo habt ihr euch verste-heckt?« Seine Stimme war immer noch in freudigem Singsang. Auch im Wohnzimmer konnte er niemanden sehen. Die grauen Gardinen waren vorgezogen, der Tisch für das Abendessen gedeckt. Plötzlich stieß seine gute Laune auf eine dünne Faser Angst. Nicht konkret, er rechnete damit, dass die drei gleich irgendwo auftauchen würden. Es war nur eine Vorstellung, die ihn fürchten ließ, die Vorstellung, das alles könnte eines Tages nicht mehr sein. Die Vorstellung, seiner Familie stieße etwas zu, und er käme wieder wie vor zehn Jahren alleine nach Hause, ohne Empfang, ohne Lärm, ohne Kuss, ohne Suppe und ohne Raumkreuzer. Konnte er sich sicher sein?

Er hörte ein Geräusch hinter dem Sofa, ganz leise nur, aber irgendetwas war da. Langsam schlich er durch sein eigenes Wohnzimmer, vorbei am Plattenspieler, in dem noch das neue *Arena*-Livealbum von Duran Duran aufgelegt war, die blaue Hülle mit dem verzerrten Bandfoto auf dem Couchtisch. Er blickte hinter das Sofa und erschrak.

Mit einem spitzen Schrei und einer plötzlichen und für ihn überraschenden Bewegung sprangen drei Gestalten hervor, direkt auf ihn zu, hatten ihn sogleich umzingelt und attackierten ihn von allen Seiten.

»Papa«, rief die eine der drei Gestalten, und der Mann mit den drei Muttermalen war sich sicher, der glücklichste Mensch der Welt zu sein.

5

Wasserdicht

Jay saß auf seinem Stuhl und starrte auf die Beschriftung an der Tür. Er erinnerte sich an den furchtbaren Nachmittag. Ein Jahr mochte es her sein, damals war er noch unten in der Dritten Mordkommission. Die Dezernatsleitung hatte um Vorschläge – von Rundmails über den Verteiler war keine Rede – für die einheitliche Benennung der Besprechungsräume im Haus gebeten. Minuten später ging es los. Orte aus der Umgebung, *Wittenau*, *Spandau*, wurde in einer ersten Mail angeregt. Zu langweilig, antwortete jemand, so hießen alle Konferenzräume, vielleicht James-Bond-Titel? Die vorherige Mail ignorierend schlug die nächste Kollegin Seen im Berliner Umland vor, *Liepnitzsee* oder *Griebnitzsee* klänge doch schön. Neue Mail: Meetingräume nach Berliner Seen zu benennen sei erschreckend nah an der Wannseekonferenz. Vielleicht etwas mehr mit Polizei, wurde weiterdiskutiert, berühmte Kriminalisten, bis sie merkten, dass sie eigentlich keine berühmten Kriminalisten kannten und es auf *Ernst Gennat 1*, *Ernst Gennat 2* und so weiter hinauslaufen würde. Danach hatte Jay aufgehört mitzulesen. Nun stand *Konf09* an der Tür, an den anderen Besprechungsräumen *Konf01*, *Konf02*, *Konf03*, *Konf04*, *Konf05*, *Konf06*, *Konf07* und *Konf08*. Herzlichen Glückwunsch.

»Denken Sie nach?«

»Ja, Marcel.«

Sie waren nur zu viert im für Besprechungen dieser Größenordnung überdimensioniert wirkenden Konf09. In den anderen Kommissionen arbeiteten sie zu acht, neunt, zehnt, die Neunte Mordkommission war ein Experiment. Kleines Rumpfteam, flexibel erweiterbar. K-Leiter, Stellvertreter, zwei Ermittler, Tippse.

»Und?«

»Danke dir so weit für die Zusammenfassung.« Jay machte es nervös, wie Marcel mit dem Edding ohne Deckel vor der Wand stand und irgendetwas notieren wollte. Marcel verstand den Kommentar und setzte sich hin.

Dr. Hans Pohl hatte Wirtschaftswissenschaften studiert, war danach Assistent der Geschäftsführung eines Restaurantbetriebs, eines Brathähnchenschuppens, dann bekam er Lust auf den Tourismussektor, promovierte und übernahm 1985 das bis dahin familiär geführte Hotel Templiner Hof, baute um, aus, drehte, wendete und war dreißig Jahre später Vorstandsvorsitzender einer Hotelkette mit über dreißig Häusern in Deutschland, Österreich und der Schweiz. Neider mochte er haben, die üblichen Kapitalismuskritiker natürlich, die gegen Vorstandsgehälter wetterten oder Arbeitsplatzabbau, doch die sah man überall, und Pohl gab immerhin noch zweitausend Menschen quer durch Deutschland einen Job. Von echten Feinden fehlte bisher jede Spur.

Er hatte als Kind das Seepferdchenabzeichen gemacht und war als junger Familienvater vereinzelt im Freibad. Er mochte Urlaubsorte an der Küste, wie er aber genauso Berghütten mochte oder Afrika, alles blieb ein seltener Luxus, Zeit war sein kostbarstes Gut. Er war weder ein leidenschaftlicher Schwimmer, geschweige denn hatte er irgendetwas mit anderem Wassersport zu tun. Kontakt zu Seefahrern, Seglern, Schiffen hatte er nicht im Geringsten. Ein-, zweimal war er auf Jachten befreundeter Geschäftspartner, für nicht mehr als einige Stunden, ansonsten sah er zwar viele Flughäfen, aber keine Häfen. Mode interessierte ihn nicht, und auch zu Zeiten, als Matrosenlooks im Trend lagen – und hier hatte Frau Pohl gefragt, wann das denn bitte gewesen sein soll –, zeigte er keinerlei Affinität. Weder seine Buchauswahl noch die Reihe seiner Lieblingsfilme oder andere Hobbys standen in Bezug zur Seefahrt, er war kein ausgewiesener Moby-Dick-Fan oder sammelte Navy-Briefmarken, nicht einmal das passive Verfolgen des Segelsports im Fernsehen interessierte ihn. Wieso Dr. Hans Pohl heute Morgen bleich aus der Matrosenwäsche geguckt hatte, war bis hierhin gänzlich unverständlich.

Sosehr sich Jay damit quälte, irgendeinen Ansatzpunkt für den Matrosenmord zu finden, so sehr freute ihn die Konsequenz aus dem vorläufigen Untersuchungsbericht der Gerichtsmedizin und Marcels zweiter Recherche.

Als Todeszeitpunkt stand eine Zeit zwischen zwei und drei Uhr nachts fest, das Opfer war ertrunken, zuvor aber mit Chloroform betäubt worden, vielleicht mehrfach. Angenommen wurde eine Betäubung kurz vor Exitus (es gab keine Anzeichen von Gewalteinwirkung oder Todeskampf während des Ertrinkens), eventuell eine weitere, frühere bei der Entführung aus dem Grunewald. Mutmaßlich war das Opfer zwischendurch noch einmal bei Bewusstsein gewesen, was in Anbetracht der Tatsache, dass Dr. Hans Pohl das Haus nicht im Matrosenanzug verlassen hatte, Sinn ergab. Betrunken war der Seemann nicht.

So weit der Bericht, der in Kombination mit Marcels Telefonrecherche zumindest einen ersten Schluss zuließ. Franziska Pohl hatte tatsächlich im Maître Corbeau zu Abend gegessen und war danach laut übereinstimmenden Angaben ihrer Mutter und der Haushälterin ab 23 Uhr im Grunewald gewesen, im Verlauf des Abends sogar selbst noch im Gespräch mit der Polizeistelle, die sich geweigert hatte, nach so kurzer Zeit eine Vermisstenanzeige zu erstellen. Wo man denn da hinkomme, meinte der Diensthabende, nach vier Stunden am besten gleich eine Hubschrauberfahndung, und erst nach Marcels Ausführungen über den Matrosenmord wurde er angeblich kleinlauter. Zum festgestellten Todeszeitpunkt befand sich Franziska Pohl dann gemeinsam mit ihrer Mutter in einem Internettelefonat mit ihrem Bruder in den USA, was dieser bestätigte.

Entweder die gesamte Familie des Hoteliers vertuschte den Mord, oder sie hatten alle ein wasserdichtes Alibi für die Nacht, die für Dr. Hans Pohl im Hafenbecken geendet hatte.

6

Zukunft

Der Mann mit den drei Muttermalen saß an jenem Abend noch lange mit Netti am Wohnzimmertisch, hörte Musik und trank Sekt. Sie würden es wirklich machen, seine Eltern hatten ohnehin schon zugestimmt, heute hatte er sich mit ihnen und den beiden getroffen und die Verträge unterzeichnet.

»Wir sind stolz auf dich«, sagte Netti, dabei saß sie ihm ganz alleine gegenüber.

»Ich bin gespannt.«

Wochen hatte er mit sich gerungen, früher wäre es für ihn nie infrage gekommen. Er war Zeichner und nicht einmal ganz brotlos, kein freischaffender Karikaturist oder was die anderen aus dem Studium jetzt machten, er war in einem Werbebüro, verdiente je nach Auftragslage ordentlich, aber eben je nach Auftragslage. Die Kleine war drei geworden, der Große sechs, Netti arbeitete nicht. Um der Familie eine finanziell sichere Zukunft bieten zu können, war es die beste Lösung. Die anderen verstanden was vom Geschäft, er wurde Verantwortlicher für Verkauf und Absatzwirtschaft. Da konnte er seine Werbeerfahrung einbringen, vor allem kannte er den Laden, die Leute.

»Sie haben große Pläne«, sagte er.

»Das ist doch toll.«

»Ja, klar.« Einen Moment schwiegen sie.

»Nicht?«

»Doch, klar. Es ist nur ... Kann ich das? Ich wollte das nie machen.«

Sie stellte das Sektglas ab und griff seine Hand. Dann drückte sie fest und lächelte.

»Wir schaffen das schon.«

Vor dem Schlafengehen ging der Mann mit den drei Muttermalen noch ins Kinderzimmer. Er sah die beiden Süßen ruhig atmen in ihrem Stockbett, der Große oben mit dem roten Schlafanzug, die Kleine unten. Sie sollten haben, was sie brauchten, zur Schule gehen, zum achtzehnten Geburtstag ein schönes Geschenk bekommen, während des Studiums ein paar Mark extra haben, sich keine Sorgen um ihre Zukunft machen. Er trat in etwas Spitzes und zuckte mit seinem Fuß zurück. Der Raumkreuzer war mal wieder zerschellt, vermutlich an der Bettkante, die Steine lagen verteilt am Boden.

»Wir schaffen das schon«, dachte er und ging rüber zu Netti.

7

Boulevard

Jay kam schon um halb sieben zur Arbeit. Er hatte einen Umweg über den Wittenbergplatz gemacht, da gab es ab sechs Uhr das Büfett mit dem Rührei, traf die Kollegen vom Nachtdienst, die jetzt erst ins Bett gingen. Er hatte nicht schlafen können, war wieder abwechselnd beschäftigt gewesen mit Sonya und dem Matrosen und hatte dann geträumt, dass Franziska Pohl ihm einen lilafarbenen Punkt auf die Nase malte, und Sasha schwamm tot im Meer. Dann wachte er auf und fuhr ins Kommissariat.

Vor seiner Bürotür stehend sah er, dass er nichts sah. Noch immer kein Namensschild. Es ging nicht um Eitelkeit, er brauchte kein Leiter-der-Neunten-Mordkommission-Abzeichen. Es spazierten ihm nur momentan noch zu häufig Kollegen der anderen Kommissionen herein, die sich den *Spiegelsaal* ansehen wollten und denen er jedes Mal erklären musste, dass es hier bis auf Weiteres keinen *Spiegelsaal* gäbe, sondern nur sein Büro. Bis jetzt hatte Jay noch nicht ermitteln können, welcher Laie auf diese unsinnige Idee gekommen war: Neue Mordkommission, besondere Fälle, da brauchen wir einen Verhörraum mit verspiegelter Scheibe, wie im Fernsehen. Und dafür sparen wir dann das Büro des Kommissionsleiters, Stichwort flexibel, agil, Open Space, und setzen ihn mit seinem Stellvertreter ins Zweierbüro. Danke für nichts.

Es war Jays erste Amtshandlung vor zwei Wochen gewesen: Auszug aus dem Gemeinschaftsbüro mit Marcel, Anschaffung eines nicht günstigen, zwei Meter breiten Schreibtischs (Walnussplatte, Stahleinfassung), über dessen Finanzierung noch nicht final entschieden war, Umzug in den Spiegelsaal. Vernehmungen weiterhin in den dafür vorgesehenen Räumen, mit Schreibkraft, ohne Scheibe.

Jay schloss die Tür hinter sich, setzte sich an den Schreibtisch und öffnete die Styroporklappschale mit dem Rührei. Es war ein Berg, man zahlte beim Rührei anders als mittags beim Salat nicht nach Gewicht, sondern pauschal, daher keine falsche Zurückhaltung. Die anthrazitfarbenen Wände, ohne Schmuck, ohne Fenster, das Kunstlicht, andere würden durchdrehen, Jay konnte sich keine bessere Arbeitsatmosphäre vorstellen. Sein Blick fiel auf die große weiße Magnetwand, völlig leer. Hier würde keiner randürfen, Marcels Kritzeleien konnte er nicht gebrauchen. Es war unstrukturiert, einfach mal was aufschreiben, Marcel konnte sich nicht hinsetzen und nachdenken, sondern musste ständig etwas tun, um nicht von einem Gefühl der Tatenlosigkeit erdrückt zu werden. Dabei waren Nichtstun und Nachdenken die ergiebigste Tätigkeit überhaupt, Eddinghysterie führte nicht zu Heurekamomenten. Es gab diese Menschen, und es konnten nette Leute sein, nur arbeiten konnte Jay mit ihnen nicht.

Das Foto von Pohl hängte er in die Mitte, daneben die der anderen Familienmitglieder. Informationen zu jedem Einzelnen fasste er auf einem kleinen Zettel zusammen und klebte ihn darunter. So sah es schon besser aus.

Auf seinem Schreibtisch lag der Prospekt der Hotelkette. Ascandy nannte sie sich, Jay blätterte sich durch die Seiten. Mehr als achttausend Betten, moderne Raumkonzepte, immer citynah, *Kreatives Berlin, Ehrliches Hamburg, Gemüt-liches München*, alle Städte wurden auf ihre Hauptaussage komprimiert, und natürlich *preisgekrönte Qualität, flexible Stornierung**, aber: **gilt nicht zu Messe- und Eventzeiten.*

Es war ein beliebiger Hotelkatalog, nur war das Vorwort von einem toten Matrosen geschrieben. *Ihr Dr. Hans Pohl* stand da, darüber eine deutlich zu leserliche Fake-Unter-schrift, die bestimmt aus der Marketingabteilung stammte. Er *möchte Sie einladen,* die *lieben Leser,* und zwar zum *Ein-tauchen* und *Abtauchen,* denn *ob Städtetrip oder Geschäftsrei-se,* in einem Haus der Ascandy-Kette verbinde sich *zentrale Lage* mit *komfortablem Interieur.* Jay schmunzelte bitter. Die Formulierung des Ein- und Abtauchens barg rückblickend eine gewisse Ironie.

»Jerusalem.« Es hatte kurz zweimal an der Tür geklopft, auf eine Antwort wartete die Eintretende nicht. Dafür klatschte sie Jay eine Zeitung auf den Tisch.

»Martha.«

»Was ist da denn los?«, fragte Martha und nickte auf die Titelseite. *Irrer Matrosenmord* stand dort in fetten Buchsta-ben, auch hier mit Sternchen, wie bei der flexiblen Stornie-rung, darunter dann: **... dabei ist der Mann gar kein Ma-trose!*

»Wir haben so wenig Details wie möglich rausgegeben, verschweigen können wir das nicht.«

»Das ist mir klar, Jerusalem. Aber was ist das für eine ver-rückte Geschichte? Wie weit seid ihr?«

Jay erzählte vom Hotelier mit Villa im Grunewald, der abends spazieren gegangen und wenige Stunden später im Matrosenkostüm ertrunken war. Der keine Feinde hatte, kein Geld dabei, dessen Familienmitglieder alle Alibis hat-ten.

Martha seufzte. Sie hatte sich wohl mehr erhofft, oft waren die spektakulären Fälle diejenigen, die auch schnell gelöst wurden, eben weil sie durch ihre Sonderbarkeit Aufmerksamkeit erregten, der tote Obdachlose im Hinterhof dauerte meistens länger.

»Wir brauchen da bald was.«

Jay verstand, was sie meinte. Wenn die Presse sich erst einmal auf einen Fall gestürzt hatte, fuhr das Karussell los. Fortan war es ein Live-Krimi, und während Ermittlungen normalerweise im Tagesrhythmus voranschritten und man sich auch nur jeden zweiten Tag zum Case Team Meeting zusammensetzte, wurde fortan in Stunden gezählt und mehrmals täglich konferiert. Bis der Fall entweder gelöst wurde oder nach einer gewissen Zeit die Aufmerksamkeit der Masse verlor, jedoch zum Ausklang begleitet von Überschriften, in denen die Polizei wahlweise *noch immer im Dunkeln* tappte oder *weiterhin keine Spur* fand.

Es waren solche Wendungen, die Jays Vorgesetzte vermeiden, solche Artikel, in denen sie ungerne zitiert werden wollte. Und nach einer gewissen Zeit war das Ermittlungsergebnis auch egal, waren diese Artikel erst einmal erschienen und der Fall anschließend von den Titelseiten verschwunden, wurde das erfolgreiche Lösen des Falles später zur Randnotiz. Martha wollte, dass die Sache vom Tisch war, und zwar möglichst bald, das verstand Jay.

»Ihr von der Neunten seid natürlich im Fokus.«

Klar, das waren sie. Viele waren gegen die Neunte Mordkommission gewesen, acht reichten doch. Aber Martha Klewicz als Dezernatsleiterin wollte eine neunte, für besondere Fälle, ein Vorzeigeprojekt, mit einem international ausgebildeten Chefermittler. Und der sollte Jay sein. Seine Teilnahme am *International Leadership Programme Crime and In-*

29

vestigation erwähnte sie viermal in ihrem Antrag. Dass es an der *International Faculty des College of Policing in Coventry* stattgefunden hatte, stand immerhin an zwei Stellen dabei. Jay meinte, man könne das auch weniger spektakulär beschreiben, woraufhin Martha fragte, ob er noch nie eine Bewerbung geschrieben hätte. Dann ging sie mit ihrem Antrag zum Abteilungsleiter, der zum Direktor des LKA, der zum Polizeipräsidenten, der zur Politik. Bewilligt. Jay wurde in ein mehrwöchiges EU-gefördertes Trainingsprogramm nach Lyon geschickt, das sie Boot Camp nannten, während in Berlin ein Spiegelsaal gebaut und ein *vielversprechender Kommissar aus der Siebten* zu seinem Stellvertreter auserkoren wurde. Inzwischen fragte sich Jay, ob mit vielversprechend wirklich vielversprechend gemeint war, oder ob Marcel einfach viel versprochen hatte.

»Ich war um halb sieben im Büro.« Jay zeigte auf die Rühreireste.

»Gut, Jerusalem, halt mich auf dem Laufenden.«

»Jerusalem«, sagte sie. Es war das alte Chefding, Mitarbeiter nicht bei dem Namen zu nennen, bei dem sie eigentlich von allen genannt wurden und genannt werden wollten.

Jay riss den Artikel aus der Zeitung und heftete ihn an die Wand. Es war das gleiche Boulevardblatt, dem er damals zum Antritt des neuen Jobs ein Interview geben sollte. Martha wollte das, positive Außenwirkung, Polizei mal ohne direkten Bezug zu einem Unglück in der Zeitung. Er kramte den Artikel aus einem der Papierstapel auf dem Schreibtisch hervor. *Unsere Lieblinge* hieß die Reihe, Berliner Größen aus Sport, Medien, Show und öffentlichem Leben sollten wiederum ihre Vorlieben preisgeben. Dass es auch nur einen Menschen in dieser Stadt gab, der ihn als Liebling bezeichnen würde, bezweifelte Jay, zumindest seit Sonyas Trennung. Seine angebliche Sympathie lag allein in seinem Job als Verbrechensbekämpfer in spe. *Schmitt – übernehmen Sie!* war die Überschrift, wie wohl bei jeder Neubesetzung eines Postens im Polizeiwesen, da waren sie nicht sehr kreativ, die Lokaljournalisten. Sein Interview war immerhin ganz gut versteckt und nicht prominent platziert. *Dieser Mann bringt die Berliner Ganoven ins Kittchen: Jerusalem Schmitt (36) wird Leiter der neuen Super-Mordkommission.* Darunter dann ein Fragenkatalog aus dem Poesiealbum. Lieblingsfarbe? *Blau.* Lieblingsland? *Schweiz.* Lieblingsberliner? *Kurt Tucholsky.* Lieblingsberlinerin? *Anna Seghers.* Dafür war er die Liste der Ehrenbürger durchgegangen und hatte nicht viele Frauen gefunden. Marlene Dietrich zu nennen war ihm zu einfach, Anna Seghers kannte er nicht, aber sie hatte einen langen Wikipedia-Eintrag. Lieblingsort in Berlin? *Bürgerpark Pankow.* Lieblingsessen? *Buletten.* Hier wollte Jay eigentlich Austern sagen, denn er liebte Austern, Martha wollte bei der Durchsicht des Interviews jedoch etwas Bodenständigeres. Die Polizei, dein Freund und Helfer, kurz mal ein Bulettchen, dann wieder an die Arbeit, unvereinbar mit Austernschlürfen beim Franzosen. Vorsorglich antwortete er daher auf die folgende Frage, Lieblingshobby?, mit *Monopoly spielen*, was glatt gelogen war, aber solide klang und Konflikte vermied. Lieblingsbösewicht? *John Doe.* Lieblingsermittler: *C. Auguste Dupin.*

»Morgen«, sagte Marcel, fegte in den Raum, legte seine Tasche auf den Schreibtisch und nahm sich den Edding.

»Nein«, rief Jay, »nicht an die Wand, ich kann nicht denken, wenn du an die Wand schreibst!«

»Ich habe eine Theorie.«

8

Herbstliebe

Wo die Liebe hinfällt war eine reichlich abgenutzte Redewendung, die auch deswegen aus der Mode geriet, da unerwartete Verbindungen heute in der Welt keine Ausnahmen mehr darstellten. Überall schwirrten Flugzeuge durch die Luft, preschten Schnellzüge über das Land, und wenn man seine Liebe dann von sich warf, konnte sie wenige Meter neben einem niederfallen, konnte aber ebenso die Maschine nach Peking treffen oder über eine Glasfaserleitung bis nach Amerika gezogen werden. *Wo die Liebe hinfällt*, sagte man heute kaum noch.

Wo die Liebe hinfällt, sagten die Leute noch oft, als Jeanne und Gunther jung gewesen waren. Und sie meinten die beiden.

Gunther hatte den Ausdruck immer gehasst. Sie verwendeten ihn pseudotolerant, die Tanten, Kollegen, stellten sich über die offenen Zweifler, doch markierten sie die Liebe mit ihrem Sprüchlein nicht weniger als unnormal. Alle waren sich einig, dass Gunther seine Liebe schon sehr weit hatte werfen müssen, damit sie Jeanne vor die Füße fiel.

Und Jeannes Freunde und Gefährten, die vermeintlich so viel toleranteren, sahen das nicht anders, nur andersherum, und fragten sich, wie Jeannes Liebe ausgerechnet Gunther vor die Füße fallen konnte und wieso er sie nicht pflichtbewusst aus dem Weg gekehrt hatte. Ja, die sagten sogar ebenfalls *Wo die Liebe hinfällt*, und so wurde die Beziehung der beiden von Gunthers Tante Edith und Jeannes Kommunarden nicht nur gleich bewertet, sondern mit derselben Redewendung belächelt. Eine Übereinstimmung, deren Kenntnis beide Seiten zu sofortiger Neuausrichtung ihrer Position veranlasst hätte. Denn zu jener Zeit galten Inhalte und Meinungen nicht viel. Wichtiger war die radikale Abgrenzung von den anderen. Tante Edith wollte mit den Krawallbrüdern ebenso wenig gemein haben wie die Kommunarden mit dem Establishment.

In der Folge verbrachten Jeanne und Gunther mehr Zeit miteinander als mit den Ihren. Gerade Jeanne dankte dem Schicksal wenige Jahre später für diese Fügung, da sie jenen blutig berühmt gewordenen Herbst vor allem mit Spaziergängen verbrachte. Sie sammelte Blätter, gelbe, dunkelgrüne, braune und manchmal rote. Nicht dass Gunther sie von einer radikalen Haltung abgebracht hätte, sie war mehr Libertin als Aktivistin. Nur waren das auch einige andere, die sie zumindest flüchtig gekannt hatte und deren Fotos sie jetzt an Laternen hängen sah. Und ja, hätte man ihr – sagen wir nach Ohnesorg – vorausgesagt, sie würde eines Tages einem Polizisten zögernd die Hand entgegenstrecken, wäre ihr Gedanke eher der einer Festnahme gewesen als der Austausch von Zärtlichkeit unter kahler werdenden Herbstbäumen.

Gunther hingegen hatte daran nie gedacht. Für ihn war Jeanne eine liebevolle Chaotin. Er fragte sich eher, ob er sich von ihrer Andersartigkeit so angezogen fühlte, weil diese ihm fehlte, oder ob Jeanne etwas auslebte, das er selbst ebenfalls in sich trug, aber nie herausgelassen hatte. Auf jeden Fall verspürte er seit Jeanne nie mehr den Druck, sich die Jeans abzuschneiden oder eine Nacht durchzumachen,

Dinge, die er vorher auch nicht tat, die jedoch ganz leise anklopften. Er musste niemandem mehr etwas beweisen, Jeanne war sein Persilschein, sie entlastete ihn in allen Anklagepunkten: Durchschnittlichkeit, Spießigkeit, Konformismus. Antrag abgelehnt.

Sie zweifelten nie an ihrer Liebe. Rückblickend war es schwer zu sagen, ob es an den vielen Warnern gelegen hatte oder der allgemein aufwühlenden Zeit oder Jeannes Wunsch, noch einmal länger im Ausland zu leben. Jedenfalls dauerte es vier Jahre, bis 1979 ihr gemeinsamer Sohn das Licht der Welt erblickte. Seine Geburtskarte, die sie stolz allen Freunden und Verwandten schickten, überschrieben sie in schönster Schreibschrift fast ein wenig trotzig: *Wo die Liebe hinfällt.*

9

Verwunderung

Vielleicht war Pohl schwul.«

Der Stift in Marcels Hand machte Jay immer noch Angst. *Wenn du jetzt* schwul *an meine Wand schreibst*, versuchte er mit seinen Augen zu drohen.

Um den Grunewald kümmerten sich die Kollegen dort, am Westhafen werde auch noch gesucht. Da habe er schon mal weitergedacht, bezüglich Matrose und dem lila Punkt. Das sei ja doch sehr ungewöhnlich, so ein Kostüm, Sonntagabend.

Jay griff zu der Styroporschale mit den Rühreiresten. Er hatte nicht vorgehabt, da noch mal ranzugehen, jetzt schien es die angenehmste Möglichkeit, einen Dialog zu vermeiden. Man hatte ihn damals gewarnt. Die Alten, die länger dabei waren. Es war die Kehrseite der Eliteausbildungen. Wenn du dich zu sehr daran gewöhnst, mit den Schnelldenkern zu arbeiten, nur in Teams mit Superschlauen, wird es schwer zurückzukommen. Dann musst du in die Thinktanks oder zu den Profilern. Im normalen Polizeidienst war das Umfeld *marceliger*.

»Es gibt doch diese Schwulenpartys, wo die sich verkleiden«, fing Marcel an. Sie seien da schon ein paarmal wegen Ruhestörung gewesen, er meine sogar, sich an einen Sonntag zu erinnern, alle halb nackt, viel Lack und Leder, einige mit Masken, ganz oft Kostüme. Polizei, Uniformen, er habe auch Matrosenoutfits gesehen.

Betont genüsslich spießte Jay die letzten Rühreibrocken auf, die sich von gelb zu gelblich verblasst nicht mehr wesentlich von der cremefarbenen Schale unterschieden. Er musste sich selbst ermahnen. Schließlich forderte er von Marcel Mitdenken, Weiterdenken, *the extra mile*, wie sie in Coventry sagten. Und genau das versuchte Marcel gerade.

»Und da würde auch der Punkt im Nacken dazupassen, das kam doch damals bei dem Versicherungsskandal raus oder bei VW in Brasilien, dass bei so Sexpartys eine Art Farbcode verwendet wird. Mit den Prostituierten. Gibt es ja auch bei Singlepartys, Rot vergeben, Grün für alles offen. Oder so.«

Mit letztem Schaben kratzte Jay das Styropor sauber.

»Wann war die Party zu Ende?«, fragte Jay ruhig.

»Wann die Party zu Ende war?«

»Ja, wie lange wäre Pohl bei der Party geblieben?«

»Wenn er nicht getötet worden wäre?«

»Wenn er nicht getötet worden wäre.«

»Ja, weiß ich nicht, vielleicht bis Mitternacht?«

»Und dann?«

»Wie und dann?«

»Dann zieht sich Pohl wieder seine normalen Sachen an, kommt heim, schließt die Tür auf, es riecht noch ein bisschen nach Rehrücken, seine Frau und Tochter sitzen im Wohnzimmer, haben bereits die Polizei verständigt, und er sagt: Sorry, hat länger gedauert.«

»Ne, wohl nicht.«

»An jedem anderen Tag hätte er zig Ausreden vorbringen können, warum er später heimkommt. Er war ständig unterwegs, er könnte einen Flieger verpassen, im Meeting festhängen. Aber an einem Sonntagabend, an dem er nur kurz vor dem Essen frische Luft schnappen will?«

»Ich dachte ja nur. Wegen dem Punkt auch.«

Jay erzählte, woran er als Erstes gedacht hatte. An Religion. Er musste früher manchmal mit seinem Vater, wenn seine Mutter nicht erfolgreich intervenierte, in die Kirche. Da trug der Pfarrer Lila. Auf ihn wirkte es befremdlich, Lila war für Mädchen und Milka. In der Kirche stand Lila aber für etwas anderes: für Übergang. Fastenzeit, Advent, da hatten die Lila an.

»Ah, auch interessant.«

Ja, auch interessant. Genau das habe er gedacht. Doch das sei nur ein Faden, eine Theorie noch nicht. Wie Marcels Schwulenparty eben keine Theorie sei, die sei sogar ganz und gar keine Theorie. Vielleicht habe der lila Punkt überhaupt nichts mit dem Mord zu tun.

Marcel war offensichtlich enttäuscht. Er hatte bestimmt die halbe Nacht vor dem Laptop gesessen und sich seine *Theorie* zusammengestrickt, stolz auf einen Gedanken, der vermutlich jedem beim Anblick eines gutbürgerlichen Endsechzigers tot in Kostüm durch den Kopf ging. Jay befand, er sei noch milde mit seinem Stellvertreter umgegangen, da gab es ganz andere Choleriker. Nur Lob konnte sich Marcel beim besten Willen nicht erwarten. Nicht dafür.

Als er einen Moment später über den Gang in die Kaffeeküche trabte, wunderte sich Jay über sich selbst. Bestimmtheit im Umgang mit Kollegen in Kombination mit dem selbstbewussten Vortrag der eigenen Position war nichts, was sie Jay eintrichtern mussten. Nicht das Ergebnis beaufsichtigter Rollenspiele in Kleingruppen, auch wenn es die gab, vor allem in Coventry. Jay brachte das schon mit, ja, vielleicht war es gerade sein Auftreten, das ihn überhaupt durch die Auswahlrunden boxte. Nach Notenschnitt und körperlicher Eignung wäre er bestimmt nicht im ersten Zehntel gewesen, da gab es die Streber und Sportschützen, die Fremdsprachengenies, die Kadersportler. Er kam über die Cases, Fallstudien, an denen sie gemeinsam arbeiten mussten, sich selbst organisieren, Aufgaben verteilen. Zack, Anschlag auf die Wasserversorgung einer europäischen Großstadt, was sollen wir tun? Fünf Leute, drei Stunden Bearbeitungszeit, dann Präsentation. Am Anfang war großes Gequassel, jeder hatte noch einen mitteilungswerten Gedanken, und noch einen, und eine Idee, wie man dieses oder jenes am besten anginge. Jay war ruhig und dachte nach. Am Ende entschieden sie sich meistens für seinen Vorschlag.

Er zweifelte daher nie an seiner Art, sah hier die eigene Stärke. Und diese Erkenntnis hielt sich tapfer bis zum letzten Gespräch mit Sonya. Sie saßen auf der Couch, nicht nebeneinander wie sonst, über Eck wie Bekannte. Er habe *immer so fixe Ideen*, meinte sie. Von denen er sich auch *auf Teufel komm raus nicht abbringen* lasse. Was manchmal *schon anstrengend* sei. Jay nahm es ernst, er dachte zu diesem Zeitpunkt noch, sie habe sich nur von *ihm* entfernt, und suchte entsprechend auf dem eigenen Wimmelbild nach Fehlern. Er hörte mehrere Abende Chopin, warf einen Ball an die Wohnzimmerwand und überprüfte sich. Dabei hatte sie vermutlich längst mit ihm samt all seinen Artgenossen abgeschlossen und suchte nur nach Gründen, diesen Paradigmenwechsel wie ein normales Beziehungsende aussehen zu lassen.

Der Vorwurf blieb kleben und veränderte Jay. Er wurde jedoch nicht, wie man hätte erwarten können, nachgiebig. Das Fixierte, das Sonya bemängelte und das Jay von sich selbst nur zu gut kannte, lockerte sich nicht. Jay wurde härter. Zu sich und zu anderen. Er reagierte mit Trotz, mit einem Jetzterstrecht, als wollte er Sonya beweisen, dass man es damit eben doch schaffen konnte, aber was denn eigentlich und wieso ihr? Sonya war nichts mehr zu beweisen. Sie war sein Makel geworden, und Jay musste fortan in jeder Unterhaltung, bei jedem Gesprächspartner immer mit dem Schlimmsten rechnen. Immer damit rechnen, *darauf* angesprochen zu werden, auf *es*, auf *die Sache*, auf *die Geschichte mit Sonya*, und dann würde es vielleicht dem einen leidtun, und der andere erkundigte sich, ob das denn wirklich stimme, aber das war egal. Fakt war: Jay musste zu jedem Zeitpunkt damit rechnen, auf eine unendliche Peinlichkeit angesprochen zu werden. Und auch wenn fast nie jemand dieses Thema erwähnte, sorgte er vor und baute sich einen Schutzwall aus Härte und Distanz.

Während sie auf der Academy also lernten, Feedback anzunehmen und an Kritikpunkten zu arbeiten, verhielt sich Jay bei Sonya gegenteilig und drehte weiter rauf statt runter. Zum Nachteil polizeilicher Nachtschattengewächse wie Marcel, was nicht ganz fair war, und fair war Jay eigentlich immer. Und genau das war der Grund, warum sich Jay über sich selbst wunderte.

10

Inkongruenz

Er sah ihnen zu, wie sie im Garten saßen und alberten, nebeneinander auf den Schaukeln, lachten. Aus Kindern waren Jugendliche geworden. Seit einigen Wochen trafen sie sich nicht mehr zum Spielen, sondern einfach so, zum Reden, Quatschmachen, das am allermeisten. Noch ging es, bald würde es anstrengender werden, noch mehr Quatsch, dann vielleicht richtiger Quatsch. Und dennoch wünschte sich der Mann mit den drei Muttermalen nichts mehr, als jetzt bei den beiden draußen im Garten zu sitzen. Schaukeln, Quatsch und frei sein.

Drinnen ging es um Zahlen. Sie saßen mal wieder zusammen, und so wenig er sich wirklich um Zahlen scherte, so leicht ging doch alles, denn er musste nur zuhören. Die anderen waren die Zahlenmenschen, sie hatten Tabellen dabei und Übersichten, ließen sich hier noch etwas aus dem Büro faxen und da. Er selbst konnte sich zurücklehnen und Seitenblicke in den Garten riskieren, manchmal erwischte er sich auch dabei, wie er ans Wetter dachte – würde es heute noch regnen? – oder an Netti und die Kleine. Dann wurde sein Name genannt und nach seiner Meinung gefragt, und er sagte Ja, er sehe das ähnlich, und alles war gut. Nächster Punkt auf der Agenda.

Vielleicht war es die Umbruchstimmung überall, die Menschen mit ihren neuen Ideen, das ständige Gepfeife im Radio. Er fühlte sich manchmal am falschen Platz. Im Kleinen machte er es gerne, der Kontakt mit den Leuten, er kannte sie, sie kannten ihn, viele noch von früher, aus der Zeit vor der Übernahme. Auch das mit den Anzeigen gefiel ihm, nächtelang saß er an seinem Platz und bastelte. Gelb-blau war die Farbstimmung, blauer Himmel, Sonne, dabei hatten sie von beidem gar nicht so viel in Berlin. Aber das war egal, es ging um die Köpfe, um Vorstellungen. Mit seinem Zeichenstift malte er Gedanken. Er sah sich als Geschichtenerzähler, und er wollte eine schöne Geschichte erzählen, also schmückte er sie aus, mit Blau und Gelb. Nicht dass sie es nötig gehabt hätte, es war eine schöne Geschichte, schon unter seinen Eltern und erst recht in den letzten fünf Jahren. Er veredelte sie, lud sie auf, bis sie strahlte. In den Inseraten, überregional, und auf großflächigen Plakaten, überall seine Bilder. Gemütlichkeit, Sauberkeit, Stil, Wohlfühlen. Ja, er beanspruchte für sich, einen nicht unerheblichen Teil dazu beigetragen zu haben, dass sie einen guten Namen trugen. Und bei allem, was in letzter Zeit aus der Erde gestampft wurde und in den nächsten Jahren noch folgen würde, gab es nichts Wichtigeres. *Bezahlen Sie einfach mit Ihrem guten Namen* hieß es in der Kreditkartenwerbung, und so kam es ihm vor.

»Ist das für dich in Ordnung, wenn wir das von Q3 in Q4 ziehen?« Er zoomte seinen Blick sofort zurück, von einem nicht definierten Punkt im Nirgendwo vor dem Fenster auf seine Gesprächspartner am Tisch. Ein Finger zeigte auf einen Zettel mit Zahlen und Spalten, mit Posten und Quartalen. Er betrachtete den Ausdruck und nickte.

Im Großen interessierte es ihn nicht. Er war kein Lenker und würde nie einer sein. Er wusste, was er konnte und was er wollte. Früher war ihm das nicht so leichtgefallen, da hatte er noch Ideen, hoch hinaus. Inzwischen musste er sich nicht vormachen, auch das zu können und zu wollen, was er eben nicht konnte und wollte. Sie unterschieden sich in manchem, im Kern jedoch darin, dass sie in Zahlen dachten und er in Bildern.

Er ließ seinen Blick wieder wandern und blieb an einem Rahmen an der Wand hängen. Ein Mondrianverschnitt war darin, Konstruktivismus, bunte Rechtecke in verschiedenen Größen, vermutlich deutscher Nachwuchs. Er näherte sich einem Kunstwerk mit Mitteln der Ästhetik, für ihn war ein Bild schön oder nicht schön. Stundenlang könnte er diskutieren über das große rote Quadrat und daneben die nur halb so großen weißen und gelben Rechtecke, über Bedeutung, Stimmung, Dynamik, Spannung, Einflüsse. Für ihn konnte ein Bild stumm sein, wortlos, für sie nur wertlos. Für sie war ein Bild erfolgreich oder nicht erfolgreich. Es würde ihn nicht wundern, wenn das Bild gar unbesehen gekauft worden wäre, eine Geldanlage, vielleicht aufgrund eines Tipps, den dieser oder jener sachverständige Kenner gegeben hatte. Man konnte mit ihnen durchaus über das Bild diskutieren, keine Frage, dann aber darüber, wie sehr der Künstler doch gerade im Kommen sei, wo er wieder ausgestellt habe, mit wem er in der Presse schon verglichen werde und letztlich immer darüber, wie erfolgreich der Künstler jetzt sei und wie viel erfolgreicher er bald noch werden könne.

Er wollte gar nicht werten, sein Denksystem dem ihren als überlegenes entgegenstellen. Der Mann mit der Muttermallinie spürte nur zum ersten Mal, dass er mit Leuten an einem Tisch saß, die sich von ihm unterschieden wie das große rote Quadrat von den kleinen Rechtecken. Und dass sich der Junge auf der Schaukel deutlich mehr auf die Treffen freute als sein Vater.

11

Wasser

Jay drehte das Radio aus. Den Verkehr im Blick haben und Gutelaune-Feierabendgeplärre gleichzeitig ging nicht. Musste er nicht hier schon rechts? Er vertraute Navigationsgeräten in etwa so sehr wie dem Wetterbericht. In Friedrichshain war er selten unterwegs, sonst hätte er ganz darauf verzichtet.

Marcel telefonierte vermutlich noch immer mit allem, was in der Gegend Matrosenanzüge verkaufte. Das Etikett war zwar ein Original, aber ein Herstelleretikett und nicht das des Verkäufers. Lediglich der Preis war mit Edding (schwarz, nicht lila) daraufgekritzelt, so viel verrieten die aufgeweichten Schildchen. Den halben Nachmittag hatte Jay mithören müssen, wie sich Marcel in brüchigem Englisch durch türkische Fabriken telefonierte. Und das Englisch auf der anderen Seite der Leitung schien die Sache nicht einfacher zu machen. Doch dann bekam Marcel endlich die Namen aller belieferten Händler in Berlin und machte sich Kaffee.

Jay öffnete die messinggoldene Eingangstür des Maître Corbeau, sah berlinuntypisch Kellner in weißen Hemden. Franziska Pohl saß an dem vereinbarten Platz. Hohe Kerzen, dünnbeinige Stühle, das Restaurant war chic, trotzdem gemütlich. Es roch nach Zitrone.

»Geht das hier mit der Lautstärke?«, fragte sie nach der Begrüßung.

43

»Mir ging es da eher um Sie, das sind ja sensible Themen, gerade so kurz nach …«

Sie nickte und sah auf die zu einem Vogel gefaltete Serviette vor sich. Jay fand die Nische gemütlich, und da er am Fenster saß, konnte er den Raum gut genug überblicken, um etwaige Mithörer zu identifizieren.

»Sie können den mit den schwarzen kurzen Haaren fragen.« Einen Moment wusste Jay nicht, was sie meinte. Wegen vorgestern Abend, sie dachte, deswegen seien sie hier? Natürlich. Das Alibi vor Ort zu überprüfen war Jays Begründung für ein Treffen im Maître gewesen. Es gebe aber noch andere Fragen, sagte er schnell. Wie es ihr denn gehe, wie sie die letzten Tage überstanden habe? Franziska Pohl lachte hohl. Wie es ihr gehe? Es sei nicht einfach, gerade mit der Presse. Ihr Blick schien ihm eine Entschuldigung abzuverlangen, zu der er gerne bereit war. Er ergänzte jedoch, dass man das leider nicht ganz unter Verschluss halten könne, man erhoffe sich so auch Hinweise. Ihm fiel ein, wie er von hier den Bogen zu seinen eigentlichen Fragen spannen konnte. Und dennoch – und das sage er ihr jetzt unter vier Augen, eigentlich dürfe er sich dazu nicht äußern, laufende Ermittlung –, dennoch habe man noch keinen Anhaltspunkt. Ob sie irgendwelche Ideen habe? Geschichten aus der Vergangenheit, Feinde des Vaters, schwierige Beziehungen?

»Wahrscheinlich hätte er unsere Beziehung als seine schwierigste bezeichnet. Aber Kontakt hatten wir nicht.«

»Wollen Sie sich selbst verdächtig machen?«

»Ich will nur ehrlich sein.«

»War er ehrlich?«

»Mein Vater?« Wieder dieses dumpfe Lachen, von ganz anderer Akustik als das französische Gekicher der Nebentische. »Ich weiß es nicht, aber ich kann es mir kaum vor-stellen.«

»Wieso?«

»Er … Ich meine, der Job. Die ganzen Häuser, die Po-sition. Vorstandsvorsitzender? Mit Ehrlichkeit und Nächs-tenliebe?«

Der Kellner mit den kurzen Haaren lieferte eine Vorspei-senplatte voll Avocado-umgarnter Jakobsmuscheln an ei-nem Nebentisch ab. Dann trat er mit gezücktem Bestell-block zu ihnen.

»Wir bleiben doch noch einen Moment, oder?« Sie sah Jay an. Eine Sekunde fühlte er sich unsicher, gewann schließlich seine Souveränität zurück.

»Ja, bestimmt. Bestellen Sie, was Sie wollen, ich muss beim Wasser bleiben, Dienst.«

»Aber … ich muss nicht auch? Oder ist das ein Verhör?«

»Wasser? Nein, nein, trinken Sie, was Sie mögen.«

»Dann bitte ein Glas Piquepoul Blanc und ein …«, sie drehte ihren Kopf zu Jay, »Evian oder Badoit?«

»Badoit.« Mal was riskieren.

Der Kellner wiederholte, notierte und verließ den Tisch. Jay entschuldigte sich, stand auf und folgte ihm, passte ihn kurz vor der Küche ab. Ja, es handelte sich um diese Frau, die vorgestern zum Abendessen da war. Eine Verwechs-lung sei ausgeschlossen, sie sei öfters hier, und man kenne ihr Gesicht. Die Zeiten stimmten auch überein. Mit nichts anderem hatte Jay gerechnet.

Bevor er zurückging, blieb er stehen und betrachtete sie von hinten. Sie saß mit dem Rücken zum Raum. Den Vo-gel hatte sie auseinandergefaltet, spielte jetzt daran herum, strich gedankenverloren die Knickspuren aus. Über was sie wohl nachdachte. Sie war klug, das hatte er gemerkt, sie würde sich die Fragen stellen, die auch er sich stellte. Nur dass sie so viele lose Enden mehr kannte, von denen aus man weiterdenken konnte, die man verknüpfen konnte, für einen Moment. Man brauchte Schnipsel, möglichst viele, und die setzte man kurz zusammen. Einmal, zweimal, neunzigmal, achtundneunzigmal, bis es irgendwann passte, bis zwei Informationen gemeinsam Sinn ergaben. Alle anderen Kombinationen waren völlig wertlos, gleichzeitig unerlässlich, um die eine sinnvolle zu finden.

Sie sah traurig aus, diese Franziska Pohl, dachte Jay. Dauertraurig, nicht akuttraurig. Sie weinte nicht, wenn es um ihren Vater ging, sie war nicht nervös, atmete und redete ruhig. Er bemerkte auch keinerlei Unterschied in Stimme und Mimik, ob sie Wasser bestellte oder über ihren Vater sprach. Sie wirkte müde, ohne übernächtigt zu sein.

Mit Wein und Dauer des Gesprächs wurden ihre Sätze länger, und Jay speicherte einige Informationen ab. Mehr über sie selbst als über ihren Vater, was keinesfalls an Jays Neugierde lag, da hatte er sich im Griff, sondern allein an der Tatsache, dass Franziska Pohl über die letzten siebzehn Lebensjahre ihres Vaters quasi keine Auskunft geben konnte. Nach ihrem frühen Auszug aus der Casa war sie eine Zeit in Afrika, Mali, Senegal, reiste und arbeitete. Ihr Rückflug fiel just auf den Tag, an den sich die ganze Welt erinnerte, und sie war sogar ungefähr auf dem gleichen Breitengrad, als sechstausend Kilometer entfernt das erste Flugzeug im World Trade Center einschlug. Ihren Eltern erzählte sie anfangs nicht einmal von ihrer Heimkehr, erst nach einigen Monaten traf sie sich mit ihrer Mutter.

Sein Handy vibrierte, merkte Jay, eine Nachricht, es konnte warten. Franziska Pohl bestellte noch ein zweites Glas Wein, Jay noch ein Wasser. Der Kellner hatte bei der erneuten Bestellung jegliche Lässigkeit des ersten Durchgangs verloren. Jays Nachfragen, die er natürlich mit dem Hinweis auf seine kriminalpolizeiliche Tätigkeit samt Vorzeigen der Dienstmarke am Gürtel eingeleitet hatte – eifersüchtige Ehemänner konnten von Kellnern keine Antworten erwarten –, ließen den jungen Franzosen aufmerksam sein, ohne zu wissen, worum es ging.

Franziska Pohl konnte oder wollte die Ablehnung des Vaters nicht an einem bestimmten Ereignis festmachen, sprach vielmehr von einer Entfremdung, die zu Teenagerzeiten anfing und rasch zu einer Verachtung der kapitalistischen Idee an sich wurde. Zu Hause habe man es anfangs als Findungsphase abgetan, erzählte sie. Das werde schon wieder, dachte ihre Mutter lange, Flusen im Kopf. Ihre Eltern hatten ihr sogar Geld angeboten, einfach so, ohne Verpflichtung, nicht im Tausch gegen Weihnachtsbesuche oder Osterspaziergänge. Sie nahm nichts an. Sie schlief nie in Hotels der Ascandy-Kette, dabei war sie viel unterwegs. Romanistik, Ethnologie, Studium, dann Promotion, inzwischen war sie fast jeden Monat auf Konferenzen im ganzen Land. Einmal hatte ihr ein Veranstalter ein Hotelzimmer in Fulda gebucht und erst vor Ort mitgeteilt, es handle sich um ein Zimmer im örtlichen Ascandy. Sie fuhr nach Veranstaltungsende nach Hause und meldete sich für den zweiten Konferenztag krank.

Nach einer Stunde waren ihre Gläser wieder leer, und Franziska verschwand für einen Moment auf der Toilette. Jay wunderte sich erneut über sich selbst. Mit dem Ziel, mehr über Dr. Hans Pohl zu erfahren, gab es innerhalb der Familie mit Luitgard Pohl eine hervorragende Ansprechpartnerin und mit dem Sohn der Familie sogar eine bislang gar nicht vernommene Person, deren Namen er nicht einmal parat hatte. Stattdessen traf er sich mit Franziska Pohl, die ihm schon im ersten Gespräch mitgeteilt hatte, dass sie keinen Kontakt zu ihrem Vater gehabt habe und mit achtzehn ausgezogen sei. Und selbst wenn er sich diese Unachtsamkeit verzieh, müsste er das Treffen nach den heutigen Ausführungen zumindest rückblickend bereuen. Aus Ermittlersicht war er kein Stück weitergekommen.

Doch Jay fühlte nichts davon. Die Zusammenkunft im Maître Corbeau war gut, er war fasziniert von Franziska Pohl und ihrer Geschichte, ihrer geheimnisvollen Traurigkeit und nicht zuletzt von ihrer Schönheit. Als er diesen Gedanken realisierte, fasste Jay einen Entschluss. Es sollte das letzte Treffen gewesen sein. Er hatte mehr Informationen als nötig, sie war Angehörige, keine Verdächtige, mit Alibi für die Tatnacht. Es gab keinen Grund, sie wiederzusehen, barg aber eine gewisse Gefahr. Und wie sehr sie innerhalb des Polizeiapparats tuschelten, die Erfahrung hatte er schon einmal gemacht. Er verlangte die Rechnung.

Es war ein bisschen wie 2005, dachte Jay, als er sich wenig später ans Steuer seines Wagens setzte. Damals spielten die Foo Fighters in Birmingham. Das Konzert war ausverkauft, bereits seit Wochen, sie hatten sich nicht rechtzeitig um Tickets gekümmert, oder vielleicht waren die Tickets auch nur zu teuer gewesen, sie waren Studenten, genau wusste Jay es nicht mehr. Sie fuhren dennoch rüber nach Birmingham, tranken zwei Bier in einem Pub und zogen dann weiter. Zwei Bier war die perfekte Menge, um unsicher verspannte Gesichtszüge zu lockern, ohne sie wie bei den versoffenen Pubfratzen völlig entgleisen zu lassen. Am Eingang zeigten sie souverän ihre College-of-Policing-Ausweise, redeten bestimmt, *wirklich wichtig, Sicherheits-Check, keine Zeit zu verlieren*. Und dann standen sie da, hinter der Bühne, das Grundrauschen der Menge im Ohr, mit dem Cheftechniker der Veranstaltung und mussten irgendetwas fragen oder suchen oder tun oder so tun als ob. In der Hoffnung, der andere würde den Bluff nicht bemerken. Am Ende ließ der sich überzeugen, dass eine erhöhte Polizeipräsenz während des Konzerts für alle das Beste sei, jedenfalls sagte er was von *back to work* und nuschelte in sein Funkgerät. Taylor Hawkins' Schlagzeugsolo zwei Stunden später war alle Mühen und Notlügen wert.

Und so ähnlich hatte er gerade wieder einem Cheftechniker gegenübergestanden, der nicht merken durfte, dass Hauptanlass des Besuchs eine Zuneigung zu den Foo Fighters war. Nur hieß der Cheftechniker in diesem Fall Franziska Pohl und die Foo Fighters hießen auch Franziska Pohl.

Dann fiel ihm die Nachricht wieder ein, und er riss sein Telefon aus der Tasche. Marcel hatte geschrieben: *14.04. 11:27 Uhr. Tegel. 2x.*

12

Stapel

Jeanne blinzelte in die Sonne, als sich plötzlich zwei Hände von hinten auf ihre Augen legten.

Sie saßen auf einer riesigen bunten Decke auf der Wiese, gemeinsam mit Plastikschalen und Körben, Wiener Würstchen und Baguette, einige Ameisen machten sich auf zur Erstbesteigung der aufgeschnittenen Wassermelone. Es war ihr fast ein bisschen unangenehm, das *Pic-Nic-Set 30-teilig*, einfarbig und nigelnagelneu. Sie kam sich vor wie die Mutter mit dem Luxuskinderwagen, dabei waren es nur 35 Mark. Sie hatte nachgesehen, im Katalog, denn sie war sich sicher, dass Gunther es aus dem Katalog hatte. Er konnte sich dafür begeistern, *Korbmöbelgruppe aus Vollweide*, *Immergrüner Rasenteppich (wetterfest, wasserdurchlässig, schnelltrocknend)*, *Schirmsockel bepflanzbar*. Und siehe da, sie musste nicht lange suchen, das eingeknickte Eselsohr führte sie zielsicher zu einer Seite mit romantischem Paar im Grünen und handschriftlichem Kugelschreiberkreuz in der Ecke. Das Paar saß nicht auf der Decke, sondern werbefotosinnlos dahinter, denn auf der Decke waren Teller, Becher, Boxen, Kühltruhe, Wein und Äpfel. *Picknickset 30-teilig. 35,–* Ach, Gunther.

Jetzt saß sie hier mit drei Frauen und sechs Kindern, die durch die Kraft des natürlichen Chaos schnell dafür sorgten, dass sie ein völlig katalogunwürdiges Bild abgaben, was Jeanne erleichterte. Sie genoss die Nachmittage mit der Kindergruppe im Park, es war anstrengend, aber zumindest zwischendurch kam sie zum Quatschen mit den Freundinnen. Viel über Kinder, manchmal über anderes. Sie hätte am liebsten jeden Sommertag so verbracht, und es war zu schade, dass Gunther dafür nichts übrighatte. Sie dachte schon, sie hätte sich verhört, als er damals meinte, er möge keine Wiesen. Nicht generell, ergänzte er dann, aber er lege sich nicht gerne auf Wiesen, da jucke alles, und es sei schnell unbequem. Ein Garten, klar gerne, ein Gartenstuhl, wunderbar, nur dieses Gelungere auf Wiesen – und er sagte wirklich *Gelungere* – sei einfach nichts für ihn.

Umso mehr freute sie sich über das *Picknickset* zum Geburtstag, erkannte er dadurch ihr Hobby doch zumindest an und versuchte sie nicht mehr wie in den Anfangsjahren ihrer Beziehung zu missionieren. Und erst recht freute sie sich, als sie die Hände von ihren Augen führte, sich umdrehte und Gunther sah, der sich einen frühen Feierabend gegönnt hatte, was selten genug vorkam.

Er arbeitete viel und gewissenhafter als mancher Kollege. Sie hatte es beim letzten Polizeifest gemerkt. Zu fortgeschrittener Stunde packten die Jungs am Lagerfeuer aus, nicht selten endete eine Streife fünfhundert Meter neben dem Revier, am Wurststand neben dem Stadion, Blick aufs Trainingsgelände. *Nur ma kieken*, hieß es erst, doch dann tauschten sie sich über Zirkeltraining und Torschussübungen aus, Trainingsweltmeister und faule Hunde und belegten damit eindrucksvoll, dass sie statt *nur ma kieken* etliche Stunden mit Bulette in der Hand am Spielfeldrand verbrachten.

Gunther war anders, und wäre er weniger gutmütig gewesen und dafür einen Tick cleverer, hätte er bei der Polizei schnell Karriere machen können. Er machte die Sachen fast zu richtig, dachte Jeanne manchmal. Er ging immer den vorgeschriebenen Weg, egal wie lang er war und wie unbequem, er marschierte und marschierte, und sie war sich nicht sicher, ob die ein oder andere Abkürzung nicht die bessere Option wäre, ab durch die Mitte. Doch sie sagte es ihm nicht. Sie wusste, wie unterschiedlich sie waren, und die ganze Grundlage ihrer Beziehung lag in der Akzeptanz der Andersartigkeit des jeweils anderen. Er hatte es schnell aufgegeben, sie zu ändern, und sie würde den Teufel tun, damit umgekehrt jetzt anzufangen.

»Na, was haben wir hier für Besuch bekommen?«, rief Jeanne bewusst in die Richtung, wo gerade sechs Kinderköpfe über verdeckten Quadraten brüteten. Alle sahen hoch, doch nur einer rief *Papa* und rannte auf den Neuankömmling zu. Nicht ohne vorher seinen Kartenstapel mitzunehmen, den er kaum tragen konnte und mit beiden Händen zusammenpresste. Bis die Karten in der Stapelmitte dem Druck nicht mehr standhielten, auf die Decke fielen, und die bunte Mischung aus Verkehrsschildern mit Überholverboten, Vorfahrtsstraßen, Zebrastreifen und Baustellen ungewollt die typische Beschilderung eines italienischen Kreisverkehrs simulierte. Verkehrsmemory. Jeanne sah hinüber zu den anderen Kindern mit den letzten unaufgedeckten Karten. Zum ersten Mal fiel ihr auf, dass der Kartenstapel des Sohnemanns deutlich größer war als die seiner Mitspieler. So neu diese Erkenntnis für sie war, so vertraut war ihr das Bild. Ja, sie hatte es nur nicht wahrgenommen bisher, aber eigentlich gewann der kleine Racker immer. Und nicht nur beim Memory. Er war schon ein cleveres Kerlchen, freute sie sich. Gunther schloss ihn lachend in die Arme.

13

Tegel

Worum sie sich in Tegel keine Sorgen machen mussten, waren ihre Nägel. Fluglärm vielleicht, die Nähe zur JVA, nicht jedoch Nägel. Eine *komplette Neumodellage für die Nägel von A bis Z* gab es für nur zwanzig Euro, *Auffüllen* kostete sogar nur zehn. Im nächsten Studio gab es *20 % Rabatt*, vermutlich auf alles, und jeden Dienstag *2 Strasssteine GRATIS*. Und bei Franka, die ihren Vornamen stolz in verschlungener blauer Schreibschrift auf rosa-weißem Verlauf präsentierte, ihren Nachnamen im Firmenlogo aber kühl M. abkürzte, wurde mit *neuem flüssigem System* und *100 % deutschen Produkten* gearbeitet. Nein, diesbezüglich waren sie bestens versorgt in Tegel, das konnte Jay schon im Vorbeifahren erkennen.

Er war gerädert vom Case Team Meeting. Marcel ging ihm auf die Nerven, vor allem, weil er genau die Frage stellte, die Jay sich selbst gestellt hatte. Wieso noch ein Treffen mit Franziska Pohl? Er hatte eine Erkenntnis aus der abendlichen Begegnung zu ziehen, irgendeinen Schluss, eine Hypothese. Er entschied sich dafür, deutlich herausgehört zu haben, das berufliche Umfeld von Pohl untersuchen zu müssen. Das war nicht gelogen, sie hatte das so ähnlich gesagt. In Bezug auf ihren Vater war es fast das Einzige, was sie überhaupt gesagt hatte. Sie hielt ihn von Berufs wegen für unehrlich, dann musste man in diesem Metier auch weitere

53

Unehrlichkeit aufspüren. Martha deutete an, das Team vergrößern zu können. Jay verstand das als Drohung.

Bei Ascandy bat der Berliner Regionalmanager ein Gespräch an, Jay lehnte ab. Er würde noch mit ihm sprechen, bestimmt, aber gerade in den Konzernen musste man direkt oben einsteigen, um an die relevanten Informationen zu kommen. Alle hatten Maulkörbe, ob verhängt oder nur eingebildet. Wenn man mit den Großen geredet hatte, wurden die Gespräche mit den Kleinen einfacher. Jay wollte mit Karin Pfaffinger sprechen, die gemeinsam mit Pohl die Geschäfte der Kette geführt hatte und von Anfang an dabei war. Sie werde ohnehin in Berlin erwartet, versicherte der Regionalmanager, gerade sei sie noch in München, sie habe seit der schrecklichen Nachricht alle Termine abgesagt und werde gegen Abend ankommen, *die beiden haben sich ja eine Ewigkeit gekannt*. Ob ein Termin morgen früh reiche? Sie verständigten sich auf zehn Uhr in der Zentrale der Hotelkette.

Man kommt schon rum in dem Job, dachte Jay, als er die Adresse gefunden hatte. Morgen würde er um diese Zeit beim Vorstand einer großen deutschen Hotelkette auf dem Designergästesessel sitzen und war jetzt nur noch wenige Meter von einem vollgehängten Schaufenster entfernt, auf dessen beinah blickdicht dreckigen Scheiben der Schriftzug *Star! Uniformen, Arbeitskleidung* nur darauf wartete, durch die Sonne zur Unlesbarkeit zu verbleichen.

Wieso der Laden *Star!* hieß, erschloss sich Jay nicht. Erst dachte er, es gäbe neben Uniformen auch Kostüme, und man könne hier die Elviskluft für die nächste Mottoparty erwerben. Dann sah er: Militär, Blaumann, Schutzkleidung, für manche Mottoparty vielleicht noch passend, von Star weit entfernt. Als er den Laden betrat, läutete eine Klingel einen alten Mann aus dem Hinterzimmer hervor.

Hustend kröchelte der Alte nach vorne. Er sah aus wie jemand, der irgendetwas unter dem Ladentisch verkaufte, Selbstgebranntes, Raubkopien, Alkohol in Plastikflaschen, Hakenkreuzwimpel. Er hatte auffällige Augenbrauen, wie feste Taue tauchten sie in die Haut ein und schienen an anderer Stelle wieder herauszukommen. Jay fühlte sich plötzlich an vorgestern erinnert, den Matrosenanblick. So hätte er sich einen gealterten Matrosen vorgestellt.

Der Laden bot eine eigenartige Mischung aus nostalgischem Retrozeug und tatsächlich funktionaler Kleidung, sodass man nicht einmal sicher sein konnte, wer hier einkaufte. Die, die wollten, oder die, die mussten. Jay drehte eine Runde, besah Uniformen auf der Stange, bestaunte die Volkspolizeimütze der einzigen Schaufensterpuppe des engen Geschäfts, ohne Arme, ohne Beine, ein Rumpf mit Kelle vor der Brust. Der Alte stellte ein offenes Paket auf den Verkaufstresen, vermutlich hatte er es unter dem Ladentisch hervorgeholt, begann, die darin enthaltenen Abzeichen zu sortieren und sich Notizen zu machen. Jay ging näher ran, keine Hakenkreuze.

Wie viele Uniformen er pro Tag verkaufe, wollte Jay wissen. Die Frage kam spontan, er fühlte sich wie der erste Kunde, der seit Tagen hier war. Unter den Augenbrauen glotzten ihn verständnislose Augen an. Jay zeigte den kleinen roten Dienstausweis, deutete auf die Dienstmarke, das löste die Zunge. Zwei bis drei, murmelte der Mann. Jay zog im Kopf die dritte ab, ein komplettes Outfit mochte im Schnitt achtzig Euro kosten, fünfzig Prozent Marge für den Händler, achtzig Euro Gewinn am Tag, zwanzig Werktage, 1600 Euro. Hohe Mieten schienen sie in Tegel nicht zu zahlen.

»Und da erinnern Sie sich an einen Kunden vor sechs Wochen? Das haben Sie gestern meinem Kollegen am Telefon erzählt.«

Der Mann hustete wieder. Na klar, vielleicht nicht unbedingt, wenn er *eine* Uniform gekauft habe, aber der habe *zwei* gekauft, das komme nun wirklich selten vor. Früher, da holten sich die Leute schon mal zwei auf einmal, vor dem ersten Arbeitstag, zum Wechseln. Inzwischen kauften die wenigsten hier Arbeitskleidung, und die Werktätigen seien oft Wiederholungstäter, die holten dann nur noch eine nach. Zwei auf einmal brauchten sie ja nur ganz am Anfang. Beim Wort Wiederholungstäter zuckte er kurz, als wäre es unangebracht, das Wort in Polizeianwesenheit auszusprechen. Jay schwieg. Und dann auch noch Matrosen, das verkaufe er ohnehin selten.

»Barzahlung?«

Der Alte holte ein Kassenbuch unter dem Tresen hervor, leckte sich über den Finger und blätterte durch die eng beschriebenen Seiten. Langsam löste sich Jays Vorstellung, da unten sei ein Hort der Illegalität.

Ja, Barzahlung, keine Karte, keine weiteren Daten, zweimal kompletter Matrosenanzug à 89 Euro. Er habe auch kein konkretes Bild im Kopf, ein Mann sei es gewesen, dreißig oder vierzig, mit Bart und Sonnenbrille. An das Auto habe er beim besten Willen keine Erinnerung.

Jay ging zurück zur Kleiderstange, zog zwei Matrosenuniformen herunter, ging zur Theke, legte sie kurz ab, nahm sie dann und lief Richtung Ausgang. Jay machte kehrt, der Alte sah ihn entrückt an.

»So? Ohne ein Wort zu sprechen?«

Sicher habe der gesprochen, also nicht sicher, aber wahrscheinlich, denn wenn der nicht gesprochen hätte, wüsste er es wohl noch, das komme ja nicht so oft vor, man spreche hier, zumindest ein paar Sätze. Aber der sei nicht lange da gewesen, habe keine Fragen gestellt. Ziemlich zielsicher sei er vorgegangen, ohne Umschweife.

Jay bat darum, die beiden Matrosenanzüge mitzunehmen, man werde sie zurückbringen. Dann sah er die kleinen Augen des nickenden Mannes, vermutlich waren auch die zwei Uniformen am Tag noch geschönt. Jay zahlte und ließ sich eine Quittung ausstellen. In Anbetracht des Schreibtischs fielen die 180 Euro nicht mehr ins Gewicht. Was er denn früher, vor dem Laden, gemacht habe. Überprüfung der Matrosenhypothese. Untere Verwaltungsebene, zu DDR-Zeiten, dann Pause, dann der Laden. Jay gestand sich ein, mit zu vielen Vorurteilen zu operieren. Wobei er doch gerne noch einen Blick unter den Ladentisch geworfen hätte.

Auf dem Weg nach draußen sah er kurz auf die Etiketten. Größe S, 89 Euro, schwarzer Edding. Größe M, 89 Euro, schwarzer Edding. Abrupt drehte er noch einmal um.

»War die zweite auch XL? Zweimal die gleiche Uniform?«

Der Mann sah sicherheitshalber in den Aufzeichnungen nach. XL, beide Male.

Jay nickte und ging. Der Mörder hatte also geplant. Sechs Wochen vor der Tat kümmerte er sich um die Requisiten. Sonnenbrille, Bart, Laden am Arsch der Heide. Er kommt her und weiß, dass er Pohl ins Hafenbecken wirft. In einem Matrosenanzug. Es gab zwei Möglichkeiten. Entweder das mit dem Matrosenanzug war unentbehrlich, so wichtig, dass ein zweiter als Back-up nötig war. Eine Bedingung, ohne die der Mord nicht funktioniert hätte, zumindest in der Logik des Mörders. Oder der zweite wurde für etwas anderes gebraucht. Für jemand anderen gebraucht. Jay musste schnell Ascandy durchleuchten. Er verstaute die erworbenen Matrosenanzüge im Kofferraum, ließ sich auf den Fahrersitz fallen und griff zu seinem Telefon.

14

Rezeption

Wie sie weiterhelfen könne, fragte die junge Frau in überfreundlichem Stewardessensingsang in den Hörer ... Oh, über Gäste dürfe sie keine Auskunft erteilen, das sei grundsätzlich nicht ... Aha, so, jaja, natürlich habe sie davon gehört, alle hier seien ganz bestürzt, aber sie wisse jetzt nicht, ob ... Dann müsse sie sich aber erst einmal den Namen aufschreiben, Kommissar wie noch mal? ... Das sei ja ein ungewöhnlicher Vorname ... Den Nachnamen vielleicht kurz buchstabieren? Also das Ende, mit d oder t oder beidem ... Okay, habe sie notiert, dann schaue sie einmal im Computer ... Frau Pfaffinger ... Es sei ja so schrecklich, das mit Herrn Pohl, er sei noch kurz davor hier im Haus gewesen, alle ständen unter Schock gerade, wie jemand so etwas machen konnte ... das System brauche einen Moment, werde bald umgestellt ... Pfaffinger, Karin ... ja, die sei schon für heute eingebucht für drei Nächte, wahrscheinlich auch wegen der Beerdigung, die müsse wohl in den nächsten Tagen sein, Freitag? Oder Samstag? ... Was er mit wo denn meine? ... Ach, die Reservierung, klar, hier im Haus ... Ja, also, in der Suite, wie immer ... Nein, eine Uhrzeit sei nicht mitgeteilt worden, ab fünfzehn Uhr sei das Zimmer beziehbar, erfahrungsgemäß komme sie erst später, aber in so einem Fall wisse man ja nie, da ließe man ja alles stehen und liegen ... Sie wolle nicht neugierig sein, aber weswegen denn die Auskunft über Frau Pfaffinger? ... Nein, klar, das verstehe sie ... Ob man ihr eine Nachricht hinterlassen solle? ... Nicht, in Ordnung, wenn sonst noch Fragen, man sei jederzeit ... Der Kommissar könne sich ... Na selbstverständlich, sie hoffe, weitergeholfen zu haben.

15

Suite

Jay schielte auf die ausgedruckte Grunewaldkarte. Zwei mit Tesafilm aneinandergeklebte Din-A4-Seiten, A3 ging wohl nicht, wie immer. Eine krakelige Kugelschreiberlinie markierte einen großen, ausgebeulten Kreis, drei Viertel davon durchgezogen, am Ende nur noch gestrichelt. Am Übergang ein rotes Kreuz, eine andere Linie, die sich vom Kreis wegbewegte und in einem Rechteck endete, auf dem *Auto* stand.

»Was heißt das? Ich schaffe es nicht, gleichzeitig zu fahren und mir die Karte selbst zu erklären.«

»Ach so, ja«, entschuldigte sich Marcel und zog die Papierseiten zurück. Er sei noch einmal wie vereinbart rausgefahren und habe mit Luitgard Pohl gesprochen. Sie sei sich nicht ganz sicher, weil ihr Mann seine Spaziergänge meistens alleine unternommen habe, aber das müsse die Route sein. Bei dem roten Kreuz vermuteten die Kollegen von der Spurensicherung den Angriff. Der Wald war dort am dichtesten, der Weg am schmalsten, und in nur zwei Minuten kam man zur nächsten Parkmöglichkeit. Reifenabdrücke? Schwierig, zu trocken, außerdem asphaltiert. Vermutlich hatte der Täter Pohl betäubt und dann zum Auto geschleppt, also auf jeden Fall männlich oder eine sehr starke Frau oder sogar zwei. Sonntagabends sei nun nicht viel los im Grunewald, da auf dieser Strecke. Aber auch nicht nichts. Gerade wo sich Pohls Weg mit anderen kreuzte, waren mehrere Spaziergänger im angegebenen Zeitraum unterwegs gewesen. Um diesen perfekten Punkt zu treffen, getarnt, schnell zu erreichen, musste der Täter nicht nur Pohls Route kennen, sondern vor allem die örtliche Geografie. Von einer spontanen Tat sei daher nicht auszugehen, es müsse lange geplant gewesen sein.

Eine Erkenntnis, die man durchaus schon in Anbetracht der sechs Wochen vor dem Mord besorgten Kostümierung hätte gewinnen können. Jay sparte sich den Kommentar. Er sah auf die Uhr des Armaturenbretts. Ob er zu Pfaffinger auch noch etwas recherchiert habe?

Marcel krampfte sich im Sitz hoch, um an einen Zettel in seiner Hosentasche zu kommen. Nicht viel, Pfaffinger sei wie Pohl auf der höchsten Hierarchieebene angesiedelt, er CEO, sie CFO, also für die Finanzen verantwortlich. Zudem seien sie beide Gesellschafter von Ascandy, hielten gleichviele Anteile und würden als Gründer der Kette geführt. Wahrscheinlich habe sie Pohl in den letzten dreißig Jahren häufiger gesehen als Luitgard, Franziska und Hendrik zusammen. Wenn jemand etwas über Pohl sagen könne, dann Pfaffinger.

Hendrik hieß er also. Der Name, der Jay gestern Abend nicht eingefallen war.

Ja, mit dem habe er auch gesprochen, warf Marcel ein, der lebe aber seit vielen Jahren in Chicago, Arzt, ohne Ambition, Ascandy zu übernehmen, zur aktuellen Situation um Pohl keine gute Quelle, ein bis zwei Telefonate im Monat.

Jay parkte auf dem Hotelparkplatz und sah aus dem Fenster. Er hatte sich das Ascandy anders vorgestellt, besser gesagt, es war anders, in den anderen Städten und auf der Webseite. Weniger verschnörkelt, glatter, flächiger, moder-

61

ner. Das Hotel hier hatte weiße Wände, große Fenster und Balkone, viel Grün drum herum.

Es war richtig, Pfaffinger heute schon zu treffen. Irgendwelche Ideen musste sie haben, dann konnte man abends weitermachen, vielleicht bis in die Nacht, und Martha bestenfalls morgen früh mit einem Ergebnis oder wenigstens einem Plan beruhigen.

»Könnten Sie bitte Frau Pfaffinger sagen, dass wir da sind?«

Die Empfangsdame an der Rezeption lächelte.

»Und Sie sind?«

»Jerusalem Schmitt, Neunte Mordkommission.«

»Ah, Herr Schmitt, mit tt, wir haben, glaube ich, telefoniert«, meinte sie freundlich und griff zum Hörer. Auf einem Post-it am Rand des Computerbildschirms sah er seinen Namen. Jerusalem Schmitt. Jay war irritiert.

»Hat man mich angekündigt?«

Die junge Frau wirkte verunsichert, ging nicht darauf ein, nahm den Zettel vom Schirm und lächelte freundlich. »Fahren Sie einfach in die Vier, Frau Pfaffinger holt Sie dort ab.«

Im Spiegel des Aufzugs gefiel sich Jay nicht. Das Sakko war einmal sein Lieblingssakko gewesen, nur war das vier Jahre her, und nach vier Jahren hatte sich alles zur Gewöhnlichkeit getragen. Zum Friseur musste er auch mal wieder, die Haare hingen zu weit in die Stirn. Alternativ könnte er Haargel verwenden, doch aus dem Alter fühlte er sich entwachsen. Marcel offensichtlich nicht, keck hatte er die vordersten seiner kurzen blonden Haare nach oben gestellt, als wolle jemand vom hinteren Haarwirbel nach vorne boarden und brauche eine Schanze zum Absprung. In den Neunzigern hatte Jay so was auch mal getragen.

Karin Pfaffinger gehörte zu den Frauen, denen man ihren Erfolg ansah, bevor sie ein Wort gesprochen hatte. Das feste Klacken ihrer Absätze auf dem Hotelflur, die gerade Haltung, Kostüm, sauber geschminkt, andererseits die deutlich sichtbaren Falten und eine von Energie weit entfernte Routine, die Fingernägel, die aussahen wie frisch nach einer kompletten Neumodellage für die Nägel von A bis Z, nicht zuletzt die offen ausgestreckte Hand zur Begrüßung, Blickkontakt. Hier stand niemand, der sich verstecken musste oder wollte.

»Guten Tag. Karin Pfaffinger.«

Sie war 65 Jahre alt und hatte alles erreicht. Jüngster weiblicher Finanzvorstand eines überregionalen Unternehmens, Mitglied der regierungsberatenden Delegation Frauen in Führungspositionen, Gründerin der Organisation Femme Plus zur Verbesserung der Karrierechancen weiblicher Führungskräfte. Und das waren nur die öffentlichkeitswirksamen Engagements, Marcels Internetrecherche. Womöglich besetzte sie noch wesentlich mehr Ämter, für die ihr Geschlecht aber nur eine untergeordnete Rolle spielte.

Pfaffinger bat in die Suite, hatte dort bereits Getränke aus der Minibar geholt, man setzte sich auf grüne Samtsofas.

Seit dem Studium hätten sie sich gekannt, Hans und sie, BWL in München, sie sei Münchnerin, dann ergab sich die Chance mit dem Hotel. Sie übernahmen 1985 ein altes Haus, modernisierten Strukturen und expandierten nach der Wende, zunächst im Osten, Dresden, Leipzig, dort, wo auf einmal viele Geschäftsleute eine Herberge suchten und Ostcharme noch nicht angesagt war.

»Wirkte Dr. Pohl auf Sie in letzter Zeit anders, unruhiger, gab es Probleme, in der Firma ... oder auch abseits der Firma ... von denen Sie wussten?«

Pfaffinger überlegte. Sie habe ihn nun schon lange nicht mehr täglich gesehen, sie sei inzwischen meistens in München, käme nur für wichtige Meetings nach Berlin geflogen. Da habe er stets ganz normal gewirkt. Probleme gab es immer in der Firma, wie in jeder Firma, Herausforderungen, denen man begegnen musste. Die Osthotels liefen nicht mehr gut, die Expansion in andere Länder wurde nach einer Machbarkeitsstudie abgeblasen. Natürlich trennte man sich auch von Mitarbeitern, Verschiebungen gebe es immer, auf Managementebene wie beim Hotelpersonal. Einen wütenden Jobverlierer könne sie sich nicht als Täter vorstellen, der wäre eher auf sie losgegangen, sie verantwortete die Sparmaßnahmen, die Umstrukturierungen mit Personalabbau. Eine Schattenseite? Ein Nebenprojekt? Unvorstellbar. Gar keine Zeit habe der Hans dafür gehabt, er war immer erreichbar, immer unterwegs, sie stellte sich etwas mehr in den Vordergrund, weil es von PR-Seite gewünscht war, im Hintergrund zog er alle Strippen.

Marcel streunte durch den Raum und besah Flaschen und Bilder, vermutlich hatte er irgendwo gesehen, dass man das als Assistent so tat.

»Marcel, zeig doch mal kurz die Fotos.«

Er setzte sich zu den beiden und platzierte mehrere Bilder auf dem verglasten Couchtisch in der Mitte. Die Leiche neben dem Hafenbecken. Der Matrosenanzug. Die Matrosenmütze. Der lila Punkt. Der vermutete Tatort im Grunewald. Familie Pohl.

Sie habe keine Ahnung. Sie verstehe das nicht. Freiwillig hätte er so was nie angezogen. Selbst auf den Faschingsgaudis im Studium, er sei der gewesen, dem man vor dem Eingang noch die rote Nase anpappte oder den Schnurrbart malte, damit er überhaupt reingelassen wurde.

»Waren Sie schon mal im Grunewald?«

Pfaffinger blickte Jay an. Er kannte den Moment, die Sekunde, wenn sich die Befragten kurz der hauchdünnen Linie zwischen Zeuge und Verdächtigtem bewusst wurden. Er blieb ruhig.

Natürlich sei sie schon im Grunewald gewesen, sie habe viele Jahre in Berlin gelebt. Auch bei den Pohls, zweimal, dreimal, wenn sie zum Essen eingeladen hatten. Die Kinder kannte sie noch von früher, habe sie aber seit Jahren nicht gesehen, Luitgard vor ein paar Wochen zuletzt bei einer Hotelfeier.

»Was für ein Tod war das?«, fragte sie nach einer Pause.

»Er wurde betäubt. Beim Spazierengehen. Wir vermuten, dass er dann noch einmal bei Bewusstsein war, sich die Matrosenuniform angezogen hat oder anziehen musste, und dann wieder betäubt wurde. Und so ins Wasser geworfen wurde.«

»Merkt man das Sterben?«

»Nein.«

Sie zog ein Taschentuch aus ihrer Handtasche. Es sei so traurig alles, so unerwartet traurig. Jay nickte. Sie musste ihm doch mehr liefern können als das.

»Wer würde Sie umbringen?«

»Wer mich umbringen würde?«

»Ja.«

»Niemand, hoffe ich«, sagte Pfaffinger und tupfte sich die Stirn. Die Diplomatie der Führungskräfte nervte Jay.

»Das wird Herr Pohl möglicherweise auch gedacht haben.«

»Könnte es nicht genauso gut Zufall sein? Versuchter Raubmord? Verwechslung?«

»Sicher, sicher. Das kann immer sein. Bisher deutet nichts darauf hin.«

»Und Selbstmord?« Jay war überrascht. Die Frage hätte er nicht mal Marcel zugetraut.

»In Verbindung mit der Betäubung fällt mir kein Szenario ein, das Sinn ergibt.«

Draußen begann es zu regnen. Von hier oben sah man irgendwo hinten noch die Sonne untergehen, eine surreal wirkende Kulisse. Pfaffinger stand auf und stellte sich ans Fenster. Sie blickte über die Stadt und schwieg, klammerte sich an die Tasse Tee in ihrer Hand.

War sie verheiratet? In welchem Verhältnis stand sie zu Pohl? Jetzt, früher, ganz früher? Hatten sie gemeinsame Freunde? Waren sie Freunde? War das nach all den Jahren wie eine Ehe, in der man über die Macken des anderen hinwegsah? Oder regten sie immer mehr davon auf? Oder hatte Pohl keine Macken gehabt? Hatte er ein Wissen, das kein anderer hatte? Macht, die kein anderer hatte? Hat er irgendwann irgendwen gedemütigt, missbraucht, über den Tisch gezogen? Wie war das Verhältnis zu Konkurrenten? Kannte und schätzte man sich? Oder waren das Spielfiguren, die rausgekickt werden mussten? Was für Veränderungen würde es in der Firma jetzt geben? Welche dieser Veränderungen könnte der Mörder gewollt haben?

Jay gingen viele Fragen im Kopf herum, doch Pfaffinger bat um eine Pause. Ob man nicht morgen früh weitermachen könne? In der Zentrale habe man dann auch gleich mehr Material parat. Sie sah müde aus.

Pfaffinger brachte die beiden zum Aufzug und verabschiedete sich. Wie vorhin drückte sie fest zu. Das konnten sie da oben immer, Hände drücken, anders ging es gar nicht. Dann stöckelte sie den Flur entlang zurück in Richtung Suite.

Jay hatte Hunger, Marcel auch, und so standen sie wenig später unter dem Schirm einer Currywurstbude, der Sommerregen prasselte warm auf die Plane. Früher hätte er sich an so einem Abend schnell verabschiedet, Mittwoch war Sonya-Tag, da kamen sie beide nicht so spät raus und verbrachten Zeit miteinander. Jetzt war es Jay fast egal, ob er um sieben heimkam oder um elf, er nahm sich etwas zu essen mit vom Thailänder an der Ecke, aß, legte sich eine halbe Stunde auf die Couch und setzte sich dann wieder an den Schreibtisch. Da konnte er auch mal den Thailänder für die Currywurst ausfallen lassen.

Während der ersten Bissen rekapitulierten sie das Gespräch mit Pfaffinger, so schnell konnte man den Schalter nicht umlegen. Sie waren sich einig darin, morgen gezieltere Fragen zu stellen. Pfaffinger wirkte kooperativ, erzählte nur nicht viel von sich aus. Er würde sich heute Nacht noch besser in die Firmenstruktur einlesen, versprach Marcel. Jay lobte den Eifer, ja, sehr gut, versprach sich jedoch nicht viel davon. Später ging es um Sport, Hoppegarten und B-Movies. Jay war überrascht, über wie viele Themen er sich mit Marcel unterhalten konnte. Es stand am Ende sogar im Raum, einmal gemeinsam Badminton spielen zu gehen, doch das war so ein Müsste-man-eigentlich-wirklich-mal-machen-Ding, merkte Jay und hakte den Gedanken ab.

16

Abendmahl

Pfaffinger drehte sich nicht noch einmal um. Ein bisschen viel war das alles, die Fliegerei, dann heute Gespräch, morgen wieder, die Beerdigung. Völlig ungeklärt, wie es in der Firma weiterging, sie müsste wieder mehr tun, bis sie jemanden gefunden hatten, dabei sollte sie weniger tun. Beamte in der Zentrale, Presse, wahrscheinlich würden sie sogar etwas finden, irgendwas gab es bestimmt, hier eine Unregelmäßigkeit, da ein Urlaubstreffen mit dem und dem Geschäftsführer, der in diese und jene Sache verwickelt war. Sie konnten es sich nicht vorstellen, die Indianer, dass es Häuptlinge gab, die jeden Tag zwanzig Hände schütteln mussten und nicht jede Hand auf Schmutzspuren untersuchen konnten. Sie hatte es selbst erfahren, bei einer ihrer Initiativen, sie wusste nicht mehr, welches Programm, Femme Plus oder damals noch mit der Stiftung, sie zeichneten eine junge iranische Studentin mit überragenden Studiennoten aus, und ein Investigativling, wie die PR-Abteilung diese Geschöpfe nannte, fand familiäre Verbindungen zu einem führenden regierungsnahen Vertreter ... und dann Statements und Kritik. Einen wirklichen Skandal gäbe es bei Pohl nicht aufzuspüren, da war sie sich sicher, Schnee von vorgestern vielleicht, aber das war Unsinn.

Es roch hier immer so gut, dachte sie. Als ob sie auf dem Gang mit der Suite ein anderes Raumspray verwendeten, auf der Zwei und Drei roch es auch gut, doch auf der Vier hatte es mehr von Parfüm als von irgendeinem Blütenduft. Sie bekam das Bild nicht aus dem Kopf, dass ein ganz gewöhnlicher osteuropäischer Verbrecher Pohl auflauerte und ihn ermordete. Sie konnte sich den Mord nicht als lange geplante Strategietat vorstellen, das musste dumpf und roh und dumm sein, sonst musste man ja am Ende noch einen Sinn suchen. Die arme Familie, die Frau, hatte jahrelang nichts von Hans, und dann das.

Pfaffinger hielt ihre Karte vor die Tür und hörte es zweimal piepsen. Sie würde noch ihre Mails checken, nachsehen, ob die Präsentation final war, das Bild ausgetauscht. Damit man morgen etwas parat hätte, wenn die Beamten wiederkämen. Unternehmenszahlen, Gesellschafterstruktur. Bis man das denen alles erklärt hatte, war es einfacher, ihnen eine Präsentation mitzugeben. Zumindest der Kommissar wirkte, als könne er damit etwas anfangen. Sie zog ihre Schuhe aus und ließ sie neben der Zimmertür stehen. Im Bad goss sie sich Wasser in ein Glas, nahm eine Tablette aus der Packung. Müde betrat sie den Salon. Sie sah verloren umher, dann erstarrte sie.

Sie fixierte den Couchtisch, an dem sie gerade noch gesessen hatten, genauer gesagt den Teller in seiner Mitte. Der Teller, der eben garantiert noch nicht auf diesem Tisch gestanden, ja, sich nicht einmal an einem anderen Ort in der Suite befunden hatte, wäre unter anderen Umständen Gegenstand minutenlangen Nachdenkens. In diesem Fall entzog ihm das auf dem Teller Dargebotene die Aufmerksamkeit. Karin Pfaffinger kannte den Zimmerservice ihrer Kette genau, sie konnte nicht jedes Gericht auf der Karte auswendig, aber es gab die Tomatensuppe, den Caesar Salad, Caprese, Steak, vieles hatte sie sich selbst schon spätabends hochbringen lassen. Es war auch völlig egal, man hätte den Zimmerservice überhaupt nicht kennen müssen, um dieses Etwas hier als eindeutig nicht aus der Ascandy-Küche stammend zu identifizieren. Was war das? Ein schlechter Scherz? Sie ging einen Schritt auf den Tisch zu. Sie hatte sich nicht verguckt. Es steckte drin, einmal quer durch. Würstchen und süßen Senf kannte sie aus der Heimat, sie war kein großer Fan davon. Aber Würstchen und Marmelade? Die Polizisten waren vor ihr aus dem Zimmer gegangen, sie hinterher, die konnten nichts damit zu tun haben. Sie musste ihn anrufen, den Kommissar, war sie denn verrückt geworden, und es stand schon die ganze Zeit dieser Berliner auf dem Tisch? Nein, nein, nein, da war vorher nichts. Sie wollte gerade zum Telefon greifen, als sie sich noch einmal umsah. Dann ließ sie den Hörer fallen.

17

Flipper

Jay spielte Flipper. Er hatte es sich angewöhnt, als sein Vater ihn ein paarmal mit in die Kirche genommen hatte. Kaum ausgehalten hatte er es da. Nicht einer grundsätzlichen Ablehnung der Religion wegen, das kam später. Alles Rituelle missfiel ihm. Es war ihm zu passiv, zu langweilig, man musste nicht nachdenken, nicht spielen, nur zur selben Zeit dieselben Dinge wiederholen. Auch mit Auswendiglernen in der Schule konnte er nichts anfangen, später war er einmal völlig enttäuscht von einem Stierkampf.

Dort in der Kirche hatte es auf jeden Fall angefangen, das mit dem Flippern. Ein riesiger Teppich lag auf dem Boden, rot, mit allerlei Mustern und Linien und Blöcken und Pflanzen, Formen, die sich als Hindernisse und Banden eigneten. Dann ließ Jay seine imaginäre Kugel ins Spielfeld schießen und verfolgte ihren Weg. Das Besondere daran war, dass er völlig abstrahieren konnte und die Kugel, die eigentlich gar nicht da war, nicht nach Belieben durch den Teppichparcours rollte. Bei jedem Aufeinandertreffen mit einem Hindernis auf der Strecke errechnete oder besser schätzte Jay den Abprallwinkel und ließ die Kugel so weiterflippern. Manchmal hielt sie sich nur wenige Sekunden im Spiel, andere Male mehrere Minuten. Jay litt mit der Kugel wie ein Zocker am Automat, er fühlte sich völlig neutral und ohne Einflussmöglichkeit auf das Resultat, auch wenn er gleichzeitig Spieler und Schiedsrichter war. Er besaß die Fähigkeit, in gewissen Situationen so sehr aus dem eigenen Ich herauszutreten und sich in ein anderes Ich hineinzuversetzen, und sei es nur eine Kugel, dass er sich selbst nicht ganz sicher war, ob das Empathie oder Schizophrenie war. Aber diesen Gedanken hatte er erst viel später, eine Zeit lang hielt er sich einfach für einen sehr guten Alleinspieler. Und das Flippern war tief in ihm drin, auch heute noch, gerade wenn er wartete. Der Teppich in der Halle der Ascandy-Zentrale war ein ordentliches Terrain, kein Vergleich zum Kirchenparcours, eher ein Einsteigersetting, nicht so viele Hindernisse, nicht so viel Rechenleistung.

Warum sie überhaupt noch hier sitzen mussten, war Jay nicht klar. Er war einiges gewohnt von Chefs, unentschuldigtes Zuspätkommen eher nicht. Solche Leute sagten ein Treffen gerne fünf Minuten vorher ab oder ließen es durch die Sekretärin verschieben. Hier versuchte es der junge Mann am Empfang nun schon zum dritten Mal in Pfaffingers Büro, doch niemand nahm ab. Marcel saß in einem bodentiefen Sessel und blätterte im Hotelprospekt. Jay wählte die Nummer des Ascandy-Hotels.

»Hotel Ascandy Berlin, wie kann ich Ihnen weiterhelfen?«

»Schmitt hier, wir haben einen Termin mit Frau Pfaffinger, haben Sie sie heute schon gesehen?«

»Ah, Herr Schmitt, ja, wie ich Ihnen gestern ja schon gesagt habe, darf ich eigentlich keine Auskunft über unsere Gäste geben, aber ...«

»Wann haben Sie mir das gestern denn bitte gesagt?«

Einen Moment schwieg die freundliche Stimme am anderen Ende der Leitung.

»Ist das ein Test?«

Jay wurde nervös. »Was für ein Test? War Frau Pfaffinger heute schon beim Frühstück oder nicht? Ich frage das nicht zum Spaß, wir sind …«

»Sie sind von der Polizei, Kommissar Jerusalem Schmitt, ja, das haben Sie mir doch schon erzählt.«

»Ich habe den Berliner Ascandy-Manager angerufen und einen Termin mit Frau Pfaffinger ausgemacht. Wenn der Sie gebrieft hat, schön und gut, ich selbst habe nie …«

»Nein, Jerusalem Schmitt. Ich habe es mir ja extra aufgeschrieben.«

Jay blitzte das Bild von gestern vors Auge. Der Zettel am Monitor, sein Name drauf. Er hatte angenommen, sein Ascandy-Kontakt hätte den Besuch angekündigt.

»Deswegen meinte ich ja auch das mit dem tt gestern, als Sie hier waren, weil wir es doch davor am Telefon …«

»Haben Sie sie heute gesehen?«, rief Jay jetzt laut.

»Frau Pfaffinger? Nein, noch nicht.«

Jay legte auf.

»Was ist los?«, fragte Marcel aus seinem Hängestuhl.

»Wie schnell sind wir beim Ascandy?«

»Hotel? Fünf Minuten, das sind zwei Blocks von hier.«

»Komm.«

18

Würstchen

Das Blaulicht aus dem Kofferraum zu holen, sparten sie sich. Jay setzte sich ans Steuer und fuhr los. Er hatte noch keine Antworten, aber ein mulmiges Gefühl. Was er denn glaube, fragte Marcel. Nichts glaube er, sagte Jay, nur sei es kein gutes Zeichen, wenn jemand unter seinem Namen irgendwo anriefe. Im besten Fall war es noch ein Pressevogel, im schlechtesten Fall ... Er beendete den Satz nicht. Es hupte links und dann wieder rechts, Jay wechselte immer wieder die Spur, parkte direkt vor dem Eingang.

Sie ließen Pfaffinger noch einmal anrufen, vergeblich, baten die verstörte Rezeptionistin, ihnen zu folgen. Ob sie eine Karte zum Öffnen der Suite habe? Im Aufzug war Jay sein Aussehen dieses Mal völlig gleich. Wann das gewesen sei gestern, was der Anrufer gefragt habe? Sie waren schon auf der zweiten Etage. Die junge Frau rekonstruierte das Gespräch, die Zeit wusste sie noch ungefähr, es war gegen Mittag, so zwölf vielleicht. Die geforderte Information: Pfaffingers Ankunft und Unterbringung. Sie habe das nicht direkt rausgegeben, erst nach dem Namen gefragt.

»Ich habe das dann gegoogelt, und weil Ergebnisse kamen, dachte ich ...«

Da sollten sich andere drum kümmern, Jay ärgerte sich genug über sich selbst, und nicht einmal dafür war jetzt Zeit. Der Aufzug plingte, und die drei stiegen aus.

»Sie bleiben hier«, sagte Jay und schlich mit Marcel Richtung Suite.

Er klopfte.

Nichts.

Er klopfte wieder.

»Hallo? Frau Pfaffinger? Jerusalem Schmitt hier, Mordkommission.«

Nichts.

»Wir öffnen jetzt die Tür.«

Keine Reaktion.

Er deutete Marcel mit den Augen auf den Kartenleser und nahm leise seine Waffe aus dem Halfter. Marcel nickte und griff ebenfalls zur Pistole. Es piepste zweimal, die Tür war auf. Noch einmal, jetzt durch den offenen Spalt, rief Jay Pfaffingers Namen. Dann stieß er die Zimmertür langsam auf. Im Bad brannte Licht, im Flur standen ihre Schuhe. Mit gestreckter Waffe betrat er ruckartig den Salon.

Plötzlich fiel alles von ihm ab. Er nahm die Waffe herunter und atmete durch. Jay hatte es nicht ausgesprochen, nicht einmal daran zu denken gewagt. Doch gegen Bilder konnte man nichts machen. Er hatte Pfaffinger schon im Matrosenkostüm in der Spree vor sich gesehen, die zweite Uniform, XL hin oder her.

»Suite sicher«, rief er erleichtert, Marcel kam nach.

Müde hatte sie ausgesehen gestern, sehr müde, dann war sie wohl neben ihrem Abendbrot eingeschlafen. Sie saß mit dem Rücken zu ihnen am Schreibtisch, den Kopf in den Händen vergraben auf der Tischplatte. Daneben ein Teller mit einem angebissenen ... Jay sah genauer hin. Er hatte sich nicht vertan. Auf dem Teller lag ein Pfannkuchen, braungelb gebacken mit Zuckerglasur, aber darin steckte: ein Würstchen. Einmal quer durch, ein Wiener Würstchen.

75

Es schien ihr selbst nicht sonderlich geschmeckt zu haben, nur ein paar Bissen hatte sie genommen.

Vornehmlich das Interesse an der außergewöhnlichen Speise bewegte Jay dazu, näher an den Tisch heranzutreten. Als er neben Pfaffinger stand, berührte er sanft ihre Schulter. Sie reagierte immer noch nicht. Schlaff hing sie über der Platte. Ein Blick auf den Pfannkuchen, ein Blick zu Marcel. Dann fühlte Jay ihren Puls.

»Fuck.«

Mit einem Schlag, mit einem Nicht-Schlag war das Adrenalin wieder da. Jay fühlte nichts. Einundzwanzig, zweiundzwanzig. Dann hob er ihren Kopf, drehte ihn und sah in ein unendlich leeres Gesicht. Wie ein Sack, eine Puppe, hing Pfaffinger in dem Stuhl, keine Verletzungsspuren, kein Atem. Die so souveräne Hotelchefin. Allem Anschein nach war ein Pfannkuchen, ein Berliner, wie die Nicht-Berliner sagten, mit Würstchen darin ihre Henkersmahlzeit gewesen. Als Jay ihren Kopf zurück auf den Tisch legte, erblickte er ihren Nacken. Orange.

19

Wachstum

Er bewundert dich sehr. Als Netti das sagte, war er stolz. Es würde nicht lange anhalten. Bald kam die schwierige Zeit, da bewunderten sie alles und jeden, nur bestimmt nicht den eigenen Vater. Es ging jetzt schon los. Früher war der Sonntagnachmittag ihre Zeit gewesen, gemeinsam hatten sie im Garten geschuftet, gemalt, waren Rad gefahren. Netti mit der Kleinen, er mit seinem Großen. Auf einmal verabschiedete er sich Sonntagmittag nach dem Essen. Es war normal, ganz klar, in dem Alter begann es mit der eigenen Weltentdeckung. Der Mann mit den drei Muttermalen im Gesicht merkte jedoch, wie wichtig ihm die Zeit mit dem Sohn war. Oft freute er sich schon die halbe Woche darauf, gerade wenn er eben wieder nicht um sechs aus dem Büro kam und auch nicht um sieben und auch nicht um acht. Vielleicht freute er sich zu sehr darauf, vielleicht war es kein gutes Zeichen, dachte er. An sich sollte einem alles so viel Spaß machen, dass man den Großteil der Zeit aufging in dem, was man tat, und sich nur hin und wieder nach anderen Momenten sehnte. Bei ihm war es anders. Er wollte den Großteil seiner Zeit nicht da sein, wo er war, zumindest in den letzten Monaten. Oft musste er an Böll denken und die Geschichte mit dem Fischer. Sie hatten sie in der Schule gelesen. Ein Fischer liegt faul in der Sonne und bekommt Besuch von einem Touristen. Wieso er denn faul

77

in der Sonne liege? Weil er heute schon rausgefahren sei und sich seinen Fisch für den Tag gefangen habe, antwortet der Fischer. Er könne doch noch einmal rausfahren und noch einen Fisch fangen, empfiehlt der Tourist, den sich der Muttermalmann immer als bleichen Deutschen mit Sandalen vorgestellt hatte. Und dann? Dann könne er den zweiten Fisch verkaufen und so jeden Tag Geld beiseitelegen. Und dann? Dann könne er ein richtiges Netz kaufen, mit dem man täglich fünf Fische fängt. Und dann? Dann könne er vier Fische täglich verkaufen und richtig viel Geld für sich behalten. Und dann? Die Geschichte nahm noch ein paar Runden, soweit sich der Mann erinnerte, als der Tourist dem Fischer schon ein riesiges Unternehmen mit Schiffsflotte hochgerechnet hat, kommt ein letztes Mal die Gegenfrage. Und dann? Dann könne er einfach faul in der Sonne liegen und das Leben genießen. *Aber das tue ich ja schon jetzt.* Es war eine so schöne Pointe, ein so schönes Plädoyer für die Genügsamkeit. Oft musste er daran denken, oft ging es viel zu viel um Netze und neue Fische und noch mehr Fische und Schiffe. Und viel zu wenig um Sonne.

»Bis später«, rief die helle Jungenstimme und zog die Haustür zu. Netti gab ihrem Mann einen Kuss zum Trost. Er konnte sich nicht helfen, er war ziemlich eifersüchtig auf das elfjährige Mädchen, das ihm immer öfter seinen Großen ausspannte. Dann ging er in die Garage und reparierte dem Jungen das Fahrrad.

20

Trio

Kein Gedanke an Flipper. Jay saß wieder im Foyer der Ascandy-Zentrale, aber dieses Mal schoss keine Kugel in seinem Kopf über das Teppichmuster. Mehrere Polizeiwagen standen vor dem Gebäude, innen eilten alle umher, hier ging eine Tür auf und da, vorgehaltene Hände, nein, doch, nicht dein Ernst, das kann doch nicht, o mein Gott. Wer denn jetzt Personenschutz bekäme, fragte der Regionalmanager, ein Typ, den sich Jay auch gut am Lift oder hinter der Bar oder sogar am Barflügel vorstellen konnte, eine Mischung aus Attraktivität, Selbstdarstellung und Schmierigkeit. Jay ging die Übersicht durch, die man ihm in die Hand gedrückt hatte. Die Doppelspitze war weg. Darunter hingen sechs weitere Kästchen. Abteilungsleiterebene, mit Namen und Zahlen. Darunter dann die Regionalmanager.

»Herr Schmitt«, Marcel kam schnell auf Jay zugelaufen. »Gift, Pfaffinger wurde vergiftet.«

»Der Pfannkuchen?«

»Das Würstchen.«

Jay wandte sich an den Regionalmanager.

»Sie haben meinen Namen gegenüber dem Hotelpersonal nie erwähnt?«

»Dem Hotelpersonal?«

»Sie hatten mich gestern nicht an der Rezeption angekündigt?«

»Nein, ich habe Frau Pfaffinger nach ihrem Anruf mobil erreicht und gefragt, ob ein Termin möglich sei. Sollte ich …?«

»Bastard«, sagte Jay. Mehr zu sich selbst, doch sein Gegenüber zuckte zusammen. »Dieser verdammte Bastard.«

»Er …«, Marcel zögerte, »er hat Sie auf dem Schirm.«

Jay bat darum, die Präsentation zu sehen, von der Pfaffinger gestern gesprochen hatte. Die beiden Polizisten folgten dem Ascandy-Mann in einen Konferenzraum. Blaues Beamerlicht färbte das Gesicht des Mannes, als er über einen Laptop gebeugt mit Kabeln kämpfte. Es waren zehn Folien, Struktur der Firma, ein paar Kennzahlen, ein Bild der beiden Vorstände auf einer Ascandy-Terrasse.

»Wann war das?«

»Das Bild? 2010 müsste das gewesen sein.«

Sie war wirklich gealtert in den letzten Jahren, dachte sich Jay. Nebeneinander standen sie da vor einer Skyline, vermutlich Frankfurt, mit Gläsern, vermutlich Champagner. Ein Firmenjubiläum sei das gewesen, 25 Jahre Ascandy. Auf den Folien mit den Zahlen prangte rechts oben in der Ecke ein angedeuteter Stempel. Streng vertraulich. Jay überflog die Werte, nichts Überraschendes. Schlagkräftige Titel wie *5 Jahre infolge über Branchenwachstum* oder *Segmentierung in 3 profitable Kundengruppen* standen über bunten Diagrammen mit vielen Pfeilen und eingerahmten Prozentzahlen. Wo es knisterte, wo es klemmte, das stände in keiner Firmenpräsentation, so viel war Jay vorher klar.

»Was sollen wir denn jetzt machen?«, fragte der Regionalmanager am Ende des Gesprächs. Seine Stimme war hilflos, schien nicht zu seinem Erscheinungsbild zu passen. Seine schwarzen starken Haare nach hinten gekämmt. Er hatte Angst, der Mann.

»Sie haben den Laptop ready«, sagte Marcel und blickte von seinem Smartphone auf.

Fünf Minuten später saß Jay alleine in Pfaffingers Büro. Chefzimmerflair, verglaste Front. Von hier oben war es ein großes Gewusel unten in den Straßen. Und irgendwo darin wuselte nun der Typ, der sich gestern als Jerusalem Schmitt ausgegeben hatte. Schmitt mit tt. Der den einen als Matrosen im Hafenbecken sterben ließ. Und die andere mit Wurstpfannkuchen in der Suite. Du verrückter Idiot, dachte Jay. Er rieb sich die Augen. Du verrückter, abartiger Idiot. Da unten lief er jetzt rum und hatte erreicht, was er wollte. Aber was wollte er? Lila, orange. Er hörte das Schluchzen der Sekretärin durch die geschlossene Bürotür. Sie ging im Vorzimmer mit einem Kollegen einen Umklappkalender durch, gab es also wirklich noch Menschen, die so was benutzten. Jay setzte sich in den Drehsessel vor dem Fenster und blickte in den Raum. Das Büro sah nicht aus wie ein Büro, nicht einmal wie ein Büro aus dem Möbelprospekt. Selbst da stellten die Requisiteure hier noch einen Locher hin und legten dort ein Buch quer ins Regal. Bei Pfaffinger gab es nichts. Regalfront, lang gezogener Holzschreibtisch, Siebzigerjahre-Hängelampe, Eames Chair auf Fellteppich. An der Wand wiederum hing ein riesiges Bild, das allerlei Gerätschaften zeigte, Fernseher, Rasierer, Musikanlagen, Boxen, Küchenmixer. Alles in Schwarz-Weiß, klare Formen und Linien, *Less But Better*, Design by Dieter Rams. Pfaffinger schien sich mit einem völlig leeren Arbeitszimmer vor dem Werk des Designers zu verneigen oder mehr noch: Outsourcing, sie hielt ihr Büro minimal eingerichtet und verfrachtete alle Einrichtungsgegenstände auf ein Bild an der Wand. Eigentlich ein logischer Schritt, die Digitalisierung der Einrichtung, der letzten analogen

Hochburg, wieso nicht auch das nur noch virtuell, nur noch als Projektion an der Wand. Er klappte den Laptop auf. Als die Spurensicherung durch war, hatten sich die Kollegen an den Zugang gemacht, jetzt konnte Jay auf dem Desktop Kästchen ziehen. Sie war nicht nervös gewesen, erinnerte er sich, müde, kaputt, aber überhaupt nicht nervös. Hatte völlig überrascht gewirkt, als er von ihr wissen wollte, wer sie denn ermorden könnte. Dann geht sie zurück in ihr Zimmer und ... War er schon da? War er sogar schon da gewesen, als sie alle im Zimmer waren? Gedankenverloren klickte sich Jay durch Pfaffingers Maileingang. Termine wurden festgesetzt, verschoben, noch mal verschoben, Präsentationen hin und her geschickt, nur die Versionsnummern am Ende änderten sich, _v1, _v2, _v3, _v4, irgendwann _final. Da war auch die Firmenpräsentation, die sie sich angesehen hatten. *Bitte Company Präsentation, Kennzahlen, Struktur, bis 10 a.m. für Polizei DANKE* hatte sie geschrieben, gestern Mittag, dann erster Vorschlag an sie, noch mal zurück ... Jay klickte auf die Datei mit der v2-Endung im Anhang. Es interessierte ihn, was sie noch geändert haben wollte, er versuchte zu verstehen, wie sie arbeitete. Die Präsentation sah genauso aus wie die von eben. Am Ende noch die Terrassenfotofolie. Er stockte. Das Terrassenbild war nicht in der Präsentation. Stattdessen ein altes Foto aus den Achtzigern. Pohl und Pfaffinger waren auch auf diesem drauf, wieder mit Champagnerflöte in der Hand. Aber nicht zwei Gläser stießen freudig in der Bildmitte zusammen, da war noch ein drittes. Es gehörte einem Mann, ebenso wie die beiden Ascandy-Chefs geschätzt Mitte dreißig. Erst jetzt sah Jay die Bildunterschrift. *Ascandy-Gründung 1985: Zwei der drei Gründer bis heute aktiv.*

Pfaffinger hatte einen Kommentar an das Bild geheftet.

Neueres Foto, ohne Böhm. Ein Dritter im Bunde, zu dritt waren sie einmal. Jay spürte das Adrenalin durch seinen Körper schießen. Böhm, der dritte Mann, er musste Böhm finden. Entweder konnte ihm der Mann einiges erzählen. Oder er war in akuter Lebensgefahr. Jay ahnte nicht, dass er mit beiden Thesen falschlag.

21

Froschplage

Jeanne argumentierte, und er nannte es zetern. Sie schrie, und er nannte es plärren. Sie unterstrich ihren Standpunkt mit einem zielgenau in die Ecke geworfenen Kissen, und er meinte, sie sei wohl nicht mehr ganz gescheit. Die beiden redeten aneinander vorbei. Am Ende setzte sie sich auf den Balkon und kiffte. Sie hatte es seit Jahren nicht gemacht, nicht mal geraucht seit der Schwangerschaft. Doch im Tiefkühlfach war noch Gras, ein alter Freund hatte es bei ihr deponiert. Seine Kinder waren gerade in einem Alter, in dem zufällig gefundenes Marihuana den Eltern nicht überrascht vorgehalten wurde, sondern lässig weggeraucht. Die Sorge musste sie bei ihrem Sohn – zumindest noch – nicht haben.

Ach Gunther, dachte sie, und nahm den ersten Zug. Wenn es wenigstens ein halbwegs ernstes Thema wäre, wenigstens Marihuana im Schulranzen. Wie soll das dann erst werden. Hier ging es um Frösche. Um kleine süße grüne Frösche mit weißer Unterseite für fünf Pfennig das Stück. Nicht mal geklaut hatte er sie, nur einen Streich gespielt, einen ihrer Meinung nach durchaus gelungenen Streich. Sie hatten die sieben biblischen Plagen in der Schule besprochen, oder waren es zehn, Jeanne war sich nicht sicher. Ginge es nach ihr, hätte er überhaupt nicht in den Religionsunterricht gemusst, aber Gunther wollte es. Er könne sich gerne später entscheiden, ob er wirklich daran glaube oder nicht. Nur müsse er ja wissen, um was es gehe, man könne sich gut gegen etwas entscheiden, das man kennt, doch schwerlich für etwas, von dem man nichts weiß. Sie tat Gunther den Gefallen.

Und heute hatten sie jedenfalls die Plagen besprochen, und mal wieder langweilte sich das kleine Cleverchen. Nicht wegen der Religion, er langweilte sich in den meisten Fächern, und Jeanne überraschte das nicht, seit dem Memory schätzte sie ihn richtig ein. Er störte dann den Unterricht, wie es hieß. Mochte stimmen, irgendwo musste er ja hin mit seiner Energie. Dass er vor die Tür geworfen wurde und das im ausgehenden zwanzigsten Jahrhundert noch als gewöhnliche Bestrafungsmaßnahme galt, brachte sie als Erstes aus der Fassung. Sie hatte sich nicht viel mit Pädagogik beschäftigt, doch man brauchte auch nur ein bisschen Menschenverstand: Die denkbar dümmste Reaktion – und genau so hatte sie es im Zimmer des Direktors bezeichnet – war sicherlich ein Rauswurf. *Pädagogischer Mehrwert null*, meinte sie dann noch, sah zu Gunther und anstatt einen Funken Unterstützung, ein Nicken, ein zustimmendes *Ja* zu bekommen, entschuldigte er sich beim werten Herrn Direktor. Man solle jetzt beim Thema bleiben, erst einmal die ganze Geschichte anhören, sachlich und ruhig. Er konnte sie mal mit sachlich und ruhig. Weinend war der Junge nach Hause gekommen, hatte sich minutenlang in ihren Armen ausgeheult, weil sie ihn angeschrien hatten und zum Nachsitzen verdonnert, und vor allem, ja, das war es, was sie vor allem störte, weil sie ihm einredeten, dass der liebe Gott das aber gar nicht gern gesehen habe, das mit den Fröschen.

Der Junge hatte sich natürlich gelangweilt vor der Tür des Klassenzimmers. Und er wusste aus Erfahrung, bis zum

Ende der Stunde würde er auch nicht mehr hineingelassen. Er ging zum Bäcker neben der Schule, den mit den vielen Plastikboxen voller weißer Mäuse, Colafläschchen und anderem Gummibärchenkram und kaufte für zwei Mark vierzig Frösche. Gut, das Geld hatte sie ihm nicht dafür gegeben, er sollte ein Brot mitbringen nach der Schule, aber mein Gott. Nein, nicht mein Gott, unterbrach Gunther schon auf dem Weg zum Direktor, es gehe hier um Vertrauen und Ehrlichkeit, und jetzt seien es zwei Mark, irgendwann zwanzig Mark und er würde seinem Sohn später gerne auch zweihundert Mark bedenkenlos in die Hand drücken können.

Zurück vom Bäcker stellte sich der Junge vor die gekippten Fenster des Klassenraums, wartete einen guten Moment ab, rief etwas von Aaron, der seine Hand ausstreckte – er erinnerte sich sogar noch an den Bibeltext –, und warf die vierzig Frösche in den Klassenraum, *sodass Ägyptenland bedeckt wurde*. Sie konnte sich ein Lachen kaum verkneifen. Er hatte Ideen, war gewitzt, man sollte sich freuen, er hatte die Froschplage hautnah erfahrbar gemacht. Eine der sieben, oder eben zehn, würde nun niemand in der Klassenarbeit vergessen. Stattdessen saß Gunther da wie sieben Tage Froschplage.

Der Rauch ließ ihren Körper warm werden und gleichzeitig abkühlen, ein wohliges Gefühl löste die Verkrampfung der Verärgerung. Den ganzen Weg zurück hatten sie gestritten, sie warf Gunther vor, sich nicht vor die Familie zu stellen, zu objektiv zu sein. Er fand, sie solle hier nicht die Vogelmama spielen, der Kleine habe Mist gebaut und müsse dafür auch geradestehen. Er kenne es von der Arbeit auf der Wache nur zu gut. Wenn Angehörige die Wahrheit dem familiären Zusammenhalt opferten, komme man nicht weiter. Sie stritten zu lange über das Thema, so groß war es nicht, doch einmal in Rage ließ sich Jeanne nicht stoppen. Dann wurde noch dieses hochgekocht und jener Vorwurf endlich laut ausgesprochen, *das ist wie damals, als du … immer das Gleiche*. Eigentlich hatte sie ihren Gunther ja sehr lieb, es war nur ihre Art der Auseinandersetzung. Da war sie wie die Araber, die sie im Nahen Osten kennengelernt hatte, man ging kurz auf 180, ließ alles raus, wurde laut, beschwor den Verfall der Sitten bis zum Weltuntergang, und zwei Stunden später saß man wieder Wasserpfeife rauchend zusammen im Café. Oder eben alleine kiffend auf dem Balkon. Denn Gunther war kein Araber, Gunther war Deutscher. Und als er kurz rauskam und sie mit dem Joint sah, da hätte er sie am liebsten für eine Stunde vor die Tür gestellt oder Arrest verhängt. Weil das nicht ging, sprach er zwei Tage nicht mit ihr. Pädagogischer Mehrwert null. Wann immer ihr später die kleinen grünen Schaumgummifrösche begegneten, musste sie lächeln.

22

Duo

Noch während Jay aus Pfaffingers Minimalisten-
büro stürmte, schrieb er Marcel eine schroffe Mitteilung.
Wie konnte der einen dritten Mitgründer übersehen haben.
Zwei von drei waren jetzt tot. Der geht auf dich, Marcel. Jay
dachte wieder an die zweite Matrosengarnitur. Im Aufzug
überlegte er, was er veranlassen würde. Eine Streife zum
Wohnhaus, eine zum Arbeitsplatz? Oder SEK? Oder war es
übertrieben? Vielleicht war er schon lange ausgeschieden.
Schwitzend kam er im Büro des Regionalmanagers an.

»Wer ist Böhm? Und wo ist er?«

»Böhm?«

»Der dritte Gründer, der von dem Foto. Ich muss mit ihm
sprechen.«

»Das wird schwierig.«

Jay verfluchte den Lackaffen innerlich. Er hatte gerade
nicht gefragt, ob er den Mojito ohne Eis bekommen könne
oder Schostakowitsch auf dem Barpiano. Es ging hier um
Mord. Doppelmord war scheiße, alles darüber hinaus war
eine Serie, und das war richtig scheiße. Da konnte es vielleicht schwierig sein, weil Herr Böhm im Urlaub war oder
schon lange keinen Kontakt mehr zu Ascandy hatte oder
sich nicht gerne mit der Polizei unterhielt. Es war aber notwendig. Obwohl sein Gegenüber Personenschutz für sich
selbst gerade deutlich höher priorisieren mochte.

»Wollen Sie, dass der dritte Gründer auch noch tot gefunden wird?«

»Böhm ist tot.«

23

Pläne

Er hatte schon lange nicht mehr in einen Pistolenlauf gesehen. Für einen Moment erschrak er, als er den Schlüssel herumdrehte und in die dunkle Kammer blickte. Man erschrak immer kurz, wenn man in einen Pistolenlauf sah, alles andere war Kino oder lebensmüde. Geräumig war es nicht da drin, sonst hätte man ein Zimmer daraus gemacht. Ein Meter fünfzig hoch mochte es vielleicht sein, zumindest am Anfang, nach hinten ließ die Dachschräge die Kammerhöhe gegen Fußboden konvergieren. Wer Suiten buchte, hatte vermutlich viele Koffer, die konnte man hier gut verstauen. Als Versteck diente der Raum bisher wohl selten.

»Nimm die Pistole runter.« Marcel nahm die Pistole runter.

»So saß der hier drin, während wir vorne am Tisch Fotos angeschaut haben.«

»Mit Pistole?«

»Meinen Sie, Pfaffinger hat den Pfannkuchen einfach so gegessen? Ohne Druck?«

Vielleicht hatte Marcel recht. Jay kauerte sich neben ihn ins Dunkle. Licht gab es keines in der Kammer. Es war nicht nötig, wenn die Tür weit offen stand, reicht das helle Salonlicht zum Parken des Koffers. Zu zweit war es eng.

»Sicher, dass der hier war?«

»Spuren wurden bisher keine gefunden«, sagte Marcel, »aber die Tür war definitiv zu, als wir hier waren. Da stand sogar noch dieser Servierwagen davor.«

Jay verabschiedete sich wieder aus der Hocke, stieß gegen die Holztür und lief langsam auf den Schreibtisch zu, in der Hand trug er einen imaginären Teller. Er stellte ihn genau dort ab, wo sie vorhin das Original gefunden hatten. Dann drehte er sich um.

»Und davor? Und danach? Was sagen die Überwachungskameras?«

Marcels Kopf ragte aus der Kammer.

»Die Kollegen sitzen noch unten mit den Ascandy-Leuten und werten die Aufnahmen aus. Aber wie es bisher aussieht, kam der Täter nicht durch den Haupteingang, und die Mitarbeitereingänge sind ohne Kameras.«

Jay graute es jetzt schon vor dem Gedanken, das komplette Hotelpersonal zu filzen. Wie viele Leute mochten in so einem Haus arbeiten, hundert? Hundert Interviews, Alibis, Motive. Und erst die ganzen falschen Fährten. Denn natürlich hatte irgendwer seinen illegal in Deutschland lebenden Bruder zu Hause auf der Couch, und die andere war wegen Diebstahls aus drei Küchen geflogen, und der Nächste konnte Pohl noch nie leiden und war vorbestraft wegen Körperverletzung. Wenn Jay eine Sache gelernt hatte, dann, dass hundert zufällig zusammengewürfelte Menschen, und das konnte eine Anwaltskanzlei sein, ein Flüchtlingsheim, ein Fußballverein oder eine verzweigte Großfamilie, niemals hundert Prozent sauber waren. Fünfzehn schwarze Schafe waren es im Schnitt, würde er schätzen, mit ganz unterschiedlichen Flecken auf der Weste, mal vielen kleinen, mal einem sehr großen, mal einem riesigen auf der Innenseite, den man von außen gar nicht sehen konnte. Und doch kam man nicht drum herum, denn die bisher einzige Gemeinsamkeit der beiden Morde war die Zugehörigkeit der Opfer zu ebendiesem Hotel, in dem Marcel gerade in der Abstellkammer einer Suite saß und Jay einen imaginären Teller auf den Schreibtisch gestellt hatte.

»Was war denn mit dem dritten Mann, von dem Sie sprachen? Es tut mir leid, ich hatte von dem nichts gelesen.«

»Böhm? Hat mit den Morden nichts zu tun.«

»Aber erzählen kann der doch bestimmt was?«

»Erzählen kann der so ziemlich nichts.« Jay ließ Marcel zappeln, wie er selbst vorhin zappeln musste. »Böhm ist tot.«

»Tot?«

»Tot.«

»Aber wie …?«

Dann erzählte Jay, was er eben erfahren hatte. Siegfried Böhm war seit zwanzig Jahren tot, Familiendrama, erweiterter Selbstmord. Den Ausdruck fand Jay immer schon komisch, es klang wie erweiterter Infinitiv im Deutschunterricht. Erweiterter Selbstmord, der Selbstmord mit dem kleinen Extra, ein Add-on, eine Zugabe. Dabei war erweiterter Selbstmord letztlich Mord mal zwei oder mal drei oder mal zehn. Ein Suizid, bei dem andere mit in den Tod gerissen wurden. 1995 brachte Böhm erst seine Familie um, dann sich selbst. Böhm hatte eine Frau vergewaltigt und sollte ins Gefängnis. Kurz vor Haftbeginn drehte er durch. Sei durch die Presse gegangen, meinte der Ascandy-Typ. Seither distanziere man sich von dem ehemaligen Mitgründer. Einen Punkt im Nacken hatte damals niemand.

»Der da ist übrigens nicht von hier«, sagte Marcel. Er zeigte auf den Schreibtisch, vor dem Jay immer noch stand.

»Der Schreibtisch?«

Marcel kam aus dem dunklen Verschlag, trat neben Jay und deutete mit seinen Händen an, etwas hochzuheben. Der imaginäre Teller.

»Pfannkuchen, Würstchen und Teller kommen alle nicht aus der Hotelküche. Ich habe vorhin mit dem Küchenchef gesprochen.«

Der Kerl kommt mit Pfannkuchen, Würstchen und Teller durch einen Nebeneingang ins Hotel geschlichen, um sich in der Abstellkammer einer Suite zu verstecken und die Chefin der Hotelkette mit einer absurden Speise zu vergiften. Was würde als Nächstes kommen? Würde mehr kommen?

Marcel erwähnte eher beiläufig, dass er allmählich Hunger habe auf etwas Richtiges, nichts Imaginäres und erst recht nichts Vergiftetes und beim besten Willen heute auch keine Wurst. Er wollte locker wirken, vielleicht sogar witzig, doch Jay hatte gerade erstens keinen Humor und zweitens bereits einen Plan für den Feierabend. Einen Plan, den er schon heute Mittag fast unterbewusst geschmiedet hatte, den er den ganzen Tag mit sich herumtrug und über dessen Umsetzung er sich immer noch im Unklaren war. Bis jetzt. Denn in dem Moment, in dem die Alternative ein Ohne-Wurst-Stehimbiss mit Marcel war, wirkte der Plan auf einmal weit überlegen. Beim Vergleich mit dem Thailänder, der Tom-Kha-Gai-Suppe wie immer, danach das Tagesessen, sofern nicht vegetarisch, war er sich noch unsicher, das eine war langweiliger, das andere gefährlicher. Aber so? Jay redete sich ein, dass Marcels Vorschlag der Auslöser war, der Grund, weswegen er in die Tasche griff und in sein Telefon tippte, wartete, minütlich checkte, dann die erlösende Antwort erhielt. In Wahrheit hatte er den Entschluss natürlich schon vorher gefasst, autoargumentierte mit Prinzipientreue

93

und Vorsatz und Sinnhaftigkeit, ein innerer Schauprozess, ein Advocatus Diaboli, der von vornherein keine Chance hatte. Als ließe Mister Pianoman Regionalmanager intern überprüfen, ob das neue, sehr lukrative Hotel im Brandenburger Naturschutzgebiet tatsächlich mit den Werten des Unternehmens übereinstimme. Ein wenig Selbstbetrug war das, das wusste Jay, doch es war ihm egal. Auf dem Weg nach unten überprüfte er sich dieses Mal wieder im Spiegel. Er musste wirklich bald zum Friseur.

24

Wein

Normalerweise konnte man schon anhand der Optik einer Frau sehr gut einschätzen, mit welchen Absichten sie einem gegenübersaß. Zumindest wenn es einen nennenswerten Vergleichswert gab. Kannte man – durch vorherige Treffen, Erzählungen oder Fotos – ihr Erscheinungsbild im Alltag, sozusagen ihren Normwert, ließ sich die aktuelle Abweichung betrachten. Allein die Abweichung war relevant, absolute Zahlen sagten nichts aus. Der immer überschminkte Bürovamp würde den Teufel tun, zum Abendessen im Lässiglook zu erscheinen, Interesse hin oder her. Und der Sportlichnatürlichen musste man schon Lippenstift hoch anrechnen. Wobei es nicht um Lippenstift ging, gar nicht, so oberflächlich war er nicht. Aber der Grad an Veränderung zum Normwert war oft ein guter Indikator für das Interesse am Gegenüber. Und das wiederum interessierte Jay.

»Ich nehme an, Sie haben das heute mitbekommen? Pfaffinger?«

Sie nickte.

Bei ihr war er sich nicht sicher. Er hatte sie einmal im Alltag gesehen. Gut, eigentlich war es kein Alltag gewesen, der Tag nach dem Tod ihres Vaters. Aber es war zu Hause, es war der weite Pulli. Dann einmal hier und jetzt wieder. Er hatte das Gefühl, dass sie sich steigerte, dezent gewiss, ohne

95

Glanz und Ausschnitt. Nur ein bisschen. Hatte sie beim letzten Treffen schon Ohrringe getragen? Vielleicht war es ein unverschämter Gedanke, vielleicht ging der Schock über Pohls Tod nur langsam wieder in den Normalzustand über. Vielleicht nicht.

»Es tut mir leid, nur damit wir das abgehakt haben: Können Sie mir sagen, wo Sie und Ihre Familie gestern am Vorabend waren?«

Es war das letzte Mal, dass Jay Franziska Pohl siezte. Einen Kurs an der Uni habe sie gehalten, dafür gäbe es circa 25 Zeugen, nach Anwesenheitsliste sogar 43. Die Studenten trugen sich immer gegenseitig ein und schwänzten abwechselnd. Manchmal hinterfrage sie sich da, aber es sei eben auch Frühling. Mit Mutter und Bruder habe sie abends kurz telefoniert. Die wollten Details wegen der Beerdigung besprechen, sie selbst wollte damit möglichst nichts zu tun haben. Davor waren die beiden, der kurzen Schilderung des Bruders nach, bei einem Bestattungsinstitut gewesen.

Sie reagierte ein bisschen gereizt, und Jay fühlte sich schlecht. Er hatte nur mit etwas Offiziellem beginnen wollen. Er wolle sie nicht in die Enge treiben, überhaupt nicht, er sei nicht wegen des Alibis da, das sei Routine, fast schon Neugier, er hoffe nur, dass sie ihm weiterhelfen könne, und überhaupt, man sei ja gleich alt, seinetwegen könne man auch zum Du übergehen, Jay.

Die junge Frau Pohl lächelte und wurde Franziska. Jay sei aber ein komischer Name, aus anderen Kulturkreisen kenne sie den, in Deutschland habe sie noch nie jemanden getroffen, der sich Jay nenne. Heiße er nicht eigentlich Jerusalem?

Der Kellner kam, und Jay bestellte dieses Mal Wein für beide. Er war nicht im Dienst und würde von dem Treffen auch nicht unbedingt erzählen. Piquepoul Blanc, so viel

Aufmerksamkeit musste sein. Ja, Jerusalem, seine Mutter sei Jüdin, streng religiös, daher die Benennung nach der Hauptstadt der Juden, er selbst habe aber mit Religion nicht viel zu tun, seit er denken könne, sei er Jay.

Ob das nicht die Abkürzung für Jahwe sei? Sie meine, dass *J* für *Jahwe* stehe, und *J* sei ja wiederum *Jay*. Er wolle sich vom Judentum distanzieren und benenne sich nach deren Gott? Schon wieder lächelte sie.

Jay hatte nicht erwartet, dass es heute einen Dialog jenseits toter Hoteliers geben würde. Er hatte einige Punkte, die er noch ansprechen wollte. Doch er machte mit, ergab sich dem unbestimmten Gespräch, suchte in den hin und her gespielten Sätzen eine wechselseitige Sympathie – und fand sie, so subjektiv sein Urteil auch sein mochte.

Sie war es, die irgendwann zuerst zurückkam, runterkam. Ob er so einen Fall schon einmal gehabt habe? Jay wusste nicht, was er antworten sollte. Einen Doppelmord, ja, er sei ja schon sechs Jahre dabei, wobei noch nie in der Funktion, die Verantwortung, es sei ein ganz anderer Druck als Kommissionsleiter jetzt. Und zudem sei es so ... so seltsam alles bisher, so symbolisch ohne Botschaft, so sinnlos. Er erzählte ihr von der Kammer, dem Pfannkuchen, auch wenn er das streng genommen nicht durfte. Sie dachte nach. Es fühlte sich an wie eines dieser Rätsel, die sie früher im Ferienlager spielten. Seine Mutter hatte ihn da immer hingeschickt, zwei Wochen im Wald, mit Zelten und langen Nächten, und irgendwer kam dann mit einer dieser Geschichten, bei denen ein toter Taucher im Wald gefunden wurde, mit einem Streichholz in der Hand oder nackt oder mit einer Möhre, und man musste herausfinden, was passiert war, riet, bis die Betreuerin zur Nachtruhe mahnte, und die Lösung hatte dann meistens was mit Blinden zu tun oder Tieren.

»Kanntest du diesen Böhm?«

»Siegfried Böhm?«

»Der Mitgründer der Firma von deinem Vater.«

»Nicht wirklich, da war ich noch ziemlich klein.«

»Traurige Geschichte.«

»Ja, schlimme Geschichte.«

Jay hatte die Konversation auf einen Tiefpunkt geführt. Franziska wollte nicht darüber reden, wie sie über nichts reden wollte, was mit Ascandy zu tun hatte. Er hätte das Gespräch jetzt gerne zurückgespult, zurück zum lockeren Hin und Her, es war angenehmer, automatischer. Er liebte sich ergebende Konversationen, hasste das Gefühl, bei jedem Redebeitrag des Gegenübers schon darüber nachdenken zu müssen, was er als Nächstes fragen könnte, um eine peinliche Stille zu vermeiden. In den Verhören war er darauf trainiert, zwei, drei Züge plante er im Voraus, musste gleichzeitig zuhören und weiterdenken, fühlte sich doppelt belastet wie ein Simultanübersetzer. Privat genoss er es, abschalten zu können, zuzuhören und Gesprächspartner zu haben, an deren letzte Sätze er spontan anknüpfen konnte, ohne Vorarbeit.

Der Kellner fragte nach Essenswünschen, die beiden sahen sich unsicher an. Einen Happen vielleicht? Ein, zwei Vorspeisen zum Teilen? Franziska bestellte auf Französisch, *chèvre chaud* verstand Jay, warmer Ziegenkäse, der Rest ging in einem schnellen Gesang aus *O*s und *I*s und *E*s unter, nur *avec* war einiges, das verstand Jay wieder, insgesamt klang es nach einer gemischten Vorspeisenplatte.

Die Abstellkammer in der Suite kannte Franziska nicht, gab Jay jedoch recht, dass man als Außenstehender nicht mit so einem Versteck rechnen konnte. Ob das in einer Beschreibung der Zimmer stehe? Jay verneinte, das hatte er bereits überprüft. Der Täter war somit schon einmal in diesem Zimmer, folgerte Franziska. Als Angestellter? Als Gast? Wie viele Angestellte und ehemalige Angestellte, wie viele Suite-Gäste und ehemalige Suite-Gäste mochte das Ascandy haben? Die Liste durchzugehen würde ewig dauern. Gab es keinen anderen Ansatz?

»Er kennt mich.«

»Er kennt dich?«

»Er weiß zumindest, dass es mich gibt, dass ich die Ermittlungen leite.«

Jay erzählte von dem Anruf, Schmitt mit tt, der überforderten Rezeptionistin.

»Hast du Angst?«

»Ich? Um mich?«

»Ja.«

Bisher hatte Jay nicht darüber nachgedacht. Die Opfer waren so weit von ihm weg, er hatte nichts mit ihnen zu tun. Es war die Hotelwelt, irgendetwas war da vorgefallen, und wenn es am Ende nur ein Eifersuchtsdrama war, er hatte nichts damit zu tun. Aber klar, der Täter wusste, wer er war.

Jay hatte sich nicht vertan. Es kam warmer Ziegenkäse avec Bergpfirsich avec mariniertem Zucchinisalat avec Weinbergschnecken aus der Bourgogne avec Knoblauch-Kräuterbutter avec Baguette.

»Bon appétit!«, sagte er und war sich sicher, schon mit der Aussprache dieser beiden wenig herausfordernden Vokabeln die Mittelmäßigkeit seines lange zurückliegenden Schulfranzösisch offenbart zu haben.

»Wie viele Freunde hast du?«

Jay sah von seinem Teller hoch, auf den er gerade drei der sechs Schnecken von der tischmittig platzierten Platte überführt hatte. Was sollte die Frage?

99

»Sieben.« Er hatte gelernt, hypothesengetrieben zu arbeiten, wie sie es nannten. Nicht lange rumüberlegen und sich eine Antwort errechnen. Bauchgefühl und danach überprüfen.

»Sieben?«

»Nein, keine Ahnung, müsste ich überlegen, warum?«

»Du hast doch gefragt, ob mein Vater Feinde hatte. Ich habe darüber nachgedacht. Er hatte wirklich keine Feinde. Aber er hatte auch keine Freunde.«

Also bestimmt habe er früher Freunde gehabt, zu Schulzeiten und während des Studiums, er war kein Einzelgänger. Auch später nicht, es waren öfters Leute zu Besuch, *Geschäftsfreunde*, es gab Abendessen, bei denen man nicht stören durfte, ihre Mutter kochte und redete und lachte viel. Am Ende des Abends stand die Mutter vor dem Badezimmerspiegel, schminkte sich ab und war heilfroh, dass die Gäste wieder weg waren. Und der Vater bedankte sich bei ihr, gab ihr einen Kuss auf die Stirn und sagte Dinge wie *Mit ihm kann man ja noch ganz gut reden, aber sie ist wirklich unerträglich*. Freunde? Gab es jemanden, der ihn drei Wochen auf der Couch schlafen ließ, wenn seine Frau ihn rausgeworfen hätte? Oder Burn-out oder sonst was, eine Notsituation, in der man von jemandem mehr brauchte als Lob für das Carpaccio? Wie viele Leute würden bei der Beerdigung mit betretener Miene eine Schaufel Erde auf den Sarg werfen und wie viele davon abends richtig traurig ins Bett gehen? Franziska machte eine Pause.

Jay verstand, was sie meinte. Für sich selbst konnte er die Frage schwer beantworten. Aktuell hatte er wenig Freunde, er war zu lange in einer Beziehung gewesen, außerdem zu lange nicht in Berlin. Vor Ort hatte er seine Eltern und ein paar Kontakte, mit denen man sich am Wochenende auf ein

Bier treffen konnte. Kennenlernhappenings wie Sportvereine, Tanzkurse oder Partys erlaubte ihm sein Job zeitlich nicht, und wenn er ehrlich war, war ihm das auch sehr recht. Die Sache mit der Couch war nicht so einfach, er kannte ja diese Notsituation, das Sonya-Aus. Er war damals am Ende, lag tatsächlich nur auf der Couch, und es hätte bestimmt mehr als zehn Leute gegeben, die ihm ihre Couch dafür zur Verfügung gestellt hätten. Er erzählte es ihnen aber nicht, überspielte die Trauer, die Enttäuschung, die Peinlichkeit, *Endlich mal das ganze Wochenende Sport schauen*, lachte er am Telefon, *in Berlin ohnehin besser als Single*, dabei hatte er bis eben geschlafen, würde eine Tiefkühlpizza essen und sich dann wieder tief in die Couchdecke einlullen und die Welt verdammen. War ein echter Freund nicht jemand, der die Couch nicht nur anbot, sondern bei dem man das Angebot auch annahm? Die Zahl der wirklich Traurigen nach seiner Beerdigung hingegen schätzte Jay auf 25.

»Wie viele hast du denn?«

Franziska überlegte kurz, meinte dann, dass es schon einige seien. Sie habe das immer gebraucht, so eine Art Ersatzfamilie, Leute, mit denen man über alles redete, von denen man Rat bekam, mit denen man sogar Weihnachten zusammen feiern konnte, was immer ein bisschen traurig war, obwohl man sich die Besonderheit des Tages ersatzweise durch teuerste Leckereien und Alkoholika erhielt.

Auch mit ihren Kollegen verstände sie sich super, meinte Franziska, das sei enorm wichtig, gerade an der Uni, mit den ewigen Sitzungen und Gremien und Besprechungen. Jay dachte an seine Kollegen, an Marcel, den er nicht als ebenbürtigen Kollegen ansah, an Martha, die ständig überlastet war und wahrscheinlich Pillen nahm, an die anderen, mit denen er wenig Kontakt haben wollte, weil sie alle Gefahren waren, Sonya-Gefahren, eine Frage der Ehre. Sie waren über ihm oder unter ihm, auf seinem Level war niemand, nicht mehr.

Wenn man lange daraufsaß, waren die Designerstühle unbequem, zu dünn, zu gerade, die Vorspeisen waren auch weg. Es war der Moment des Weiterziehens, des Absackers, des einen letzten Drinks, der dann mit hoher Wahrscheinlichkeit nicht der eine letzte Drink blieb. Es hätte gepasst, es hätte sich gut angefühlt, es wäre zu viel gewesen. Zu viel für den Moment, für den Abend. Jay war fast durcheinander, es waren nur zwei Gläser Wein, die Zeit kam ihm länger vor, als die Uhr ihn glauben machen wollte.

Die Verabschiedung war unbeholfen, von beiden Seiten, man gab sich die Hand, so absurd es sich anfühlte. Man gab niemandem zur Verabschiedung die Hand, mit dem man über die Anzahl bester Freunde gesprochen hatte. Die Luft draußen war noch warm, erst als Jay noch einmal ins Lokal ging, er hatte seine Jacke vergessen, merkte er, wie unfassbar gut es roch, nach Hähnchen, nach Thymian, nach Zitrone. Franziska stand noch vor der Tür, als er zurückkam. Beinahe wären sie in eine weitere Verabschiedung gestolpert, noch unbeholfener, noch einmal die Hand. Sie wussten es zu vermeiden, gingen beide schon in ihre Richtungen, na dann, eine gute Nacht, viel Erfolg, danke, danke. Als Jay das letzte Mal hier ins Auto gestiegen war, hatte er sich vorgenommen, die Zeugin Pohl nicht mehr zu treffen. Jetzt war er sich sicher, Franziska wiedersehen zu müssen.

Im Nachhinein tat es ihm fast leid, vielleicht würde es irgendwann herauskommen, er musste es jetzt durchziehen oder bald klarstellen oder nie wieder darüber sprechen. Er hatte Franziska angelogen.

25

Los

Es klingelte. Jay starrte auf das Telefon.

Es klingelte wieder.

Er war schon fast zu Hause gewesen, hatte bereits rechts und links nach einem Parkplatz Ausschau gehalten. Es war schwieriger geworden, die Anzahl der Wohnungen stieg nicht mehr, die der Autoeigentümer stetig, oft musste er einige Minuten laufen, im Sommer war das okay, oder den Strafzettel in Kauf nehmen. Es hatte angefangen zu regnen, natürlich gerade jetzt, noch kaum bemerkbar, nur an der Scheibe und unter den Laternen.

Er war also schon fast zu Hause gewesen, als sie ihn angerufen hatten. Zentrale Polizeivermittlung des Polizeipräsidiums, intern sagten sie nur *Die 110*. Jemand habe am Telefon nach ihm verlangt, tiefe verstellte Stimme, wollte Jerusalem Schmitt persönlich sprechen, nur ihn, es gehe um die Hotelmorde. Ein Zeuge vielleicht oder ein Wichtigtuer. Ein Mitwisser? Sie hatten dem Mann einen Rückruf angeboten, die Nummer notieren wollen ... nein, er werde sich selbst wieder melden, in einer Stunde. Jay hatte gefragt, ob sie den Anruf tracken konnten, nein, zu kurz, das Gespräch habe lediglich Sekunden gedauert. Jay war mittlerweile vor dem Haus angekommen, unter dessen Dach er wohnte. Es war tatsächlich etwas frei, direkt auf der anderen Straßenseite, wo sonst immer der blaue Benz stand. Wann der An-

103

ruf reingekommen sei? Vor zwanzig Minuten, sie waren sich erst nicht sicher gewesen, ob sie ihn so spät noch belästigen durften, entschieden sich aber mehrheitlich für Ja. Ach, die Mädels von der 110, hatte Jay gedacht, er mochte sie. Sie waren herzlich unbedarft, doch herzlich. Er war losgefahren und hatte seinen Parkplatz alleine unter der Laterne zurückgelassen.

Nun saß er schon wieder in seinem Büro, und mittlerweile klingelte es bereits ein drittes Mal. Jay legte seine Hand auf den Hörer und sah zu seiner Wand. Pfaffinger hing da. Freundlich lächelnd, es war das Bild von der Webseite. Daneben in klein das mit dem Kopf auf der Tischplatte. Jay hatte die beiden Bilder eben noch angepinnt. Pohl und Pfaffinger. Lila und orange.

»Jerusalem Schmitt.«

»Noch mal die Zentrale, entschuldigen Sie, Herr Schmitt, wir leiten das Gespräch dann an die Festnetznummer weiter oder lieber mobil?« Jays Nervosität verpuffte.

»Festnetz, ich zeichne das auf.«

Jay nippte an seinem Kaffee. Totenstill, keine Fenster hier drin, kein Wetter hier drin, draußen schossen die Regentropfen vermutlich hart auf den Asphalt. Hoffentlich machte der Kaffee ihn wieder ein bisschen wacher, halb zwölf war es schon, der Tag lang, der Wein schien seine Organe bereits in Schlummermodus versetzt zu haben. Er schaltete die grelle Deckenbeleuchtung aus, richtete den Lichtstrahl der Schreibtischlampe auf seine Indizienwand. Er leuchtete Pohl ins Gesicht, ins Hotelprospektvorwortgesicht, ins Matrosengesicht. Dann Pfaffinger. Verhör mit den Toten, doch sie sprachen nicht. Er überlegte, Franziska eine Nachricht zu schreiben, mitzuteilen, dass er wieder im Büro saß. Er verwarf den Gedanken. Dann ging er seinen Kalender durch. Mist, morgen wollte er bei seinen Eltern vorbeischauen, der Geburtstag seiner Mutter, das hatte er völlig vergessen. Absagen? Vielleicht kurz nach Feierabend hin, nur für eine Stunde.

Wieder klingelte das Telefon. Jay wartete ab, ließ es ein zweites Mal klingeln.

»Jerusalem Schmitt.«

»Gehe Viertausend.«

Die Stimme war dumpf, tief, verstellt auf jeden Fall.

»Mit wem spreche ich?«

»Dorthin begib dich, gehe nicht ein.«

Der Kerl röchelte.

»Wohin denn? Was wollen Sie mir ...?«

Der Anrufer redete ohne Pause weiter.

»Direkt in D-Mark!«

Hörte scheinbar gar nicht zu.

»D-Mark? Sie wollen Geld? Wollen Sie Geld? Was haben Sie?«

»Überziehe das.«

Es war nicht die Stimme eines Orakels, der Mann tat so, als spreche er völlig klar, als redeten sie einfach in verschiedenen Sprachen aneinander vorbei.

»Was soll ich überziehen?«

»Nicht Gefängnis!«, zischte er dann, hustete zwischendurch.

»Was wollen Sie von mir?«, fragte Jay laut. »Was ist mit Gefängnis?«

Die Ruhe, die komplette Dialogverweigerung seines Gesprächspartners, Jay war nervös geworden.

»Los!«

Dann hörte Jay ein langes Tuten. Der Anrufer hatte aufgelegt.

26

Einsparung

Denk doch auch mal an deine Familie. Das hatte ihn wütend gemacht. Es war eine völlige Verkehrung der Tatsachen. Der Mann mit den drei Muttermalen dachte an seine Familie, er dachte immer an seine Familie. Sie dachten nicht an ihre Familien und noch viel weniger an all die anderen Familien da draußen. Das war ja das Problem. Er starrte an die Wand, auf die Zahlen, nur um die beiden nicht anschauen zu müssen. Sie saßen weit auseinander, zu dritt am großen Konferenztisch.

»Aus Unternehmenssicht müssen wir diesen Schritt gehen«, meinte der Mann schräg gegenüber.

»Das musst du doch einsehen«, hörte er die Frau.

Es war hoffnungslos. Sie verstanden ihn nicht und würden ihn nicht verstehen. Sie sahen das alles als ganz einfache Gleichung. Aber die war nur so einfach, weil sie die Hälfte der Faktoren ausblendeten. Fünf ist größer als eins, so ungefähr dachten sie sich die Gleichung. Mehr Einnahmen, weniger Ausgaben, mehr Geld. Er stellte sich eine ganz kleine Fünf vor, mickrig und grau, daneben eine riesige Eins, zusammengebaut aus vielen einzelnen Fotos wie einzelne Zimmer, Stockwerk um Stockwerk. Was war da wichtiger, besser, schöner? Es war eben nicht alles Mathe. Er wusste noch nicht einmal, ob fünf größer eins überhaupt eine Gleichung war.

»Man muss aber doch auch das Gesamtbild im Auge behalten.«

Der Mann gegenüber legte seine Brille auf den Tisch und rieb sich die Augen. Die Frau atmete laut aus, dann stand sie auf und ging zum Projektor. Sie streckte ihre Hand nach der Folie aus, im hellen Licht um die Lampe ein Tohuwabohu sonst unsichtbarer Staubkörner. Auf der Wand zog eine übergroße Schattenhand die Zahlenreihen fort. Für einen Moment war alles weiß, Sekunden später zauberte der Schatten neue Zahlen hervor. Sie tauschte die Folien aus, die neue war eine alte, vorhin schon an der Wand, vorhin schon diskutiert, es hatte keinen Sinn.

»Das ist das Gesamtbild.« Sie zeigte mit beiden Armen auf die Projektion, als wolle sie auf die ungeheure Dimension ihrer Pseudogesamtheit hinweisen. Es waren Zahlen.

»Berlin: Mäßig profitabel. Einsparpotenzial: 200 000 Mark. Danach: Profitabel.« Sie redete mit ihm wie mit einem Kleinkind. »Das sind doch Fakten, das sind doch belastbare Zahlen.«

Es waren einige dabei, bei denen er sich nicht mehr daran erinnerte, seit wann er sie kannte. Sie standen immer schon an der Tür oder hinter dem Tresen. Das waren ganz besondere Menschen, diese immer-schon-da Gewesenen. Wie Familienmitglieder, Sandkastenfreunde oder diese Prominenten, Pelé, Peter Kraus, bei denen man nicht wusste, wann und wo man das erste Mal von ihnen gehört hatte. Denkmalgeschützt waren solche Menschen, wie viel Einsparpotenzial sie auch bargen.

»Natürlich haben wir vieles dir zu verdanken und deinen Eltern, der Kundenstamm in Berlin. Das machst du ja auch alles super.« Die Stegplättchen der nun abgesetzten Brille hatten dem Mann gegenüber zwei rote Druckstellen auf der

Nase hinterlassen. »Aber das reicht nicht, die Konkurrenz zieht an uns vorbei, München, Hamburg, Köln, bald die ganzen Chancen im Osten.«

Berlin: Mäßig profitabel. Das war das eigentliche Problem. Denn es war kein Problem. Berlin war profitabel, wie all die Jahre schon, wie zu Zeiten seiner Eltern. Jetzt sogar noch ein bisschen mehr. Es reichte. Es reichte für ihn, für die beiden, für die Angestellten, die Gäste waren zufrieden. Wieso mäßig? Wieso musste man sich vergleichen mit dem Unmäßigen, wieso sich selbst das quälende Prädikat der Mäßigkeit verleihen?

Die Frau setzte sich wieder auf ihren Platz. Sie redete jetzt ruhig, von Umsatzzielen, die man nun einmal erreichen wolle, von Wachstum, immer von Wachstum, von Restrukturierung des Standorts Berlin.

»Es läuft doch«, brach es aus dem Mann mit den Muttermalen heraus, »es ist doch nicht so, dass ...« Er sah in zwei verständnislose Gesichter. »Es läuft doch in Berlin.«

Die beiden anderen sahen sich an, der Mann gegenüber griff zu seiner Brille, dann blickte er auf seine Armbanduhr. Vermutlich war es schon nach elf, in den Fenstern der Nachbarschaft brannten immer weniger Lichter. Es laufe in Berlin, ja, aber es könne besser laufen. An manchen Stellen ließe man Chancen ungenutzt, an anderen schmeiße man das Geld aus dem Fenster. Die Frau nickte leise mit. Es sei ihm jetzt aber auch egal, er habe keine Lust mehr zu diskutieren, um halb zwölf nachts so einen Firlefanz, jeder vernünftige Mensch würde diese Kennzahlen so und nicht anders interpretieren. Er begann seine Tasche zu packen, hörte dabei nicht auf zu reden. Alle zögen an einem Strang, nur einer, der verweigere sich jeder unternehmerischen Vernunft, sei ja nicht einmal in der Lage, ein paar simple Folien zu verstehen. Klar, am liebsten würde auch er alles so lassen, wie es war, alle behalten, ab in die Hängematte. Nur sei das eine Schnapsidee, so funktioniere das Geschäft nicht, man sei kein Wohlfahrtsverein. Den Letzten fräßen die Hunde – und er sagte tatsächlich fressen statt beißen –, und dieser Letzte wolle und werde er nicht sein. Er hatte sich in Rage geredet, die Frau saß ruhig, fast unbeweglich neben ihm. Und doch war sie es, die der Mann mit den Muttermalen im Ohr behielt. Als der andere schon seinen Mantel gegriffen hatte und als riesiger Schatten die Zahlenwand hindurch zur Tür gelaufen war, sagte sie etwas, das blieb, das sich tiefer hineinbohrte als die Philippika des anderen. Gar nicht böse oder vorwurfsvoll sprach sie, es klang ehrlich, das machte es noch verletzender.

»Hast du schon mal darüber nachgedacht, ob diese Firma dich überhaupt noch braucht?«

27
Sie

Die unterschiedlich hohen Balken sahen aus wie ein Strichcode. Vierzig Stück, für jede Sekunde einer, länger hatte das Gespräch nicht gedauert. Ein Strichcode ließ sich jedoch lesen, entschlüsseln, die Balken hier sagten nichts aus, zeigten an, wann es leiser und wann lauter war, die Visualisierung der Tonspur, mehr nicht.

Überziehe das, tönte es aus den Lautsprechern. *Was soll ich überziehen?*, hörte Jay seine eigene Stimme. Er saß vor seinem Laptop und aß die letzten Bissen Rührei. Heute hatte er die Schale noch voller geschaufelt, die ganze Nacht war er im Büro geblieben, immer wieder hörte er sich die Aufnahme an.

Nicht Gefängnis. Jede Pause, jeden Huster kannte er inzwischen. *Was wollen Sie von mir?*

Martha lehnte an der Wand, Marcel saß auf dem Tisch. Es schien sie zu verstören, wie gelassen Jay sich auf sein Rührei konzentrierte. Er wusste, was kam.

Los.

»Los«, wiederholte Jay, stellte den Teller ab und pinnte einen Zettel an die Indizienwand. »Gehe Viertausend. Dorthin begib dich, gehe nicht ein. Direkt in D-Mark. Überziehe das. Nicht Gefängnis. Los.«

»Jerusalem, ich verstehe, dass dich das beunruhigt. Aber wir müssen mit den beiden Morden vorankommen.«

»Das versuche ich.« Jay sah noch immer auf die Fotos und Notizen, wanderte mit seinem Blick über die noch zufällig zusammengestellt wirkende Collage.

»Du meinst, dass der mit den Morden zu tun hat? Ein Junkie, der in gebrochenem Deutsch die 110 anruft und fünfzehn Jahre nach dem Euro irgendwas von D-Mark faselt?«

Jay missfiel Marthas Suche nach der einfachen Lösung. Er hatte gehofft, sich mit ihr hineindenken zu können, zu hirnen. Mit Marcel würde es nicht möglich sein.

»Er spricht nicht gebrochen, ich habe die Aufnahme fünfzig Mal gehört, er hat keinen Akzent. Es klingt wie eine Anweisung. Als ob ich irgendetwas tun soll, irgendwohin gehen, mit Geld, ohne Polizei ...«

»Jerusalem!« Martha stieß sich von der Wand weg und ging auf Jay zu. »Der Typ redet Nonsens.«

»Nein, der Typ weiß genau, was er sagt.« Jay drehte sich um und ging zum Laptop.

Jerusalem Schmitt.

»Wir haben es gehört.«

Gehe Viertausend. Mit wem spreche ich?

»Das ist kein Junkie, die Huster ...«

Dorthin begib dich, gehe nicht ein.

»... die Stimme, das ... Der weiß, was er tut, Martha.«

»Wohin denn? Was wollen Sie mir ...?«

Sie wurde lauter. »Wir haben es gehört, Jerusalem, mach das aus, das ist ein ...«

Direkt in D-Mark.

»... das ist ein Trittbrettfahrer, der in irgendeinem Loch hängt und schnelles Geld will. Das passt doch nicht zu lange geplanten Morden.«

Jay stoppte die Aufnahme. »Was passt zu lange geplanten Morden?«

»Banden, Milieu, Kriminalität, Erpressung. Wir haben zwei Konzernchefs, stinkreich.«

Jay drehte sich zu ihr. Martha stand keine zwei Meter von ihm entfernt, Marcel saß noch immer auf dem Tisch und blieb ruhig.

»Nein, es geht hier nicht um Geld. Es ist die Inszenierung einer Fantasie, ein Ritual. Er will Bilder schaffen, er hat eine Vision. Pohl im Matrosenkostüm, Pfaffinger mit dem Würstchen, die farbigen Punkte. Das ist eine Idee.«

»Was für eine Idee?«

»Ich weiß es noch nicht. Aber eine Idee, die er schon lange im Kopf hat.«

Martha und Jay blickten sich lange an. Er hoffte, sie konnte ihm folgen. Sie hatten ein merkwürdiges Verhältnis, schätzten sich, obwohl sie meistens unterschiedlicher Meinung waren. Er wollte seine Arbeit vor allem gut machen, sie ihre vor allem schnell. Sie war die wandelnde Überforderung, für ihn, vielleicht auch für sich selbst. Manchmal sah sie aus, als feiere sie Nächte durch oder müsse sich neben dem Job um Nachwuchs kümmern, was beides weit gefehlt war. Ihre Haut wurde immer schlechter.

»Wir sollten noch mal Diana ausprobieren.«

Jay durchzuckte es. Diana? Das brachte überhaupt nichts. Diana hatten sie entwickelt, um Einbrüche vorherzusehen. Diebstähle, Bandenkriminalität. Als alle von Predictive Policing sprachen, der vorhersehenden Polizeiarbeit. Die Idee der Software war gut, Diana aggregierte Daten, um Verbrechen zu erkennen, bevor sie auftraten. Sie schlug zum Beispiel Alarm, wenn im ländlichen Bereich, nahe Autobahn oder Grenze, ungewöhnlich viele Transportfahrzeuge mit ausländischem Kennzeichen festgestellt wurden und Telefonkarten zum Einsatz kamen. Die in der Folge verstärkte

Polizeipräsenz hatte in der Testphase die Anzahl der Haus-einbrüche deutlich reduziert.

»Das bringt überhaupt nichts, hörst du mir eigentlich zu, Martha?«

»Wir müssen etwas tun, da läuft mindestens ein Irrer durch die Stadt, die Leute wollen Maßnahmen.«

»Aber nicht Diana.«

»Wieso nicht Diana?«

Es gab zwei Gründe. Beide meinte Jay ehrlich, doch nur der eine zählte jetzt als Argument. Der andere wog für ihn selbst ungleich schwerer.

»Weil Diana typische Muster erkennt. Und unser Mann handelt atypisch. Er hat sein eigenes Muster.«

Martha kam näher und sprach auf einmal ganz leise. »Das ist egal. Wir müssen zeigen, dass wir überlegen sind. Den Leuten da draußen. Und auch den bösen Jungs. Wir haben eine neue Geheimwaffe, das sollen sie ruhig wissen. Wenn die verunsichert sind, machen sie Fehler.«

»Diana ist komplett Beta, damit kann hier noch niemand umgehen.«

Den Punkt wollte Jay noch machen. Martha schien mit dem Einwurf gerechnet zu haben, zögerte, spürte seine Angst vor ihrer Antwort.

»Wir haben zwei Morde und viele Fragen. Wenn wir sehr bald Erklärungen liefern, ist das okay. Wenn das Ding noch größer wird und wir noch mehr Fragen haben, brauchen wir Diana.« Sie sprach so leise, dass nicht mal Marcel zu-hören konnte. »Und wenn unsere Leute das alleine nicht hinbekommen, dann brauchen wir die, die sich das aus-gedacht haben.«

Das war es. Das Zucken, der andere Grund, der eigentli-che Grund. In diesem Moment erst wurde Jay klar, dass es

113

nur darum ging. Sonst könnten sie Diana seinetwegen rund um die Uhr laufen lassen. Helfen würde es nicht, das meinte er so, wie er es sagte. Egal wäre es ihm. Aber es war ihm nicht egal, denn mit Diana käme auch sie wieder. Sonya.

28

Wespen

In der Schule mussten sie damals diesen Farbkreis malen. Drei Grundfarben, Gelb, Rot, Blau, dann kamen jeweils die Mischungen. Blau und Rot war Lila, Rot und Gelb Orange, Gelb und Blau Grün. Lila, Orange. Lila, Orange, Grün? Kam da noch was? Ein grüner Punkt? War er schon gekommen?

Jay brauchte die kurze Pause, geschlafen hatte er immer noch nicht, langsam brannte der Kopf. Er war noch nie in dem Park unweit der Polizeistation gewesen, jetzt saß er alleine auf einer Bank und fühlte sich wie unpassend in die Szenerie gemalt. Frühsommerentspannung so weit das Auge reichte. Studenten saßen in Gruppen neben abgelegten Fahrrädern, junge Mütter, Touristen, selbst ein Flaschensammler gönnte sich eine Arbeitspause. Jay hingegen wühlte in seinem Kopf, die Müdigkeit lähmte seine Gedanken, er musste immer wieder von vorne anfangen. Bilder schossen durcheinander, er hatte so viele gesehen, es wirkte so dicht. Vor fünf Tagen noch Normalität, und seither überschlug sich alles. Überall sah er in diesem Park die Farben, da schon wieder ein orangefarbenes Oberteil, da eine lila Decke. Er sprang hin und her.

Er fühlte sein Telefon vibrieren, sah gehetzt auf das Display, hatte sich vertan. Als erste Maßnahme hatte Jay heute Morgen das Team aufgestockt, eine Kollegin aus der Ach-

ten Mordkommission kam dazu, zwei Jungs vom Colum-
biadamm, LKA 3, Wirtschaftskriminalität. Er wollte Martha beweisen, dass sie mit ihrer Bandenthese falschlag, ließ
die Neuen Akten durchwälzen, nicht aufgeklärte Fälle ohne
Bezug ins kriminelle Milieu, auf der Suche nach Parallelen.
Auf der Suche nach Punkten. Hoffte, dass sie etwas fänden,
wusste gleichzeitig, dass jeder weitere Mord die Sache größer machte, Bande hin oder her, und Martha Diana schon
im Anschlag hatte. Wie nah sie wohl waren. Wie nah er
wohl war. *Gehe Viertausend.* Meter? Kilometer? Was war das
für eine Aufforderung? *Dorthin begib dich, gehe nicht ein.* Er
sollte hingehen und doch nicht rein. D-Mark mitbringen.
Überziehen. Was überziehen? Ein Konto, Kleidung? Jay lief
Schweiß über die Nase. Er hatte Hunger und Durst. Er hörte das Schnaufen, das Husten, wie ein Ohrwurm hatte sich
der Anruf in seinen Kopf gefressen. Der Täter wusste, wer er
war. Der Täter hatte sich als Jerusalem Schmitt ausgegeben.

Ein Mann mit Lederjacke ließ etwas in einen Mülleimer
fallen, vielleicht zehn Meter neben der Bank. Viel zu warm
für Anfang Juni. Hatte er zu ihm herübergesehen? Jay verfolgte ihn mit den Augen, sah die Lederjacke von hinten,
sie wurde immer kleiner, das Fahrrad fuhr der Sonne entgegen. Dann stand er auf und sah sich um. Eine Sonnenbrille hätte er gebraucht, aber die lag zu Hause. Um kurz
vor Mitternacht, als er ins Büro gerufen worden war, hatte
er daran nun wirklich nicht gedacht. Im Gehen bemerkte er
seinen schweißklebenden Rücken. *Dorthin begib dich, gehe
nicht ein.* Er stand vor dem grünsilbernen Metallgestell, in
dem ein summender Müllsack hing. Wespen. Kurz zögerte
Jay und sah noch einmal über die Wiese. Dann blickte er
hinunter.

Es war ein ekelhafter Anblick. Alle Farben in einem,

Rot und Weiß vermischten sich zu einer zähen Masse, versprengt hingen grüne Fetzen darin, dann trockene Fleischschnipsel, fast ein halbes Fladenbrot. Es stank, Jay stand in einer Duftglocke aus Essensresten und nicht ganz ausgetrunkenen Bierflaschen. Den Wespen schien es nichts auszumachen, sie stürzten sich auf das Fleisch, Döner oder Schawarma oder was es war, bargen teilweise beachtlich große Stücke. Es sah aus wie ein Lawinenunfall im Skigebiet. Der weiße Plastikteller, die Mayonnaiseberge mit den kleinen bewaldeten Salatstellen, die gelb-schwarzen Hubschrauber auf der Suche nach Überlebenden. Wie viele noch unter der Schneedecke lagen?

Glas klirrte. Jay wurde unsanft angestoßen. Der Pfandsammler, der eben noch mit seinen Plastiktüten voller Leergut in der Sonne gelegen hatte, sah ihn böse an. Jay hatte wohl zu lange vor dem Mülleimer gestanden, in den Mülleimer gestarrt. *Stay out of my territory*, sagten die kleinen Augen des Alten. Dann griff er an Jay vorbei in den Sack, scherte sich nicht um die Wespen, um den Gestank und die Pampe. Er zog eine Bierflasche heraus, schüttelte die letzten Tropfen heraus und steckte sie in eine seiner klimpernden Tüten.

Es war nichts, es war ein Dönerteller, zu kurze Mittagspause oder Appetit vergangen. Jay war darauf hereingefallen, hatte den Mann mit der Lederjacke verdächtigt, hatte nachgesehen. Doch das war nicht das Problem. Merkwürdig war etwas anderes, Jay hatte gewollt, dass da etwas war, dort in dem Mülleimer, dass der Täter ihm einen weiteren Fetzen hinwarf, einen Schnipsel.

Er musste wieder an die Rätsel im Ferienlager denken. Ist es wichtig, was der Tote von Beruf war? Nein. Kannte der Tote seinen Mörder? Nein. Spielt die Tageszeit eine Rolle?

Nein. Nach drei vergeblichen Minuten verloren die meisten die Geduld. Soll ich euch einen Tipp geben? Ja, riefen sie, manche klatschten, Hinweis! Hinweis! Nur Jay unterbrach sie. Nein, nein, nein. Man solle ihn noch nachdenken lassen.

Jetzt war er einer von ihnen. Er hatte lange genug selbst überlegt, ohne Schlaf, kam nicht weiter, Zeit für einen Tipp. So fühlte er sich. Und er hatte Angst, dass der Täter vielleicht genau das wollte. Das alte Katz-und-Maus-Spiel. In Coventry hatten sie solche Fälle untersucht. Cat-and-Mouse-Game nannten sie es tatsächlich auch dort, kein falscher Freund. Sich darauf einlassen? Sich nicht darauf einlassen? Es hing davon ab, wer die Kontrolle hatte. Nur, wer hatte hier die Kontrolle?

Es summte wieder, zu gleichmäßig für die Wespen. Jay griff in seine Tasche.

»Marcel?«

29

Treppenstufen

Einem Mann alleine gehörte der ganze Kongo, dachte Dr. Bernd Klausing, fasste an das Treppengeländer und stieg die erste Stufe nach unten. Wenn ihn früher, sagen wir noch vor zehn Jahren, jemand gefragt hätte, wie viele Treppenstufen in seinem Haus zwischen dem Erdgeschoss und der Etage unter dem Dach lagen, er hätte grob schätzen müssen. Damals, als er noch gerne sonntags spazieren ging, sogar mit dem Enkel auf dem Teppich spielte und nicht alle Schritte zogen und schmerzten, die nach oben, die nach unten, selbst die ebenerdigen, wenn auch die ein bisschen weniger. Inzwischen wusste er es ganz genau, das mit den Treppenstufen. 29 würden noch folgen. Es klingelte ein zweites Mal.

Nach der Hälfte war zumindest die Sprechanlage erreicht, so lange musste der vor der Tür Wartende noch durchhalten. Oder die. Wieso ausgerechnet jetzt jemand kommen musste. Es war der eine Vormittag in der Woche, an dem er ungestört war und ungestört sein wollte, an dem Margot ihre Erledigungen machte, einkaufen ging, zum Friseur. Ausgerechnet jetzt.

»Moment bitte«, rief Bernd Klausing, bemerkte jedoch im selben Moment die Machtlosigkeit seiner Stimme. Es war ein Reflex, aber es verhallte im Nichts. Hören konnte man das vor der Tür mit Sicherheit nicht, seine Stimme war brüchig geworden, und überhaupt, es war ein ganzes Stück bis unten in die Halle. 24, zählte er stumm in seinem Kopf mit, 23.

Die Treppensituation war ein Unding, da waren sich Margot und er einig. Die Alternativen hatten sie oft durchgesprochen. Ausziehen war keine Option, dafür hatten sie ihr Haus zu liebgewonnen, die ganzen Erinnerungen, die Kinder. Ein Treppenlift kam auch nicht infrage. Er erinnerte sich noch gut an die albernen Werbespots früher in den Pausen beim Tennis. Diese Lifte waren ein Angriff auf die Würde des Menschen, die Kapitulation der Menschheit vor einer ihrer ältesten technischen Errungenschaften, der Treppe. Ins Erdgeschoss ziehen wollte er erst recht nicht, da war das Gästezimmer, nichts zum Wohlfühlen. Letztlich entschied er sich für eine Art innere Emigration. Er hatte sein Zimmer unter dem Dach, mit den Büchern, der Musikanlage, den *Autoleins*, wie der Enkel die Modellautos immer nannte, dem Sessel. Dort saß er, dort lebte er, und er setzte alles daran, die Treppe weitestgehend zu ignorieren, einfach nicht zu benutzen. Meistens klappte das, Margot brachte ihm manchmal sogar das Essen hoch, nur eben nicht heute.

Klausing hatte die Sprechanlage erreicht. Es war ein neumodisches Ding, sein Sohn hatte es eingebaut oder installiert oder wie man sagte. Es zeigte ein schwarz-weißes Videobild, den Bereich vor der Tür. Nanu? Fast bildfüllend stand ein Karton auf einer Paketkarre. Dahinter ein bärtiger Mann mit Schirmmütze. Ungeduldig sah der Bote auf seine Uhr und klingelte wieder. Klausing meldete sich mit seinem Namen. Die Sprechanlage dröhnte, er konnte nur das Wort *Lieferung* und *Margot Klausing* verstehen. Er wartete. Der Paketbote zückte einen Zettel und begann zu schreiben. Er solle doch bitte ein anderes Mal kommen, sagte Klausing in der Hoffnung, so um die zweiten fünfzehn Stufen herumzukommen. Könne er nicht, antwortete der Bärtige und schrieb weiter, entweder *Lieferung* oder *Zustellung nicht möglich*, dann müsse man das aber selbst abholen, in einer Filiale am Potsdamer Platz, wiege jedoch verdammt viel. Klausing stöhnte. Er verfluchte seine Frau in dieser Sekunde, was immer sie da bestellt hatte, vertröstete den Boten mit einem dieses Mal verständlichen »Moment bitte« und setzte seine Reise fort.

Vermutlich war es irgendeine gänzlich unnötige Anschaffung für den Haushalt, ein neues Bügelbrett samt Wäscheständern oder ein vierter Kühlschrank neben dem in der Küche, dem in der Vorratskammer und dem im Keller. Das fehlte noch, dass es was für den Keller war und er den Paketboten weitere fünfzehn Stufen begleiten musste. 45 Stufen zurück, Prost Mahlzeit.

Plötzlich dachte er wieder an den Kongo und beruhigte sich. Abgehackte Hände, familiäre Geiselhaft, da waren 45 Stufen keine Strafe. Es war das Beste, wenn nicht einzig Gute des Altwerdens, dass man Zeit hatte für Dinge, für die man früher keine Zeit hatte. Jeden Tag die FAZ lesen, wirklich lesen, von vorne bis hinten, oder eben so was wie die Kongogeschichte. Sich in interessante Themen vertiefen, ohne Zeitdruck, dem Interesse folgen. Über einen Artikel kam er so zum Kongogräuel, den zwanzig Jahren am Ende des neunzehnten Jahrhunderts, in denen die Hälfte der Bevölkerung des Kongo-Freistaats ausgelöscht worden war. Die belgischen Besatzer ließen das Land regelrecht ausbluten, den Männern wurden unwahrscheinlich hohe Kautschukquoten auferlegt, bei Nichterreichung drohte den in Geiselhaft genommenen Frauen und Kindern der Arbeiter der Tod. Er hatte noch acht Stufen, bis er an der Tür war.

121

In der Halle schlug die Wanduhr, Klausing sah durch die Milchglasscheibe den wartenden Boten. Rechtlich war das bestimmt nicht haltbar, der Zwang zur Selbstabholung. Früher hätte er da ein Exempel statuiert, nach Feierabend noch einen Brief geschrieben oder direkt eine Klage vorbereitet. Jetzt wollte er einfach schnell zurück in seinen Sessel und keine Vorwürfe von Margot.

Was Klausing an der Kongogeschichte vor allem interessierte, war das abscheuliche, aber faszinierende Rechtssystem. Weniger als in anderen totalitären Staaten beruhte es auf Willkür. Es gab klare Regeln, Paragrafen, nur waren diese rigoroser und offen unmenschlicher, als man es kannte. Um zu verhindern, dass die kongolesischen Hilfspolizisten die Munition veruntreuten, musste für jede ausgegebene Kugel eine rechte Hand geliefert werden. Was nicht nur zur Verstümmelung von Leichen führte, sondern in Fällen tatsächlicher Ladungszweckentfremdung sogar zur Verstümmelung noch Lebender, in seinen Büchern mit zahlreichen Abbildungen belegt. Und dann gehörte das Land auch noch, anders als andere Kolonien, einer einzigen Person, Leopold II., dem König der Belgier. All diese Berichte sorgten dafür, dass Klausing, der in Margot keine teilnehmende Gesprächspartnerin fand, bei den weniger werdenden Empfängen und Geburtstagen in verständiger Runde gerne davon sprach, der Kongogräuel übersteige in seiner Dimension – nicht absolut, jedoch relativ – den Nationalsozialismus Hitlers bei Weitem.

Er war auf der vorletzten Stufe, ein weiteres Klingeln kitzelte letzte Kraftreserven aus ihm hervor, er stand schon fast in der Halle. Seine Gedanken ließen ihn indes nicht los. Wie konnten Menschen so grausam sein? Macht war es, ein Überlegenheitsgefühl, aber in diesem Beispiel mehr noch als andernorts schlichtweg wirtschaftlicher Erfolg. Es war kein Genozid, keine systematische Auslöschung einer Volksgruppe. Es war die pure Gier – und bei diesem Gedanken streckte Klausing bereits den Arm nach der Türklinke aus –, die pure Gier hatte die belgischen Konzessionsgesellschaften zur Abkehr von jeglicher Moral getrieben. Und das konnte er irgendwie nachvollziehen, das hatte er mindestens einmal selbst erlebt, was Gier aus Menschen machen kann, was Gier aus ihm gemacht hatte. Damals, vor über zwanzig Jahren. Und so war es ein abenteuerlicher Zufall, dass Dr. Bernd Klausing, ausgehend vom Studium der kongolesischen Geschichte, im letzten Moment seines Lebens an genau die Begebenheit dachte, wegen der vor der Tür ein Paketbote stand, der kein Paketbote war.

30

Lieferumfang

Herr Schmitt!« Jay sah sich um und erblickte die wie zum Gruß in die Höhe gestreckte Akte in Marcels Hand. Er wartete am Eingang des Kommissariats auf ihn. Jay hielt nicht an, gemeinsam stiegen sie die Treppe nach oben.

»Ehemaliger Anwalt, 78 Jahre alt.« Marcel reichte ihm ein Foto aus der Mappe. Lächelnder Anzugträger vor Bücherwand.

»Wann war das?«

»Das Foto?«

»Der Mord.«

»Vor drei Monaten.«

Jay hasste für gewöhnlich den sterilen Nichtgeruch des Polizeiflures, die spurenlose Reinheit. Heute, nach dem Mülleimergestank, genoss er den Übereifer der Putzkräfte.

»Wurde erschlagen, lag mehrere Stunden in einem Park in Neukölln.«

Jay streckte seine Hand aus und bekam von Marcel bereitwillig die Akte zugesteckt. In Jays schlaflosem Kopf vermischten sich auf den folgenden Metern bis zur Abteilung verschiedene Sinneseindrücke, die auseinanderzuhalten ihm einige Mühe bereitete. Er hörte Marcel von einem unklaren Tathergang berichten, keine direkten Zeugen, keine Motive. Er sah gleichzeitig Fotos aus der Akte, die den ermordeten Anwalt auf einer Wiese im Halbdunkel liegend

124

zeigten, angestrahlt vom hellen Licht der Spurensicherung. Dann hörte er zwei unverhältnismäßig laut lachende Kollegen in der Kaffeeküche und sah die wie immer flackernde Neonröhre über dem fensterlosen Gang. Marcel sagte *Vermisstenmeldung*, den Zusammenhang hatte Jay überhört, ein weiteres Foto zeigte den Toten aus anderer Perspektive. Schweißperlen liefen Jay über die Stirn, als sie den Konferenzraum erreichten, fühlte er sich hundeelend.

Marcel ging direkt vor zu einer vollgeschriebenen Wand, die zur Verstärkung geholten Kollegen saßen im Raum verteilt vor Papierstapeln und Laptops, Martha stand angelehnt an der Rückwand. Keiner grüßte, man merkte die Anspannung, fokussierte Bildschirmaugen. Jay grüßte auch nicht, Marcel ließ ihm keine Pause.

»Vormittags verschwunden, Meldung ging am späten Nachmittag ein, gegen halb sechs morgens wurde die Leiche gefunden.«

»Wo?«, fragte Jay.

»Johannisthaler Chaussee, Nähe Gropius-Passagen«, antwortete eine Frau, die sich Jays vager Erinnerung nach als Isabell vorgestellt hatte, ohne den Blick vom Laptop zu lösen.

»Tatzeit deutlich früher, vermutlich mittags.« Marcel stand vor dem Schaubild an der Wand, war unter Strom. Jay schien seinem Assistenten alle Energie abgegeben zu haben, ein spiegelverkehrtes Bild. Marcel fühlte sich in seiner Rolle wohl, er umkreiste den dick in der Mitte stehenden Namen. *Dr. Bernd Klausing.*

»Und der hatte einen Punkt im Nacken?«

»Foto sieben.«

Jay blätterte durch die Akte. Tatsache. Kein grüner, ein hellblauer Punkt, genauso groß wie der lilafarbene und der orange, mitten im Nacken.

»Ging damals unter, da sich die Beamten auf etwas anderes konzentrierten. Foto elf.«

Jay schlug die Seite um. Foto acht: das Gesicht des Ermordeten in Nahaufnahme. Foto neun: die malträtierte Stelle am Kopf. Foto zehn: ein Lageplan des Leichenfundorts. Dann Foto elf. In der Mitte erneut Klausing, auf der Wiese liegend, das Bild wurde jedoch aus weiterem Abstand gemacht, zeigte seine unmittelbare Umgebung. Ruhig lag er in der Dunkelheit, Büsche, ein Baum, fast geschützt.

»Was ist das?« Jay sah um den Toten herum Zettel liegen, lauter weiße Zettel.

»Briefe. Oder besser gesagt Briefumschläge. Denn es ist kein einziger Brief darin gewesen, nur die Umschläge, adressiert an: Elise.«

»Und wer ist Elise?«

»Das ist die Sache, das weiß niemand. Klausings Frau hatte keine Ahnung, die Ermittlungen haben nichts ergeben.«

»Geliebte?«

»Der Mann war 79«, hörte Jay einen hageren Brillenträger aus der Ecke sagen, »laut seiner Frau konnte der nicht mal mehr richtig laufen.«

»Für Elise«, murmelte Jay.

»Für Elise«, wiederholte Marcel. »Und es gibt noch was.« Er zeigte auf eine mit zwei Markern versehene Berlin-Karte an der Wand. »Der Fundort der Leiche ist fünfzehn Kilometer vom Wohnhaus entfernt. Angeblich hat sich der Typ eigentlich nicht mal mehr aus seinem Zimmer bewegt.«

»Vielleicht war er heimlich da.«

»Vielleicht war es aber auch wie bei Pohl.« Marcel ging zum Drucker und reichte Jay zwei Blätter.

Es war eine Zeugenaussage. Eine Nachbarin der Klausings hatte sich bei der Polizei gemeldet. Jay überflog die Zeilen.

126

Wie öfters verbrachte ich den Vormittag des oben genannten Datums mit der Beobachtung der Straße (aus meinem Küchenfenster heraus).

Schon der erste Satz war in diesem gewollt sachlichen Polizeideutsch protokolliert, das immer auch ein wenig peinlich und unbeholfen wirkte. Wenngleich es den Sachverhalt vermutlich völlig richtig zusammenfasste. Eine Stasi-Oma, Nachbarschaftsspione, privat waren sie Jay vergällt, für die Polizeiarbeit die besten Helfer.

Ich bemerkte einen Paketboten, der aus einem Kraftfahrzeug, welches kein übliches Paketdienstfahrzeug (DHL, UPS etc.) war, ausstieg. An das Kraftfahrzeug erinnere ich mich nicht, es könnte jedoch transporterähnlich ausgesehen haben.

Auch dieses ständige Welcher, Welche, Welches. Irgendwer musste das den deutschen Polizisten vor vielen Jahren als Inbegriff der Sprachseriosität eingetrichtert haben. Und immer Kraftfahrzeug statt Auto. Jay wurde in seinen Gedanken von Marcel unterbrochen.

»Jedenfalls ist diese angebliche Lieferung nicht nachvollziehbar, kein Paketdienst hat an dem Tag damals eine Lieferung für die Klausings ausgefahren.«

»Unser Täter«, murmelte Jay.

»Lesen Sie mal weiter unten.«

Der Paketbote nahm den Karton wieder mit, wobei er beim Umladen von der Sackkarre in den Transporter meinem Eindruck nach viel Kraft aufwand.

»Warum wurde das damals verdammt noch mal nicht weiterverfolgt?«, rief Jay in die Runde.

»Weil das damals alles noch zu abstrus klang, zu unwahrscheinlich«, bekam er von Martha eine kühle Antwort. Sie stand mit verschränkten Armen unbeweglich an der Wand, trotz des sichtlichen Entsetzens auch mit triumphierender

Geste. »Ich frage mich vielmehr, warum wir in den letzten fünf Tagen nicht auf den Fall gestoßen sind.«

Jay war bedient. Er hasste Martha für einen Moment. Weil sie in ihrem Büro saß und die Arme verschränkte, während er sich durch die Psyche eines kranken Täters arbeitete. Weil sie in den Meetings auftrat wie Fürstin, Ihro Gnaden. Weil sie gerade seine Ermittlung kritisiert hatte. Und vor allem, weil sie recht hatte. Das war das Unangenehmste. Mit unberechtigter Kritik konnte Jay besser umgehen, die konnte er als solche entlarven, entkräften, hier gab es nichts zu deuteln. Montag hatten sie Pohl gefunden, jetzt war es Freitag. Man könnte sich rausreden, mit den ganzen Ereignissen währenddessen, mit dem unsauber verschlagworteten Polizeibericht. Manch einer hätte es bestimmt versucht, aber Jay ging es um die Sache. Er genügte seinen eigenen Ansprüchen nicht, das saß tiefer, als den Ansprüchen anderer nicht gerecht zu werden. Und doch schrie eine Stimme in ihm danach, die nötige Konsequenz abzuwenden.

»Wir wissen ja noch nicht, ob der Mord in irgendeinem Verhältnis zu den anderen steht.«

Alle sahen vor zu Marcels vollgeschriebener Wand. Erst jetzt bemerkte Jay die gestrichelte Linie zwischen *Dr. Bernd Klausing* und *Pohl* und *Pfaffinger*. Kein Wunder bei der Unübersichtlichkeit. *Anwalt* stand klein über der Linie.

»Wir haben von seiner ehemaligen Kanzlei eine Liste der Klienten angefordert«, sagte Marcel. »Ab Mitte der Achtziger vertrat er die Ascandy-Kette.«

Zwei Hotelchefs und ihr Anwalt. Ein Punkt in Lila, ein Punkt in Orange, ein Punkt in Blau. Ein Matrosenkostüm, ein vergiftetes Würstchen im Pfannkuchen, Briefe an Elise. Jay lehnte sich erschöpft an die Wand. Im selben Moment stieß sich Martha von ihrer Wand ab und ging auf Jay zu.

»Das ist größer, als wir gedacht haben. Als ich gedacht habe und als du gedacht hast. Wir müssen uns Hilfe holen.« Sie wollte keine Antwort, es war eine Mitteilung, die Entscheidung war getroffen. Es war auch offensichtlich. Sie schien dennoch Jays Reaktion abzuwarten, seine Zustimmung bekommen zu wollen. Jay nickte mit dem Kopf. Dann machte er die Augen zu und hörte das langsam leiser werdende Klacken ihrer Stöckelschuhe auf einem Klangteppich gedrückter Tastaturtasten.

31

Lammfrikadellen

Du siehst schlecht aus, mein Junge.« Auf die Ehrlichkeit seiner Mutter konnte Jay sich verlassen. Ja, es tue ihm leid, er habe die Nacht durchgearbeitet, werde auch nicht lange bleiben. Dann holte er den Strauß Blumen hinter seinem Rücken hervor. Anemonen, sie klatschte vor Freude in die Hände. Jay wünschte alles Gute und bekam eine ihrer langen, hin und her schwenkenden Umarmungen. Nicht mal in diesem Moment war er ganz da, er spürte seinen Körper von den Armen seiner Mutter umschlungen, seinen Geist aber über sich selbst schweben, höher steigen, er sah von oben herab auf die Szene, auf das Häuschen, auf die Straßen, auf Berlin. Er dachte an ihn, an den Mann, der in Uniformläden ging, der sich als Paketbote verkleidete, der aus einem Wald heraustrat und einen Spaziergänger verschleppte, der ein Würstchen mit Gift vollpumpte, sachte in einen Pfannkuchen schob und sich so in ein Hotel schlich. Ich sehe dich, denn ich sehe alles von hier oben, dachte Jay. Er sah ihn nicht.

Nach einem Kuss auf die Backe ließ seine Mutter los. Sie schnappte sich die Blumen und ging in die Küche. Jay folgte ihr langsam, blickte durch den vertrauten Flur und roch. Es war eine eigenartige Mischung der Düfte, die es nur hier gab, die immer gleich war und immer anders. Ganz tief unten war der Geruch alter Möbel, die leicht modernden Sofaüberwürfe und Decken, die große Holzkommode. Dann die kleinen Andenken anderer Kulturen, die – wenn auch in geringem Maße – alle den Duft aus ihrer Welt mitbrachten. Darüber, von der Küche herziehend, immer der Geruch feiner Gewürze, geschmorten Fleisches, gegrillten Fisches. Bei den Speisen variierte Jays Mutter ebenso wie bei den Blumen und Ölen, die sie überall aufstellte, was auf den Gesamtgeruch jedoch unerklärlicherweise keinen Einfluss zu nehmen schien. Jay war sich sicher, dass er den Duft seines Zuhauses, ließe sich die Komposition in einem Flacon konservieren, nach dem ersten Einatmen unter hundert Gerüchen erkennen konnte.

Als Jay in die Küche trat, hatten die Anemonen bereits ihre Vase gefunden. Seine Mutter hielt sie in den Händen und stand an der geöffneten Terrassentür. Das müsse er sich anschauen, was für Besuch sie bekommen hätten, rief sie nach draußen und zeigte stolz die Blumen. Jay erblickte seinen Vater, der mit Gartenschlauch auf dem Rasen stand, die eine Hand grüßend hob, dann direkt entschuldigend auf den Wasserstrahl zeigte. Das könne er ja wohl auch später machen, schimpfte sie, Jay winkte ab. Sein Vater sah zufrieden aus mit dem grauer werdenden Bart, der tief sitzenden Brille, die grüne Gartenschürze umgebunden. Es war eine unausgesprochene Vereinbarung zwischen den beiden, die Einrichtung des Hauses, vor allem die des Wohnzimmers, oblag ihr, der Garten war sein Reich. Einerseits merkwürdig, war doch Jays Mutter die naturverbundene. Andererseits verständlich, schließlich war der Garten das Aushängeschild, und während seine Mutter auf Äußerlichkeiten wenig Wert legte, achtete sein Vater mehr auf Wirkung, gerade hier in der Siedlung. Vermutlich war es von Anfang an ihre Bedingung gewesen, dass sie nur in das Reihenhaus ziehen würde, wenn sie drinnen tun und lassen konnte, was sie wollte.

»Du bleibst aber schon zum Essen?« Jay hatte sich nicht angekündigt, hoffte, sein Besuch kollidiere mit den Abendplänen seiner Eltern, damit nicht er für die Kürze des Aufenthalts verantwortlich wäre. Lange bleiben konnte er nicht, er war todmüde, wollte, musste morgen früh weiterarbeiten, gegen Mittag war das Diana-Meeting. Er behielt sogar recht, seine Eltern hatten noch Abendpläne, was seine Mutter aber nicht davon abhielt, *einen kleinen Happen* zuzubereiten, wie sie es verniedlichend nannte.

Während sie Lammfrikadellen briet, *die Leckeren vom Hof*, und in Windeseile Soßen und Cremes mit frischen Kräutern, Knoblauch, Zitrone mischte, half Jay seinem Vater im Garten. Sie sprengten den Rasen, dann zogen sie mit Gartengreifzangen, die bestimmt einen viel eleganteren, Jay aber nicht geläufigen Namen hatten, durch die Beete und griffen nach losen Blättern und anderen Störenfrieden. Jay sah sich seinen Vater an und freute sich. Er war einer dieser Rentner, die ihre neu gewonnene Altersfreiheit voll genießen konnten. Er war aktiv genug, um nicht im Nichtstun zu versinken. Die Gefahr bestand bei ihm nicht einmal, er brauchte geregelte Abläufe und abzuarbeitende Aufgaben, die diese kleinen Erfolgserlebnisse bargen, und sei es nur das blitzblank gesäuberte Beet. Gleichzeitig hing er nicht so sehr an seinem früheren Job, dass ihn die Sehnsucht danach melancholisch machen würde. Er hatte alles gerne gemacht, auch ordentlich, jahrelang. Allein von Leidenschaft spräche wohl nicht einmal er selbst. Als Jay die Zangen ins Gartenhaus brachte, sah er die fein säuberlich beschrifteten Fächer und Halterungen, jede Harke hatte ihren Platz, die Säcke voll Blumenerde waren sauber gestapelt.

Wenig später saßen sie zu dritt am Tisch und aßen Lamm-frikadellen mit verschiedenen Dips. Jay erzählte von dem schwierigen Fall, ohne jedoch ins Detail zu gehen. Seine Mutter wollte nichts davon wissen, sofern Tote vorkamen, und seit Jay bei der Mordkommission war, gab es nicht mehr viele Geschichten aus seinem Arbeitsleben, die nicht an irgendeiner Stelle Tote beinhalteten. Sein Vater wiede-rum hatte eine Dienst-ist-Dienst-und-Schnaps-ist-Schnaps-Einstellung, die ihn Privates und Berufliches schon immer strikt trennen ließ. Ganz selten hatte er früher beim Abend-essen von dem erzählt, was er auf der Arbeit erlebt hat-te, vermutlich auch weil er das Verschwiegenheitsding sehr ernst nahm. Sowie er die Mütze an den Haken hängte, ver-wandelte er sich in den Privatmann, konnte über Autos re-den, fragte nach der Schule, ließ Jays Mutter aus ihrem turbulenten Alltag berichten, lachte, putzte sich mit der Serviette den Mund ab. Er konnte seinen Arbeitskopf an- und ausschalten, genau das, wozu Jay überhaupt nicht in der Lage war.

»Jay!«

Er hatte nicht aufgepasst.

»Entschuldigung, was hast du gesagt?«

»Ob du auch genug ausgehst, du kannst ja nicht immer nur arbeiten.« Jay sah in die sorgenvollen Augen seiner Mutter und wusste, worauf das hinauslief.

»Alles gut, ich bin zufrieden.«

»Du musst doch auch wieder jemanden kennenlernen, du hast glücklicher gewirkt und ausgeglichener, als du noch …«

»Ist gut, danke.«

»Lass ihn«, sprang ihm sein Vater zur Seite und nahm ei-nen Schluck Bier.

»Ich will ja nur, dass du glücklich bist, mein Junge.«

»Ich weiß, Mama, danke.«

»Das mit Sonya ist aber definitiv?«

»Nun lass ihn doch mal in Ruhe essen«, funkte sein Vater erneut dazwischen.

»Man wird ja wohl noch fragen dürfen, das ist nicht alles so schwarz-weiß, vielleicht ist das bei ihr auch nur eine Phase, das weiß man nicht, das kann sich ja alles ändern, es sind nicht alle Menschen so festgelegt.«

Jay überlegte, ob er von Diana erzählen sollte. Sie wussten von dem Projekt, damals waren Jay und Sonya noch zusammen. Sonya hatte es selbst bei einem der langen Abendessen versucht zu erklären, Jays Mutter fand alles spannend, seinem Vater war es zu viel, das ganze Datenzeugs, zu wenig handfest. Jay erinnerte sich daran, wie auch er es am Anfang seltsam gefunden hatte, eine Analystin zu daten. Es klang nach Computernerd, dabei war Sonya alles andere als ein Nerd. Sie hätte perfekt in einen Werbespot gepasst, in dem die attraktive, beruflich erfolgreiche Blondine mit zwei vollen Einkaufstüten in die Küche kommt, von *Abschalten* oder *kleiner Pause zwischendurch* erzählt und dann eine der sportlichen Figur entsprechend kleine Portion Joghurt oder Pudding mit dem Löffel nascht. Sie war auch keine Programmiererin, Code konnte sie verstehen, aber nicht schreiben, sie sortierte die Daten, brachte Ordnung ins Chaos und war letztlich eine Detektivin wie er selbst. Jay musste im echten Leben Hinweise finden, aus dem riesigen Berg von Informationen die heraussuchen, die relevant waren, Beweisstücke miteinander in Verbindung bringen, da sie nur zusammen Sinn ergaben, Spuren folgen, Schlüsse ziehen. Sie machte das Gleiche, nur digital, ihre Zeugen waren Zahlenkolonnen. So hatten sie Aufgabenfelder, die verschieden genug waren, um in ihrer Beziehung nicht die Langeweile der totalen Kongruenz zu spüren, die umgekehrt aber ähnlich genug waren, um die Probleme und Erfolge des anderen wirklich nachvollziehen zu können.

Jay entschied sich dazu, nicht von Diana zu erzählen. Er hatte keine Lust auf das Sonya-Thema, konnte erst recht auf die aufmunternden Worte seiner Mutter verzichten. Man liebe nicht Männer oder Frauen, man liebe Menschen, hieße es dann wieder, eine Trennung sei hart, aber diese prinzipiell nicht schlimmer als andere, das sei eine chauvinistische Idee, dass Frauen nur Männer zu lieben hätten. Er brauchte niemanden, der ihm Sonyas Verhalten erklärte.

Stattdessen griff Jay, zwei Lammfrikadellen später und keine zwei Meter aus der Haustür getreten, zu seinem Telefon und schrieb auf dem Weg zum Auto und – nicht der Länge, sondern der Prägnanz wegen – weitere fünf Minuten im Auto sitzend eine Nachricht, deren Beantwortung ihn, in seiner Wohnung angekommen, ein wenig zufriedener in tiefen Schlaf fallen ließ.

32

Nachtgedanken

Der Klare schwappte aus der geriffelten Flasche ins Glas. Eine zitternde Hand stellte die Flasche weg, eine andere zitternde Hand führte das Glas zum Mund. Der Alkohol stürzte sich in die Tiefe. Mit dem Kopf im Nacken sah der Mann sein Gesicht in der silbrig spiegelnden Lampe. Das Wohnzimmer war dunkel, nur die Lichterkette über dem Klavier brannte, mitten in der Nacht. Die drei Punkte auf seiner Backe erkannte er dennoch. Dann war das Glas leer.

Es hatte friedlich begonnen. Vielleicht hätte er da skeptisch werden müssen. Seit Wochen sagte man sich nichts, sie gingen zur Arbeit, er ging zur Arbeit, jeder saß in seinem Büro, mit seinen Mitarbeitern, machte seine Sachen. Er wusste, wann sie kamen, sie wussten, wann er kam, man legte sich die Zeiten so, dass man Gespräche im Aufzug vermied, immer ein bisschen früher oder später als die Gegenseite. Und dann ihr Vorschlag. Essen gehen, mal nicht im stickigen Büro diskutieren, Vino, Scampi. Er hätte skeptisch werden müssen.

Es waren Wölfe, das hatte er schon gemerkt, Wölfe und Füchse. Sie rissen, was sie finden konnten, waren gleichzeitig clever. Vor ein paar Monaten hatten sie vorgeschlagen, angeblich auf Anraten des Anwalts, den Gesellschaftervertrag zu ändern, schoben zur Begründung irrelevante Paragrafen vor, legten manche sogar zu seinen Gunsten neu aus. Genau darüber war er gestolpert, da wollten sie zu schlau sein, schlugen tatsächlich Änderungen zu seinen Gunsten vor, die beiden. Er sah genauer hin und bemerkte, dass sie ganz nebenbei das Vetorecht abschaffen wollten. Keine einstimmigen Beschlüsse mehr, Mehrheitsentscheid, zwei dafür, einer dagegen, sie dafür, er dagegen, egal, beschlossen. Nicht mit ihm. Das war er sich schuldig, das war er seinen Eltern schuldig. Er kämpfte um seinen Platz, weniger des Platzes wegen, mehr für die Überzeugung. Er hatte so etwas, Überzeugung, sie schienen dafür nicht einmal die Zeit zu haben. Er dachte auch vorhin beim Essen daran, sie pickten im Risotto und schnitten Kalbssteak wie alle anderen im Restaurant, aber die beiden waren nicht da, sie genossen nie, in ihren Köpfen blinkten neue Projekte und Expansionen und Effizienzen. Einen Träumer hatten sie ihn mal genannt. Und sie hielten es wirklich für eine Beleidigung.

Er trank mit ihnen, er aß mit ihnen, vielleicht hatte er kurz gehofft, es würde wieder wie früher. Die Stimmung am Tisch war kühl, doch das fiel nicht auf, es war ein feiner Italiener, kein lauter. Nach dem Dessert kamen sie zum Geschäftlichen, sprachen von der für alle Seiten belastenden Situation. Es wirkte in diesem Moment noch wie der Versuch einer Einigung, einer Klärung, als sei man bemüht, Probleme aus dem Weg zu schaffen. Jetzt, im Wohnzimmer stehend, ärgerte sich der Mann mit den Muttermalen über seine Leichtgläubigkeit. Von wegen. Aus dem Weg kaufen wollten sie die Meinungsunterschiede, sie befassten sich nicht einmal mit seinen Punkten, es interessierte sie nicht, sie wollten bauen und kaufen und wieder bauen und kaufen und kürzen und entlassen. Ein Angebot unterbreite-

137

ten sie ihm, für seine Anteile, für seine Beteiligung an der Firma. Er hätte alles abgeben müssen, raus für immer, sie hätten machen können, was sie wollten mit dem Haus in Berlin, mit neuen Standorten. Er lachte nur, er lachte sie aus, er hatte Wein getrunken, vielleicht lachte er deshalb zu laut oder zu herzlich, jedenfalls provozierte er sie damit, das merkte er, und es gefiel ihm. Es sei die einzige Möglichkeit, sagte die Frau dann ernst, und der Mann neben ihr sprach von einem letzten gütlichen Vorschlag. Ihr könnt mir gar nichts, lachte er ihnen entgegen, ihr könnt mir gar nichts, ihr kriegt mich hier nicht raus. Er kippte noch mehr Wein hinunter, um die Enttäuschung zu verbergen. Kein Mensch wolle ihn in der Firma haben, wurde der Wütende nun deutlicher, er sei seit Jahren ein Klotz am Bein, das sei gutes Geld, er solle es nehmen und abhauen. Er würde so doch auch nicht glücklich, stieg die Frau ein, ruhiger, aber nicht weniger bestimmt. Dieser Job sei nichts für ihn, das habe man ja gesehen, es sei nicht schlimm, nur müsse man rechtzeitig die Reißleine ziehen. Das sei jetzt, haute der Wütende auf den Tisch, jetzt oder nie, was auch immer das heißen sollte. Ein kleiner Rest war noch im Glas, es reichte. Der Mann mit den drei Muttermalen stand auf, schob den Stuhl nach hinten, etwas unsanft, holte aus und schwenkte sein Glas mit ausholender Bewegung im Halbkreis durch die Luft, ließ den Wein auf seine Mitgründer herabregnen, hätte das Glas gerne noch an die Wand geworfen, stellte es aber sachte ab, drehte sich um und verließ das Restaurant, ohne sich umzudrehen.

Es war ein seltsamer Triumph. Er ging stolz auf die Straße, ihm war warm, sein Kopf glühte. Zu Fuß wollte er nach Hause, er spürte Energie. Noch unterwegs kühlte er komplett ab, seine Schritte wurden langsam, und die trotzige

Zufriedenheit wandelte sich in Traurigkeit. Als er zu Hause ankam, zitterte er und wusste nicht, ob es an den Minusgraden lag oder dem Entsetzen über die Bösartigkeit der beiden Wölfe. Er fühlte sich schlecht, er fühlte sich einsam, diese Menschen hatten kein größeres Ziel, als ihn aus der Firma zu drängen.

Sein Atem verdampfte vor seinem Mund, er stocherte mit dem Schlüssel in der Haustür. Es war spät, er versuchte leise zu sein, ganz leise war man betrunken nie. Netti wachte auf, kam die Treppe herunter, noch bevor er seinen Mantel aufgehängt hatte. Was denn los sei. Sie verstand ihn nicht, sie konnte ihn nicht verstehen, er erzählte ihr nicht alles, wollte sie nicht verunsichern, alles gut, kriegen wir schon in den Griff, dabei war nichts gut, erst recht nicht nach heute. Sie hatte genug um die Ohren mit den Kindern, der Große kam langsam in die Pubertät, die Kleine hatte Probleme in der Schule. Und Netti war pragmatischer als er, sie hätte das Geld angenommen, sie würde seinen Stolz nicht verstehen. Seit Monaten riet sie ihm, sich nach etwas anderem umzusehen, es mache ihn doch kaputt sonst. Ja, klar, sie hatte recht, es machte ihn kaputt. Aber er wollte nicht aufgeben, er wollte den beiden nicht das Feld überlassen, er würde so viel mehr aufgeben als seine Anteile. Er erzählte ihr nichts von dem Angebot.

Vorwürfe prasselten auf ihn ein. *Hörst du mir überhaupt zu?*, fragte sie zwischendurch, er ignorierte es. Für Netti war es auch nicht leicht. Irgendwann ging sie die Treppen zum Schlafzimmer wieder rauf und ließ ihn alleine im Wohnzimmer zurück.

Mit dem leeren Schnapsglas in der Hand stand er am Fenster und sah nach draußen. Früher hatte er das Unternehmen geliebt, das Haus, damals unter seinen Eltern, aber auch danach noch. Es war ein zweites Zuhause, es war eine Art Großfamilie, die Schiebetüren öffneten sich, und er war im größten Wohnzimmer der Stadt. Und die Kinder liebten es, tollten durch die Gänge, durch Küche und Keller, spielten dem Personal ihre Streiche oder spielten Verstecken. Es gab so viele Winkel und Kammern, ein riesiger Abenteuerspielplatz. Er war glücklich, wenn er die großen Buchstaben am Haus sah, sich langsam näherte, es war ein wohliges Gefühl, eine kribbelige Vorfreude. Inzwischen war nichts mehr davon übrig. War er dort oder fuhr ihm nur zufällig der Gedanke daran durch den Kopf, wurde der Magen flau, er konnte es nicht leiden, alles war vor seinem inneren Auge grau geworden.

»Ich kann nicht mehr«, sagt er leise und presste seine Stirn gegen die Scheibe. Es schneite. »Ich kann nicht mehr.« Er schüttelte den Kopf.

In diesem Moment hörte er ein Geräusch, ein ganz leises Atmen, doch er war schon zu lange in der nächtlichen Stille, um es zu überhören. Er drehte seinen Kopf, sah über die Schulter. Der Junge stand in der Tür, blickte seinen Vater an, mit eingefrorener Miene. Mein Großer, dachte der Mann, vielleicht sagte er es sogar. Mein Großer. Der Junge kehrte um, schlich die Treppe hoch und war weg. Es schien ihm unangenehm zu sein, seinen Vater so zu sehen, so verletzlich, schwach. Dem Mann mit den Muttermalen war es auch unangenehm. Es war ein privater, ein intimer Moment, er wollte ihn nicht teilen, mit niemandem. Er wollte dem Jungen immer Vorbild sein, er fühlte sich ihm ganz nah.

Die Situation riss ihn so sehr heraus, dass es mehrere Minuten dauerte, bis der Mann sich fragte, was der Junge um diese Zeit an der Wohnzimmertür überhaupt gemacht hatte. Sicher war er sich nicht, eine Vermutung hatte er. In diesem Alter konnte man den Kindern vieles vorschreiben, es wurde im Normalfall missachtet. Dabei hatte er es nicht einmal vorgeschrieben. Lange ignorierte er, dass der Junge sich weiterhin mit ihr traf, sie waren Freunde, vielleicht schon mehr. Die Kinder sollten nicht leiden unter dem Streit der Väter. Es wurde nur immer unangenehmer, er holte den Großen nicht mehr ab, wenn er bei ihr war, und es fühlte sich komisch an, wenn sie bei ihnen war. Sie war ein nettes Mädchen, keine Frage, doch ohne es zu wollen, nahm er sie in Sippenhaft. Was sie wohl über ihn dachte, was sie wohl von ihrem Vater über ihn hörte. Letztlich war es Unsicherheit. Der Große war so sensibel, dass er es merkte. Sie hatten nie darüber gesprochen, irgendwann kam sie seltener. Vielleicht nur zum Schein, dachte der Mann. Vielleicht mochten sich die beiden immer noch sehr und trafen sich heimlich, um nicht in den Streit der Eltern verwickelt zu werden. Vielleicht tat der Junge es nur für ihn, dachte der Mann, starrte wieder nach draußen und musste fast weinen.

33

Wiese

Hier ungefähr«, sagte Jay und zeigte auf eine Stelle im Gras. Franziska blickte auf das Foto in seiner Hand.

»Nein, da.«

Die beiden gingen ein paar Meter, Jays Augen wechselten zwischen Bild und Umgebung hin und her. Die Sonne reflektierte auf dem Ausdruck, man sah ohnehin schon wenig, das Foto war im Dunkeln geschossen worden.

»Hier?«

Franziska nickte. Plötzlich fiel Jay die Absurdität der Situation auf. Er stand an einem strahlenden Samstagvormittag mit einer Frau, die er erst wenige Tage kannte, auf einer Wiese, und gemeinsam betrachteten sie das Foto eines toten Rentners.

»Sorry, ich wollte dich da wirklich nicht ... Nur, weil wir in der Nähe waren, dachte ich ...«

»Kein Problem«, meinte sie. »Es macht nichts. Ich will auch wissen, was passiert ist.«

Das mit der Nähe stimmte nur so halb, eine Viertelstunde waren sie gefahren. Er hatte es anders geplant, wollte nach dem Frühstück alleine her, hatte die Bilder mitgenommen, der Rest des Tages war voll. Doch sie war nicht mit dem Auto gekommen, er musste ihr die Rückfahrt anbieten, wollte ihr die Rückfahrt anbieten, und wenn er ehrlich war, freute es ihn, dass sie annahm. Jay legte sich ins Gras und streckte die Arme aus. Mit einer Hand hielt er das Foto gegen die Sonne, bis es einen Schatten auf sein Gesicht legte. Regungslos sah er den Alten auf dem Boden liegen. Er begann zu pfeifen, Takt für Takt.

»Für Elise?«

»Für Elise.«

»Beethoven? Meinst du, es hat was damit zu tun?« Jay hatte Franziska von den Umständen des Anwaltmords erzählt. Sie war nicht die Einzige, die an diesem Morgen davon erfuhr. Die Zeitungen berichteten über den dritten Mord, jetzt hatten sie ihre Serie, ein Boulevardblatt brachte Klausing sogar als Aufmacher.

»Irgendwas will er sagen, der macht sich den Aufwand nicht zufällig. Der Seemann, das Würstchen, das hier.« Jay sah hoch. Franziska war es offensichtlich unangenehm zu stehen, während er auf der Wiese lag. Zögernd setzte sie sich neben ihn.

»Es ist ein Ritus«, stimmte sie zu. »Er opfert die Toten, er schmückt sie wie bei rituellen Opferfeiern.«

»Ja. Das ist keine Bandenkriminalität. Die wären genauso brutal, aber die würden die Leute abstechen, niederschießen, vielleicht eine Autobombe.«

»Er will gelesen werden.« Franziska sah auf das Foto in Jays Hand. »Er will verstanden werden. Er sendet seine Botschaften nicht umsonst.« Der alte Mann und die Briefe.

Jay überlegte, ob ihr Interesse echt war. Interessierte sie sich für den Fall – ihres Vaters wegen oder getrieben von einer vielen Menschen, gerade Wissenschaftlern, inhärenten Neugier – und hatte deshalb keine zehn Minuten gezögert, seine Einladung zum Frühstücken anzunehmen? Oder war es genau umgekehrt? Wie bei Sonya damals, als sie ihm ihre Woody-Allen-Leidenschaft verraten hatte und Jay auf einmal Großstadtkomödien sah, ohne sich selbst an dem urbanen Geplänkel erfreuen zu können, nur um in der Lage zu sein mitzureden. Was war hier Mittel, und was war Zweck, war er das Mittel, oder war er der Zweck? Oder konnte es sogar sein, dass sie an beidem ehrliches Interesse hatte, an ihm und an dem Fall?

»Woran denkst du?«, fragte Franziska. Jay musste seine Gedanken wechseln.

»Wann hört er auf?«

»Er?«

»Er.« Jay nickte auf das Foto.

»Wenn sein Plan aufgegangen ist.«

Die beiden sahen sich an. Jay bekam sie nicht aus dem Kopf. Selbst wenn es ihr um ihn ginge – fühlte sie sich zu ihm als Mann hingezogen, oder war er ein Stück Sicherheit? Ihr Vater war gerade gestorben, vielleicht brauchte sie Schutz, emotional oder ganz real, vielleicht war er für sie nur der Polizist. Sie war für ihn mittlerweile auf jeden Fall mehr als nur die Zeugin.

»Oder ich kriege ihn, bevor sein Plan aufgeht.«

»Oder er kriegt dich.«

Jay setzte sich wieder auf, mit angewinkelten Beinen saßen sie nebeneinander im Gras.

»Was soll er von mir wollen?«

»Ich weiß es nicht, aber er kennt dich ja. Du musst aufpassen, Jay.«

»Er kriegt mich nicht.«

Franziska schob die Ärmel ihrer Bluse hoch. Ihr war warm, die schwarze Jeans forderte ihren Tribut. Sie sah in die Ferne, rupfte gedankenverloren Grashalme, die sie unbewusst zwischen ihren Händen aufhäufte. Sie zeigte keine Regung.

»Würdest du ihn töten?«

»Wieso sollte ich ihn töten?«

»Ich meine, würdest du ihn gerne töten?«

»Ich würde ihn gerne festnehmen, das reicht. Das ist anders als bei den Angehörigen der Opfer. Die wollen Rache, die wollen Genugtuung. Ich mache meinen Job, ich hänge da nicht emotional drin«, sagte Jay. »Würdest du ihn gerne tot sehen?«

»Nein«, stieß sie direkt aus, »nein, das ist mir egal, es geht mir nicht um meinen Vater. Ich wollte nur wissen, was du denkst.«

Jay fiel wieder auf, wie traurig sie aussah, wie ihr schönes Gesicht, die blasse Haut, alles wie übergezogen wirkte. Man wollte sie fast in den Arm nehmen, ihr ein *Alles wird gut* ins Ohr flüstern, wieso auch immer, doch sie würde sich abstoßen und *Lass mich* sagen, wieso auch immer. So sah sie aus.

Das Gespräch dauerte noch eine Weile, wurde alltäglicher, sie kamen zurück zu den Tischthemen des Frühstücks, stellten verbindende und trennende Eigenschaften fest, stimmten zu oder widersprachen sich ohne Eifer. Irgendwann sah Jay auf die Uhr. Das Case Team Meeting. Wenn er sie vorher noch zu Hause absetzen wollte, mussten sie los. Noch unterwegs im Auto hätte er nicht sagen können, was er suchte, dass er etwas suchte, bis er es plötzlich fand. Er hielt vor ihrer Haustür, sie griff nach der Handtasche, dann bis bald, er sah sie schon die Autotür öffnen, da fühlte er seinen Wunsch, und sie, als hätte er ihr den Gedanken mitgeteilt, drehte sich noch einmal um – und umarmte ihn. Nicht leidenschaftlich, nicht lange. Es reichte. Er sah ihr nach, wie sie aus dem Auto stieg, nicht mehr zurückblickte, nach dem Schlüssel kramte und im Hauseingang verschwand. Das hatte er gebraucht, das hatte er gesucht, es war kein Beweis, lediglich ein kleines Indiz, doch ein Gefühl, das es ihm leichter machte, Sonya gegenüberzutreten. Darum war es ihm letztlich gegangen, merkte er, Hoffnung zu finden, die Kluft zwischen Sieger und Besiegtem kleiner werden zu lassen. Die kurze Umarmung zur Verabschiedung, vielleicht hatte das ganze Treffen nur diesen einen Sinn gehabt.

34

Heuhaufen

An der Hochschule hatten sie damals eine junge Dozentin gehabt, die alle nur *den Teufel* nannten. Bei irgendeinem Polizeifest war einer der Ausbilder den halben Abend mit einem Schnapstablett herumgelaufen, bot viel an, trank aber jedes Mal mit und ließ sich nach bereits zwei heruntergefallenen Tabletts am Ende der Nacht, als sich die attraktive Kollegin gerade verabschiedet hatte, zu dem verhängnisvollen Satz hinreißen: *Die bumst wie der Teufel.* Niemand wusste, ob es stimmte, niemand sprach ihn je wieder darauf an. Allein der Spitzname hielt sich und die Hoffnung, es könne wahr sein. Hieß es doch für die zur damaligen Zeit abseits der Lehrinhalte relativ einfach denkenden Studenten, dass sie Sex hatte, überirdischen Sex hatte, und dass man nicht Brad Pitt sein musste, um in diesen Genuss zu kommen, denn der Ausbilder war nicht Brad Pitt. Fortan war jeder Kurs bei ihr eine Qual, man hatte zuzuhören, sich auf die Inhalte zu konzentrieren, doch im Kopf war nur der Gedanke an den Teufel.

Ein bisschen so fühlte sich Jay jetzt, nur ganz anders. Hier verlor er den Fokus nicht, weil er die Vortragende begehrte, sondern weil er sie verabscheute. Sommerlich chic, mit enger weißer Jeans und hellblauem Oberteil stand Sonya vor dem Team und gestikulierte so professionell, wie sie es immer tat. Ein Standbild der Szene hätte problemlos in

147

eine Stockfotodatenbank aufgenommen werden können, auffindbar unter den Suchbegriffen *Führungskraft*, *Success* oder *Powerfrau*.

Alle Files seit 1999 seien bereits digitalisiert, das wüssten die Kollegen ja – oder müsse sie Exkollegen sagen? Geschmunzel. Darüber könne man Diana laufen lassen, die drei gefundenen Morde als Quelle nutzen und nach weiteren Übereinstimmungen suchen. Sie zeigte Screenshots, die die Software erklärten, mit grünen Pfeilen, die auf Tabellenspalten deuteten.

Jay war als Letzter gekommen, nicht wegen Franziska, er wollte als Letzter kommen, jeglichen Smalltalk vermeiden, hatte sogar noch im Auto vor dem Kommissariat gewartet. Der Konf09 war inzwischen mit dem Schild *Hotelmorde* markiert, innen hatte sich manch einer bereits häuslich eingerichtet, es sah aus wie bei einer LAN-Party.

Der Clou sei, dass sie automatisiert deutlich mehr Daten miteinander abgleichen könnten, als es händisch möglich wäre. Alles sei in das System eingespeist, auch Informationen, die in Randnotizen oder auf letzten Seiten der Polizeiberichte untergingen. Sie waren damals noch gemeinsam bei der Dritten Mordkommission gewesen, Sonya und er, als sie sich für das Querschnittsprojekt mit mehreren beteiligten LKA-Abteilungen bewarb. In dieser Zeit arbeitete sie eng mit der 42 zusammen, *Gewaltorientierte Organisierte Kriminalität und Bandenkriminalität*, nach der Trennung ließ sie sich dorthin versetzen. Jay starrte auf die an die Wand geworfene Präsentationsfolie, um Sonyas Blicken entgehen zu können. Viel zu lesen gab es nicht, er sah nur ein Dreieck, in dessen Mitte COV stand.

Es gebe drei Fields, C-O-V. Crime, Offender, Victim. Im ersten Field sammelten sie alle Informationen über die Tat.

Orte, Uhrzeiten, Ergebnisse der Spurensicherung und und und. Im zweiten alles, was sie über den Täter wüssten, bei überführten Tätern natürlich mehr als bei Phantomen, aber auch da gebe es einiges, Zeugenaussagen, Beschreibungen von überlebenden Opfern. Field drei: Das Opfer selbst. Demographische Angaben, Alter, Herkunft, Bekannte, Ausbildung. Was sie am Ende herausfinden könnten, seien Übereinstimmungen, auf die sie nie gekommen wären.

Dann kam wieder das Beispiel, das Jay noch von damals kannte, Sonyas erster großer Triumph, der Diana kurzzeitig zur Hoffnung der Berliner Polizei werden ließ, bevor der Etat bei der Neubesetzung des Senats wieder gestrichen wurde.

Dezember 2013, verschiedene Diebstähle bei Juwelieren und Einzelhändlern. Jedes Mal wurden Verdächtige in unmittelbarer Nähe aufgegriffen, immer musste man sie laufen lassen, weil sie keine Beute dabeihatten. Sonst gab es auf den ersten Blick keine Ähnlichkeiten der Tatmuster. Bis Diana meldete, dass da doch etwas war. Weihnachtsmänner. Überdurchschnittlich oft wurde in den Aussagen von Passanten ein Weihnachtsmann erwähnt, eine Information, die in der Vorweihnachtszeit keinem Protokollanten aufgefallen wäre, Diana aber schon. Letztlich war der Trick immer der Gleiche: Überfall, Beute einsammeln, dem Weihnachtsmann zustecken, ohne Beute schnappen lassen. Einmal sagte der Weihnachtsmann sogar selbst aus, während im Sack neben ihm Schmuck im Wert von 20 000 Euro schlummerte.

Wieder schmunzelten die Kollegen. Marcel saß fast begeistert in der ersten Reihe, für ihn musste das einem Auftritt David Copperfields gleichen, Zauberei. Dass er das System dahinter verstand, schloss Jay aus.

Was sie jetzt machen müssten, sei das Einspeisen aller

Daten rund um die drei Morde. Alle noch nicht digitalisierten Berichte einpflegen, Zeugen befragen. Daten, Daten, Daten. Je mehr sie hätten, desto höher die Trefferwahrscheinlichkeit. Es gebe keine unwichtige Information mehr, keine zu lange Akte, niemand müsse sie von vorne bis hinten durchlesen, sie zögen sich schon die relevanten Infos heraus.

Jay lauerte wie ein Luchs auf das Ende des Vortrags, wollte auf jeden Fall der Erste sein, der den Raum verließ, schnell in sein Büro, in die Sicherheit der Ungestörtheit. Zweimal stand er schon halb, musste sich dann wieder setzen, beim dritten Mal lag er richtig, lief hastig den Gang hinunter, fixierte das Ziel, hatte sein Zimmer fast erreicht, als es doch noch passierte.

»Jay!« Er blieb stehen, ohne sich umzudrehen. »Alles okay?«

»Alles okay.«

»Lass uns das bitte wie Profis machen.« Sie kam um ihn herum, stand ihm beinahe gegenüber. Er sah zu Boden.

»Hundert Prozent.«

»Martha hat es mir schon erzählt. Du warst dagegen, dass ich komme.«

»Das hat nichts mit dir zu tun, ich war gegen Diana.«

»Du weißt, wie gut Diana ist.« Sonya wirkte irritiert.

»So gut, dass es in der Betaphase versackt.«

»Das war ein Innovationsprojekt, das war teuer, sie sparen, wo sie können, du weißt das doch.«

Jay hob seinen Kopf und sah Sonya an.

»Ich weiß, dass wir einen psychopathischen Täter haben, der sein eigenes Muster hat. Und ich weiß, dass Diana viel ist, aber nicht intelligent. Diana kann eine Scheißnadel im Heuhaufen finden, nur verliert der Typ keine Nadeln.«

»Jeder verliert Nadeln. Wir können es auf jeden Fall versuchen. Jay, es geht hier um mehr als die Probleme von zwei Menschen, da draußen läuft jemand rum, der ...«

»Es geht hier überhaupt nicht um die Probleme von zwei Menschen, überhaupt nicht.«

»Na ja, ich wollte dir nur sagen, dass ich nicht hier bin, um alte Wunden aufzureißen. Für mich ist das auch nicht einfach hier, aber wir müssen uns zusammenreißen.«

»Nein, soll ich dir sagen, was ich muss? Ich muss den Typen finden, das muss ich«, sagte Jay, öffnete die Tür und schloss sie hinter sich, ohne sich umzudrehen.

35

Alexanderplatz

Hey«, brüllte er. Der Affe rannte weg. Flitzte über den Alexanderplatz. Die Frau hatte es gar nicht bemerkt, drehte sich nur kurz um, ging weiter. Sag danke, dachte er. Ohne ihn hätte sie jetzt keinen Geldbeutel mehr.

Ein gutes Auge hatte er schon immer. Musst du haben. Dieser Araberhänfling, den hätten sie früher erst einmal zwölf Stockwerke im Handstand runterlaufen lassen, im Hochhaus in Rudow. Wenn er das geschafft hätte, ohne abzusetzen, mit blutigen Händen, offen bis an die Knochen, dann wäre er dabei gewesen. Heute durfte jeder Kasper mitmachen. Alles ein Rotz, Scheißberlin. Es gab keine Ordnung mehr. Nach dem Krieg musste es ein Paradies gewesen sein, auch noch in den Sechzigern. Fast keine Ausländer, die dazwischenfunkten, nur Inselaffen, Engländersoldaten, Iren, Schotten. Die gingen, es gab Schlägereien, normal. Dann kamen die Scheißitaliener, die Türken, frech wie Dreck. Gingen ans Leder. Aber trotzdem, am Anfang, in den Achtzigern, war das noch überschaubar. Da gab es noch Ordnung. Mit Charles und Bimme, damals am Stuttgarter Platz, da hatte das Pack nichts verloren. Erinnerten sich noch zu gut an Siebzig, als die Iraner gekillt wurden, Bleibtreustraße, Bleistreustraße. Heute siehst du keinen Deutschen mehr. Hatte er wirklich eine Straftat verhindert. Geil.

Er ging weiter. Alexanderplatz war eine Scheißgegend.

Alle mit ihren Einkaufstüten, Kaufhaus rein, Kaufhaus raus. Legten sich ins gemachte Nest. Wer waren sie denn? Fressen sich voll, kriegen Rheuma von nichts, kriegen Hexenschuss von nichts. Wenn mal ein richtig kalter Winter käme und die Heizung wäre kaputt, würden sie alle eingehen wie Insekten.

Geschrei.

Er sah sich um. Vier, fünf, sechs Araber kamen angerannt, ein Dicker. Die Hundeseele hatte sich nicht verpisst, hatte seine Ölaugenbrüder geholt. Wie Ameisen, hast du eine, hast du alle am Hals. Aber Ameisen waren schlau und fleißig, die Kinderbande war ein Haufen Schmieresteher.

Er begann zu rennen. Zu viele Menschen auf dem Scheißalexanderplatz. Hindernislauf. Ihr Abschaum, ihr miesen Ölaugen. Musste er wegrennen vor ihnen. Weil sie viele waren und weil sie keinen Respekt hatten. Früher hielt man sich von einem wie ihm fern, er hatte wie zwei Meter zwanzig gewirkt, eins fünfzig breit, 120 Kilo. War er gar nicht, aber der Ruf ist Trumpf, der Respekt. Und wenn einer ihm was getan hätte, wäre Charles gekommen, mit Pauli, Hausbesuch, Kanone am Schädel.

Die Kanaken waren nicht weit weg. Er musste runter von dem Scheißplatz, bei der S-Bahn war es unübersichtlicher. Rannte er wirklich weg. So weit war es gekommen. Als er so alt war wie die, hatte er schon Cartier. Da stand er an der Tür, im Leyla, im Didis, dann boxen, Geld eintreiben. Vierzehn, sechzehn Stunden am Tag, eisenhart. Das Pack saß im Café rum und ging an Handtaschen. Nur zu dumm waren sie, durften nichts für sich behalten. Sie mussten alles abliefern, wurden behandelt wie Dreck, ließen alles mit sich machen, weil sie dumm waren und faul. Und sie konnten nichts anderes. Er hätte es auch im soliden Leben geschafft,

850 hatte er auf dem Bau verdient. Charles bot ihm drei Mille netto, das war besser, aber Bau wäre immer gegangen.

Er bremste ab, hier war viel Polizei. Besser nicht rennen. Fünf waren es oder sechs. Er drehte sich nicht um. Keine Angst, das war das Wichtigste. Wie an der Tür. Wenn einer Angst hatte, kam er nicht rein. Jeder Laden lief nur ohne Krach. Die Läden, in denen es Krach gab, hatten es alle nicht geschafft, Mokkakönig, Sweat, Bollermann. Baldo hatte das damals eingeführt, manche Gäste wurden nicht abgewiesen, manche wurden verprügelt. Ohne Ansatz in die Schnauze. Es ging um Respekt.

Er lief durch die Station. Polizei stand da rum, und er war erleichtert. Peinlich, das war so peinlich. Er freute sich über Polizei, so weit war es gekommen. Die Verfolger war er los. Sollten sie zu ihrem Abu gehen, zu ihren El-irgendwas-Familien, sich ausheulen. Clanscheiße. Drogen, da hatten die Deutschen auf einmal nichts mehr zu melden. Libanesen, Palästinenser. Und mit Ausländern konnte man keine Geschäfte machen. Das ganze arabische Volk war die Hölle. Komm, trinken wir 'nen Tee, reden wir drüber. Du brauchst gar nicht mit denen reden, wenn du mit denen redest, bist du schwach. Deutsche waren immer korrekter gewesen. Die Letzten, die sich noch auf der Straße hielten, waren die ganz Bösen. Er verstand den Scheißstaat nicht. Wo war er denn? Das war ein Staat im Staat, Muselmannland, das müsste man richtig bekämpfen, wie man einen Staat bekämpft. Keiner bekam den Haufen in den Griff, die lachten sich ins Fäustchen. Keiner sonst kriegte mehr die Frauen und das Personal, und dann standen sie vor der Tür und wollten Geld. Das leicht verdiente Geld, das massige Geld. Weitermachen, bis es runtergeht. Bis du auf der Straße stehst, neben all den Soliden, aber hast nix Solides, sondern nur Scheiße. Er hätte viele mit runterreißen können, auch die Soliden, man lernte so viele Leute kennen, zu denen man im normalen Berufsleben gar keinen Kontakt hatte. Die stocksolidesten Leute, Ärzte oder wer auch immer. Wirtschaft sowieso. Kulturmenschen, Promis, alle Nasen hatte er versorgt. Wenn man rausgeht, lernt man die kennen. Jeder hat was. Machste nicht, jeder lebt für sich. Hoffentlich würde sich wenigstens der Vater bald umbringen. Das war das Letzte, was er sich noch wünschte. Die Mutter war Jahre unter der Erde, auch wegen dem natürlich, und der alte Bastard lebte noch. Am besten dem Alten eine Bombe umbinden und in eines der Ausländernester schicken. Was Besseres konnte nicht passieren.

Zu anderen Zeiten wäre er jetzt einen Scheiß zum Alex gefahren. Anstehen wie jeder andere, ich geb hier die Orders. Um zwei kannst du antanzen, wenn du reinkommst. Dann spiel erst mal drei, vier Stunden. Handspiele. Zeig am Tisch, was du kannst. Dann können wir reden. Zu anderen Zeiten.

Jetzt musste er durch die halbe Stadt fahren, wusste noch nicht mal, um was es bei dem Auftrag überhaupt ging. Nur das Geld im Umschlag, die Anzahlung, und schon bekam er Judenaugen. Scheißgeld. Die einzige Macht, die es überhaupt gab, war die Macht des Geldes. Und die hatte er nicht. Er hatte noch seinen Körper, konnte seine Sachen noch regeln. Wenn ich mich selbst verliere, dann bin ich erledigt. So richtig konnte er niemanden mehr glattziehen.

Er drehte sich noch mal um. Die Hunde war er definitiv los. Schäbig sah es aus, das Turmhotel. Direkt am Fernsehturm. Irgendwas mit Scheiß-LKW ausräumen wird das, oder Lagerhalle. Geld besorgen könnte auch sein, früher war das am geilsten. Rein ins Lokal, ohne Ansatz in die Schnauze. Ich komme morgen wieder, und wenn das Geld nicht da ist, haue ich dir richtig aufn Kopf. Hälfte für ihn, Topdeal.

Er redete kein Wort mit der Frau an der Rezeption. War auch keine Rezeption wie in den geilen Hotels, war ein Brett vorm Arbeitszimmer. War das ein schäbiger Laden.

Ganz oben, Blick auf den Turm.

Alter, war ihm das egal. In 'ner Viertelstunde war er wieder draußen, wusste, was zu tun war. Rente beschaffen, Frührente. War ein bisschen wie bei den Fußballspielern, er hatte nur ein paar gute Jahre gehabt, in denen er alles Geld verdienen musste, andere hatten dafür das komplette Leben Zeit. Und verprasst wie die Fußballer. Aber Quatsch, andere waren ja noch im Business, nur hier lief es schlecht, wegen dem Pack. Und die anderen waren größer geworden, ganz groß war er nicht geworden. Am Anfang hatte er die richtigen Jungs kennengelernt, die ihm die guten Anwälte besorgten. Die einen kippen um, die anderen schleichen nur noch in die Pinten. Oder tot.

Er ging die letzten Stufen hoch. Lederjacke auf, besser als zu. Er klopfte. Boris Mannsen? Ja, sicher war er das.

Der Typ hatte nichts von einem aus dem Milieu. Aber war manchmal so, stocksolide Leute. Wenigstens kein Pack. Der Typ drückte ihm einen Umschlag in die Hand. Geld zählen. Er nahm das Bündel, starrte auf seine Hände. Hunderter, von der linken in die rechte, eins, zwei, drei, vier, fünf, sechs ...

Auf einmal merkte er, wie das Tuch auf seine Nase gepresst wurde, merkte, was passierte. Es waren wenige Momente, in seinem Kopf war es eine Ewigkeit. Das würde böse enden, so viel stand fest. Eine Falle, vielleicht ein Perverser, vielleicht die Kanaken. Es könnten so viele sein, letztlich war es völlig egal, wer es war. Er hatte vielen wehgetan, viele könnten sich an ihm rächen wollen. Aber mir wurde auch wehgetan, dachte er. Als stünde er vor dem Weltgericht.

Vielleicht war es einer, der ihm das ganze elende Leben, das am Anfang schrecklich war, dann ein paar Jahre wie bei den alten Römern, dann wieder immer mehr Scheiße, beenden würde. Wäre es so verkehrt? Länger konnte er darüber nicht nachdenken, denn alles wurde schwarz.

Und so erfuhr niemals jemand von der Anekdote des Intensivtäters Boris Mannsen, dessen letzte Tat, wenige Minuten vor seinem Tod, ausgerechnet die Verhinderung eines Handtaschendiebstahls war. Für die Nachwelt, für die Polizei, die Presse und sogar für seinen Vater war er nur der Intensivtäter Boris M., der aus unerklärlichen Gründen am Morgen des dreizehnten Februar ertrunken in der Badewanne des Turmhotels gefunden wurde.

36

Kanzlei

Anwalt war ein Scheißjob. Spannend klang fast nichts auf der Liste. Verträge mit Baufirmen, inklusive Schadensersatzforderungen bei Verzögerungen, Verträge mit Dienstleistern, Lieferanten, von den Fensterputzern bis zum Gemüsegroßhandel, Personalverträge, Pachtverträge. Und immer wieder AGB, für die Übernachtung, für die Benutzung der hoteleigenen Wäscherei, der Tiefgarage, für alles.

Jay saß alleine an einem Tisch voller Ordner und Papierstapel, von draußen projizierte die Abendsonne die großen Fensterflächen aufs dunkle Parkett. In Kanzleien sah es immer gleich aus, dachte er. An der Wand standen Regale mit unbenutzt aussehenden Nachschlagewerken, der Konferenztisch war überdimensioniert, in seiner Mitte versammelten sich fein säuberlich angeordnet Glasfläschchen mit Wasser, Apfelsaft und Orangensaft, und auf dem eigenen Platz lagen Schreibblock und Stift mit Logo, was insgesamt den Eindruck erweckte, dass für jeden Schnickschnack Geld da war. Manchmal brachte die Sekretärin Konditorgebäck.

Von der Gründung 1985 an hatte Klausing die Hoteliers vertreten, Anfang der Zweitausender gab er ab, das Mandat blieb in der Kanzlei. Wenigstens verdiente man eine Stange Geld, die Honorare hatten sie auf der Liste jeweils hinter den Posten ergänzt. Den größten Batzen gab es 1995, vorbereitende Verträge für die Übernahme einer anderen Hotelkette, umgerechnet fast 100 000 Euro. Es floss viel Geld, von Ascandy zu anderen, von anderen zu Ascandy, ein bisschen auch zu Klausing. Besonders auffällig war nichts, sofern Jay das beurteilen konnte, er würde das die Kollegen von der Rechtsabteilung prüfen lassen.

Die Tür ging auf, Marcel kam rein, in der Hand einen vollgeschriebenen Zettel, unten das Klausing-&-Partner-Logo, mit einem der Partner hatte er gerade gesprochen. Der Kontakt sei damals über Pohl gekommen, der habe Klausing von seinem vorherigen Job gekannt und engagiert. Jay wusste das bereits, Franziska hatte sich auch so erinnert, doch sie war sich nicht sicher gewesen, und vor allem war das Treffen heute Morgen nicht festgehalten worden, er wollte die Information offiziell.

Marcel legte Jay den Zettel hin. Er würde ihn einstecken, später überfliegen, die entscheidenden Stichworte auf einen wesentlich kleineren Zettel übertragen, diesen dann an seine Wand pinnen und den anderen in den Müll werfen.

»Ach, und Sonya Mainitz würde Sie gerne sprechen.«

Widerwillig wie ein kleiner Junge zum Sonntagsspaziergang war Marcel in die Kanzlei mitgekommen. Sie müssten Diana füttern, hatte er über den Laptop gebeugt gesagt, als sei es ein Tier. Sonya tauchte auf, brachte die süße Diana mit, und alle waren begeistert und wollten füttern wie im Streichelzoo. Er hatte sich das Wiedersehen mit Sonya unangenehm vorgestellt. Es war noch schlimmer. Wenn es wenigstens beidseitiger Hass wäre, wenn sie sich wenigstens im Streit getrennt hätten. Krachendes Beziehungsende, mit Szenen und fliegenden Schuhen, wüsten Beschimpfungen. Aber Sonya war professionell, damals wie heute, das machte es noch schlimmer. Sie hatte sich nichts zuschulden kommen lassen, sie hatte alles sauber gelöst, keine objektive Instanz würde ihr ein moralisches Fehlverhalten unterstellen. Sie liebte Jay nicht mehr, sprach es offen an, war nicht fremdgegangen – worüber sie zwar nie gesprochen hatten, was Jay aber wusste, da sie eben so verdammt korrekt war – und verließ ihn. Er hatte ein Feedback bekommen, wie am College, war durchgefallen, es wurde ihm sachlich mitgeteilt. Eine stille Demütigung, eine gnadenlose Machtdemonstration, und sie war sich dessen sogar bewusst. Er hatte es ihr einige Wochen später gesagt, als er noch einmal anrief, gesagt, wie sehr er sie brauche, dass er es jetzt erst merke, was für eine Macht sie über ihn habe, es schockiere ihn ja selbst. *Ich will diese Macht nicht haben, ich will, dass du glücklich bist*, hatte sie damals gesagt, und es war wieder so schlimm, weil es wieder das Richtige war. Sie wollte ihn nicht leiden sehen, sie bemühte sich fast schon, einen angenehmen Übergang für ihn zu schaffen, bot sogar an, sich mit ihm zu treffen. *Und Sasha?*, fragte Jay, seine Chance witternd, auf ein Geheimnis hoffend, ein Geheimnis des alten Bundes gegen den neuen. Sie habe das schon mit ihr besprochen, es mache ihr nichts aus. Es war die hundertprozentige Sicherheit, dass eben nichts passieren würde, die Jay dankend auf das Treffen verzichten ließ. Wenn sie sich unsicher gewesen wäre, ein bisschen ängstlich vor dem Wiedersehen, hätte er es vielleicht gemacht. Vordergründig wäre es um Alltägliches gegangen, man hätte sich viel zu erzählen gehabt, bis vor kurzem hatte man sich ja täglich ausgetauscht. Doch eigentlich wäre es ihm um etwas anderes gegangen. Um die Suche nach Gesten, Blicken und Sätzen, nach Indizien, die nur eines belegen sollten. Die Tür war noch einen Spalt weit offen. Er traf sich nie mit ihr.

»Ich habe leider gerade keine Zeit.«

Als Marcel wieder draußen war, ging Jay an die Aktenordner. Es war bemerkenswert, wie ein Papierstapel voll emotionsloser Paragrafen doch eine Geschichte erzählen konnte. Und die Geschichte der Ascandy-Kette war beeindruckend. Ließen sie sich ihren Namen Anfang der Neunziger noch lediglich für den deutschsprachigen Raum schützen, zeugte ein Vertrag von 1994 von der Anmeldung als europäische Marke und einer von 1996 von der Ausweitung auf alle Nizza-Klassen, was Jays oberflächlicher Recherche nach bedeutete, dass eine Zypriotin oder ein Finne nicht nur keine Herberge namens Ascandy aufmachen konnte, sondern nicht einmal ein Rostschutzmittel gleichen Namens auf den Markt bringen durfte. Man musste zunächst einen ausreichend großen Kundenservice haben, damit man diesen 1997 in eine Ascandy Service GmbH auslagern konnte. Und ging 1989 noch ein fünfstelliges Angebot einer Berliner Baufirma für den Anbau eines Wintergartens über Klausings Schreibtisch, waren es wenige Jahre später hundertmal größere Auftragsvolumina, und aus dem Wintergarten war ein Neubau in der Leipziger Innenstadt geworden.

Jay tat allmählich der Jungjurist leid, der jede halbe Stunde in den Raum kam und seine Hilfe anbot. Wahrscheinlich wollte er nur bald nach Hause, Samstagabend konnte der sich bestimmt Besseres vorstellen, als die Polizei beim Durchstöbern der Kanzlei zu beaufsichtigen. Jay fragte nach einem Kaffee, der Junioranwalt sah seinen Feierabend in weite Ferne rücken. Es wäre zu aufwendig gewesen, all die Ordner und Dokumente ins Büro schaffen zu lassen. Aber Jay genoss es auch, sich hier durch die Informationen zu arbeiten, mit Eiche und Ausblick statt Martha im Kommissariat. Er blätterte, markierte, notierte Zahlen, verglich Daten. Draußen war es dunkel geworden, es hatte

161

etwas von einem langen Abend in der Bibliothek, nur war es ruhiger, und der Kaffee wurde gebracht.

Jay malte sich einen Zeitstrahl auf. Am fünften März verschwand Klausing, wurde tags drauf tot gefunden. Mitte April kaufte sich der Täter den Matrosenanzug für Pohl, brachte ihn in der Nacht zum ersten Juni um. Zwei Tage später schlich er sich ins Hotel und tötete Pfaffinger.

Als Jay die Tür aufgehen hörte, erwartete er das routinemäßige Angebot der Mithilfe. Doch der Gang auf dem Parkett hinter ihm war anders. Jay drehte sich um.

»Wieso gehst du nicht an dein Telefon?«

»Weil ich arbeite.«

»Hat Marcel dir nicht gesagt, dass du dich bei mir melden sollst?« Sonya war nervös, das merkte Jay, er versuchte betont ruhig zu bleiben.

»Doch, aber ich habe gerade Wichtigeres zu tun, als mir den Fortschritt der Diana-Fütterung anzuhören.«

»Wir haben eine Bilderkennung drin, das weißt du noch, oder?«

Jay hatte tatsächlich geglaubt, sie hätten das nie zum Laufen gebracht. Sie wartete nicht auf seine Antwort.

»Wir haben im System Fotos von jedem Mordopfer der letzten Jahre. Front, Back, Wunden, auffällige Körperstellen. Wir können jetzt ...«

»Ich habe das schon checken lassen, mit den Punkten«, unterbrach er sie.

»Was hast du checken lassen?«

»Ob wir bei den Fotos der auffälligen Körperstellen Punkte im Nacken haben. Nichts.«

»Ja, aber vielleicht wurde es nicht dokumentiert. Die Bilderkennung können wir über alle Bilder im System laufen lassen, wir haben durch die Rückenbilder auch alle Nacken.«

Jay überlegte, wieso jemand einen farbigen Punkt im Nacken nicht dokumentieren sollte, dachte an Marcel und wollte Sonya lieber nicht widersprechen.

»Ich dachte, du wärst vielleicht gerne dabei, wenn ich die Abfrage im System mache«, sagte sie, zog ihren Laptop aus der Tasche und platzierte ihn vor Jay auf dem Tisch. Er ließ es zu.

Die Bilder zum Abgleich hatte sie bereits ausgewählt, die Nacken von Pohl, Pfaffinger und Klausing prangten auf dem Bildschirm. Jetzt such, Diana, such! Ein sich füllender Balken zeigte den Fortschritt an, Tausende Bilder wurden durchforstet, Treffer erschienen als Miniaturbilder in der Übersicht, ständig neu sortiert, *nach Relevanz*, wie Diana verriet, die meisten hatten einen Wert unter dreißig Prozent. Sonya war aufgestanden und lief durch den Raum, sah auf die Ordner und Akten, die Jay auf dem Tisch angehäuft hatte. Diana bellte, der Balken war voll, 157 Treffer meldete sie stolz.

»Und jetzt?«, fragte Jay.

»Geh die Treffer doch mal durch, ob was dabei ist«, sagte Sonya und blätterte in einem Ordner.

Jay begann sich durch die Fotos zu klicken. Dicke Leberflecken waren dabei, die konnte Diana nicht von Punkten unterscheiden, in einem fleischigen Nacken hielt sie sogar einen eitrigen Pickel für mit den Suchkriterien konform. Und dann Tätowierungen. SS-Zeichen sah Jay, Sonnen, Ausläufer von Flügeln, Chinaquatsch, Kreuze, Ornamente, Sprüche. Lateinische Sprüche, die er anfangs noch zu übersetzen versuchte, *Memorare et pugnare*, *Dum spiro spero*, dann nur noch weiterklickte, auf Deutsch und Englisch meistens Namen, Lebensweisheiten oder Nazizeug, vereinzelt Schriftzüge in ihm unbekannten Sprachen. Dann kam die Krone. Schön verziert war sie, im Vergleich zu schiefen

Kreuzen mit kaputter Haut war ordentlich gearbeitet worden. Doch das war es nicht, was Jay wach werden ließ. In der Mitte der Krone war ein Punkt. Dunkelblau, ein wenig heller als der Rest des Tattoos, vor allem deutlich gröber. Und bei genauer Betrachtung auch nicht zur Krone passend. Jay sah sich das Bild des ganzen Rückens an. Ein schreiender Löwe war auf dem rechten Schulterblatt, ein Spinnennetz zog sich vom linken bis über die Wirbelsäule. *No Regrets* stand in verschlungener Schrift über der Hüfte, seitlich Spielkartensymbole, Herz, Kreuz, Pik, Karo. Eine Komposition ließ sich nicht erkennen, hier noch eines, und da was, wo wäre denn noch was frei, ja, dann drauf damit. Im Gesamtbild des planlos zugemalt wirkenden Rückens war der Punkt im Nacken winzig. Und auch wenn er spätestens in der Gerichtsmedizin durchaus hätte auffallen können, war er kein so offensichtlicher Fremdkörper, dass er hätte auffallen müssen. Hektisch wanderten Jays Augen über den Bildschirm. *Relevanz 67 %*, auch das noch, er doppelklickte den Eintrag. Eine schier unendlich wirkende Tabelle voller Informationen öffnete sich. Boris Mannsen, 48 Jahre alt. Jay scrollte nach unten, wusste, welche Wörter er lesen wollte, *Hotel*, *Ascandy*, irgendwie musste er da mit drinhängen, dann stockte Jay. Diana tat ihm den Gefallen, durch farbliche Markierung hervorzuheben, wo sie die Gemeinsamkeit mit den drei Ausgangsprofilen sah.

Jay hatte seine Augen noch nicht vom Bildschirm gelöst, als Sonya ihm den aufgeschlagenen Ordner in die Hand drückte. Er sah hoch zu ihr und erkannte es in ihrem Gesicht, merkte, noch bevor er einen Blick aufs Papier warf, was passiert war. Sie hatte ihn reingelegt, hatte es gewusst, bevor sie hier aufgekreuzt war. Sie wollte es ihn nur selbst herausfinden lassen. Mandantenverzeichnis M bis Z.

37

Balkon

Drei Universitätsabschlüsse, eine abgebrochene Lehre. Drei Häuser mit Gärten, eine Platte mit defektem Aufzug. Drei strahlende Gesichter, eine tiefe Backenfurche. Dreimal Spitze der Nahrungskette, einmal Goldkettchen. Dreimal meinte es das Leben gut, einmal schlug es zu. Und er schlug zurück. Boris Mannsen wirkte in der Gruppe der Opfer wie die zu offensichtliche Antwort einer Was-passt-nicht-in-die-Reihe-Frage beim Intelligenztest.

Jay stand am Geländer des schweren Balkons und starrte in die Nacht. Selbst zu dieser Zeit war es nicht ruhig, die Nachbarschaft schon, klar, in dieser Gegend, doch aus der Ferne hörte man das undefinierbare Großstadtrauschen aus Hupen, Lachen, Musik. Ihm ging das leere Gesicht nicht aus dem Kopf, das tote, harte, nasse, leere Gesicht Mannsens. Nicht das auf dem Polizeifoto, das gemacht wurde, nachdem sie ihn aus der Badewanne gezogen hatten. Dort verwunderte es ihn nicht. Ihn verwunderte es auf den anderen Fotos, den früheren. Denn da sah Mannsen schon fast genauso aus. Tot, hart, nass und leer. Und es gab einige frühere Fotos. Mannsen war mehrfach vorbestraft gewesen, ein Dutzend Mal festgenommen worden, hatte seit den Achtzigern immer wieder vor Gericht gestanden. Anwaltliche Vertretung: Klausing & Partner, Wirtschaftsrecht, Steuerrecht, Strafrecht. Er hörte die schwere Eingangstür der Kanzlei und sah nach unten.

»Sonya.« Sie blickte hoch.

»Hey.«

»Gehst du?«

»Es ist fast zwei. Aber die anderen machen noch weiter.«

Sie hatten sofort Martha Bescheid gegeben, und fast das komplette Einsatzteam war in die Kanzlei gekommen, ging alle Mandanten durch, warnte potenzielle Zielpersonen, und das waren viele. Plötzlich drehte sich nicht mehr alles um das Hotel, Mannsen schien keinerlei Verbindung zu Pohl und Pfaffinger zu haben, die Gemeinsamkeit der Morde lag exakt hier, in der Kanzlei, von deren Balkon Jay gerade auf seine Exfreundin herabsah, aus einer Distanz, die ihn das Unvermeidliche zumindest etwas leichter aussprechen ließ.

»Danke.«

»Wofür?«

»Du hast uns geholfen. Mir geholfen. Das ... Ich hätte das so schnell nicht herausgefunden.«

»Wie gesagt, wir müssen einfach beide unseren Job machen.«

Sie wollte kein Lob, schien seinen Dank nicht zu brauchen. Er war es, der die Eliteausbildung gemacht hatte, auch wenn sie es so nicht nannten. Ihn hatten sie zum Vollprofi hochgezogen. Doch der Vollprofi war sie, rational, Persönliches ausblendend. Während er sich mit der Tochter eines Mordopfers zum Frühstücken traf.

»Hast du schon eine Idee?«, fragte sie, den Autoschlüssel in der Hand.

Genau deswegen saß er alleine auf dem Balkon. Nachdenken. Spinnen. Einiges sprach für Marthas These. Organisierte Kriminalität. Und damit auch für Sonyas. Ein Krimineller stirbt und kurz darauf sein Anwalt. Das konnten Clans sein, Bandenverstrickungen. Wenig später zwei andere Mandanten, das Führungsduo eines Hotels. Das war schon schwieriger. Klausing war ein diffuser Mittelpunkt, eine hellblaue Sonne, um die drei Planeten kreisten, lila, orange, dunkelblau, und niemand wusste, warum.

»Nein, überhaupt nicht.« Für einen Moment herrschte Stille, nur die Großstadt plauderte in der Ferne unbekümmert weiter. Sonya sagte nichts, verabschiedete sich nicht, ging nicht weg, blickte immer noch hoch zu Jay, auf den Balkon mit den Säulen. »Das macht mich fertig. Ich denke die ganze Zeit, dass ich etwas übersehe. Irgendeine Verbindung muss es geben. Zwischen Pohl und Pfaffinger, zwischen denen und dem Anwalt, und auch zu Mannsen. Das ... Da ist etwas, und ich sehe es nicht.«

Jay hörte die Balkontür. Das Geräusch löste jede Spannung, nahm dem Moment Intimität und Intensität, wie eine Werbepause im Fernsehen. Marcel trat heraus.

»Herr Schmitt, wegen den Mandanten. Viele haben wir noch erreicht, was machen wir mit den anderen?«

Unten vibrierte Sonyas Telefon.

»Dann bis morgen«, rief sie Jay zu, ging wie selbstverständlich ran, ohne sich mit Namen zu melden, um diese Zeit, lief telefonierend zu ihrem Auto. Er hatte sich nie Gedanken darüber gemacht, aber genau so etwas vermisste er. Er hatte schon lange niemanden mehr, den er anrufen konnte, immer anrufen, vielleicht zu ganz absurden Zeiten mal ein verwundertes *Hallo?* kassieren, aber immer anrufen konnte. Und er wurde auch schon lange nicht mehr zu absurden Zeiten angerufen, einfach so, um zwei, um drei, außer neulich von einem besoffenen Schulfreund auf Berlin-Besuch, *Schmitt, komm rum!*, das zählte nicht.

»Wie viele sind das?« Jay rieb sich mit seinen Handballen die Augen.

167

»Viele. Die sind komplett verteilt über Berlin, manche auch außerhalb. Frau Mainitz meinte, wir sollten im System überprüfen, ob …«

»Nein, das reicht nicht. Wir schicken überall Streifenwagen vorbei.«

»Aber Frau Mainitz …«

»Wir haben das vermasselt, nicht Frau Mainitz. Wir haben den Anwalt nicht gefunden und Mannsen auch nicht. Du. Du solltest die Akten durchgehen und hast nichts gefunden. Also schicken wir jetzt Streifenwagen raus. Wenn morgen der nächste Klient gefunden wird, kopfüber am Baum hängend oder was auch immer, dann ist das deine Schuld. Deine Schuld und meine Schuld. Und dann kann dir dein System auch nicht mehr helfen und Frau Mainitz schon gar nicht.«

Marcel blieb noch einen Moment in der Balkontür stehen, von hinten erleuchtet, weswegen Jay seine Silhouette gut erkannte, sein Gesicht jedoch kaum. Er wusste nicht, ob Marcel ihn schuldbewusst ansah, verbittert, verwundert oder traurig. Er hoffte immer noch, ihn wach rütteln zu können, ihm irgendwann das vermitteln zu können, was sie in England *Ownership* genannt hatten, Selbstverantwortlichkeit, das Gefühl, eine Sache als die eigene wahrzunehmen, statt ständig auf Anweisungen anderer zu warten. Ein guter Nazi wäre Marcel gewesen, dachte Jay, sofort tat ihm der Gedanke leid.

Marcel trat einen Schritt zurück ins Zimmer, schloss die Balkontür und war nun von dem Licht des Kronleuchters erhellt. Jay entzifferte sein Gesicht. Es schauderte ihn, er kannte den Blick, er hatte ihn von so vielen Kollegen erhalten, hatte ihn abgespeichert, den Sonya-Blick. Mitleid. Marcel blickte ihn an voller Mitleid.

Dann tat Jay, was er sich nie zugetraut hätte. Er zog sein Telefon aus der Tasche und rief an. Einfach so, um zwei Uhr nachts. Was er sagen würde, wusste er nicht, so weit dachte er nicht in diesem Moment. Marcel löste einen Reflex in ihm aus, und sein Kopf, der diesen normalerweise hätte unterdrücken können, war lahmgelegt. Dort mischten sich Sonne, Löwenkopf, Aktenordner, Relevanzprozente, Stimmen, Stöckelschuhe, Aussichtslosigkeit, Anspannung und Entspannung zu einem expressionistischen Gemälde, das sich selbst austarierte, damit die noch nicht getrockneten Ölfarben nicht über den Rand hinausliefen. No regrets, dachte Jay und hörte es tuten. Oh, doch, sehr wohl regrets, dachte er am nächsten Morgen.

38

Schrei

Manchmal fragte sich Gunther, ob sie ihn ausnutzten. Vermutlich standen die anderen wieder seit Stunden am Wurststand, und er, der eigentlich seit siebzehn Minuten Feierabend hatte, musste noch mal rausfahren. Und es klang nicht schön, was der Anrufer aus der Telefonzelle berichtet hatte. Die Zentrale gab es an die Streifenwagen raus, ein paar Momente wartete Gunther, ob jemand der Diensthabenden annahm, dann meldete er sich.

Jeanne hatte bestimmt schon gekocht, dienstags ging sie immer zum Wochenmarkt, da gab es meistens etwas Besonderes zum Abendessen. Der Junge kam hungrig vom Sport, er erschöpft von der Arbeit, sie aßen sich satt wie die Maden im Speck. Früher spielten sie danach noch, saßen um den Esstisch und schoben irgendwelche Steine auf Spielbrettern herum. Der Junge konnte die Regeln am besten, gewann meistens, und nicht selten musste sich Gunther von ihm zurechtweisen lassen, *nein, Papa, so geht das nicht,* woraufhin er den Tonfall des Jungen anmahnte und Jeanne beschwichtigte und lachte.

Heute würden sie warten müssen, dachte Gunther und lief im Laufschritt los. Keine Menschenseele war zu sehen, auch nichts zu hören. Ein falscher Alarm, das gab es immer wieder, neulich waren sie bei dem Jungen, der seinen Freunden von dem Mann mit der blutigen Machete erzählte, am Ende hatte ein Picknicker mit Taschenmesser die Fantasie des Kleinen beflügelt.

Jeder Baumstamm war ein Versteck, er drehte sich immer wieder zu allen Seiten, nicht, dass hinter einem der Bäume etwas hervortrat, jemand hervortrat, ihn überraschte.

Dann hörte er den Schrei. Er war weit weg, er begann schneller zu laufen.

Es wurde leiser, dann wieder lauter, eine Frauenstimme. Lief er in die richtige Richtung? Es gab nicht viele Verzweigungen, Bäume links und rechts, sonst nur den Weg.

Gunther merkte, wie schnell sein Puls ging. Er hätte gerne Verstärkung geholt, er hielt nicht viel von unüberlegten Heldentaten. Man war nicht mehr im Mittelalter. Wenn es Probleme gab, musste man keine persönliche Stärke zeigen. Man musste koordiniert vorgehen, mit Masse schreckte man die meisten ab. Aber bis er zurück beim Wagen war, bis die anderen kamen … Er lief weiter in die Richtung der lauter werdenden Frauenstimme.

Die Dämmerung machte ihm zu schaffen. Seine Augen waren schlechter geworden, bei Tageslicht ging es, wenn es dunkel wurde, verschwammen die Bilder zu unklarem Grau.

Die Schaukel, das Klettergerüst, war da vorne was? Er sah etwas Rotes, hörte die Frau. Sie schluchzte, ein Mann schrie, dann schrie auch sie, schrie um Hilfe.

Gunther griff an seinen Gürtel, holte seine Walther PPK aus der Halterung und verlangsamte jetzt sein Tempo. Er schlich der roten Jacke entgegen, versuchte sich geräuschlos durch den Sand zu bewegen, drehte sich wieder um, aber um ihn herum war nichts. Hinter ihm, neben ihm, alles ruhig.

Er zitterte, in so eine Situation war er noch nie geraten,

171

dafür war er nicht Polizist geworden. Sie hatten irgendwann einmal so was geübt, vor Jahren. Hinter dem hölzernen Spielturm mit der Rutsche, da musste es sein.

Er lief nicht direkt darauf zu, ging in einem großen Halbkreis um den Turm herum. Hatte Angst, dass sein Atem ihn verraten könnte, es fühlte sich an, als würde er seinen Atem hinausschreien.

Dann sah er sie.

Den Mann und das Mädchen. Das blonde, winselnde Mädchen mit der heruntergelassenen Hose, den Mann mit seinen Händen, sie rangen, sie schien sich zu wehren, er griff wieder zu, seine Hose war offen.

Gunther war völlig überfordert. Sollte er einschreiten? Schreien? Auf den Mann schießen? Dabei womöglich das Mädchen treffen?

Gunther streckte seine Hand aus, sah nicht hin und drückte ab.

Augenblicklich verstummte die Szene.

Wie angewurzelt blieb er stehen, mit nach oben gestrecktem Arm, er hatte in die Luft geschossen, ein Warnschuss, aber was jetzt?

Der Mann stieß das Mädchen weg, sie fiel in den Sand, weinte wieder, dann rannte er los. Gunther rannte hinterher, wenige Meter, drehte um, beugte sich zu der am Boden liegenden Frau, sah nach, wie es ihr ging.

»Finden Sie ihn! Laufen Sie, laufen Sie«, hauchte die junge Frau hektisch. Gunther stand auf und sprintete in die Dämmerung, in die der Mann gelaufen war, die Waffe im Anschlag. Es war totenstill in dem Wäldchen, Vögel hörte man, sonst keinen Laut. Er konnte überall sein, hinter jedem Busch und jedem Baum, konnte auf ihn warten, ihm eine überziehen, und dann läge er hier, mitten im Wald und wäre tot. Am liebsten hätte Gunther in die Dunkelheit geschossen, einfach blind losgeschossen, um sich ein bisschen sicherer zu fühlen.

»Stehen bleiben, Polizei«, rief er ins Nichts. Er machte sich Mut, blendete das Risiko aus, dadurch für den Flüchtenden verortbar zu werden. Hier war nur Wald, der Weg führte am Spielplatz vorbei, der Täter musste irgendwo sein.

»Sie haben keine Chance, Sie sind von einer Einheit umzingelt.« Gunther konnte nicht einschätzen, wie überzeugend er klang. Im Fernsehen machten sie es auch so.

Dann hörte er ein Geräusch. Ein Winseln, ein ganz leises Schluchzen. Er ging weiter, hielt den Finger am Auslöser der Pistole.

»Ich hab nichts gemacht. Ich hab nichts gemacht.« Ganz leise wimmerte eine brüchige Stimme.

»Ergeben Sie sich«, rief Gunther herrisch. Der Mann reagierte nicht.

»Ich hab nichts gemacht. Ich hab nichts gemacht.« Die Stimme hörte nicht auf zu winseln.

Gunther wusste, wo er war, er musste da vorne hinter dem Baum sitzen. Langsam ging er auf ihn zu, schlich über den von erstem Herbstlaub bedeckten Boden.

»Ich hab nichts gemacht. Ich hab nichts gemacht.«

Dann trat er mit einer schnellen Bewegung hinter den Baum und richtete den Pistolenlauf auf den am Boden kauernden Haufen.

Der Haufen sah nicht herauf, interessierte sich nicht für die Pistole oder Gunther. Er zitterte, umarmte sich mit seinen eigenen Armen, schüttelte panisch den Kopf, hin und her, hin und her und wiederholte seinen Satz ohne Pause.

»Ich hab nichts gemacht. Ich hab nichts gemacht. Ich hab nichts gemacht. Ich hab nichts gemacht …«

39

Spielplatz

Wenn er etwas nicht gemocht hatte, waren es Routinen. Sie verhinderten die Beschäftigung mit dem anderen, dem Neuen. Jetzt flüchtete der Mann mit den Muttermalen in Routinen, weil er sich an irgendetwas festhalten musste. Sofern es das Wetter erlaubte, nicht hagelte, schneite oder stark regnete, drehte er nach der Arbeit seine Runde durchs Grüne. Früher wäre es gar nicht möglich gewesen, da war es nach der Arbeit bereits weit nach neun, er kam mit Kohldampf heim, kurz zu den Kindern, kurz gemütlich mit Netti auf die Couch, bis die Augen zufielen und sie ihn wenig später ans Zähneputzen erinnerte. Jetzt war nach der Arbeit halb sechs, Dienst nach Vorschrift. Die beiden hatten ihn einen Fremdkörper genannt, inzwischen fühlte er sich so, inzwischen verhielt er sich so. Er tat genauso viel, dass niemand ihm vorwerfen konnte, seine Arbeit nicht zu machen. Kein Stück mehr. Sie schienen aufgegeben zu haben, machten ihm keine Angebote mehr, redeten nicht einmal mit ihm. Immerhin das fühlte sich gut an. Er würde nicht glücklich werden in der Firma, sie auch nicht. Was immer ihm vorgelegt wurde, lehnte er ab. Dies waren für ihn die kleinen Momente der Macht, denn sie hatten mehr, sie waren mehr, sie machten mehr, sie wollten mehr, aber seine Stimme zählte genauso viel wie ihre, und ohne ihn konnte kein einstimmiger Beschluss gefasst werden.

Er lief an den Vororthäusern vorbei, den Gärten und Gartenomas, bog ab in das Wäldchen, in dem es ruhig war, in dem ihm nur ab und zu Läufer oder Hundebesitzer entgegenkamen. Es war kühler geworden, der Sommer kündigte seinen Nachfolger an, bot vereinzelt bereits eine Vorschau auf die nächste Jahreszeit. Er hatte die Wiesen für sich.

Vielleicht ließen sich die Probleme auf der Arbeit aussitzen, vielleicht verloren sie irgendwann die Geduld und gingen raus. Dann gäbe es ein einziges Haus, in Berlin, er holte sich einen Geschäftsführer dazu, einen richtigen Geschäftsführer, einen, der das Haus liebte wie einen Tante-Emma-Laden, kümmerte sich selbst um alles außer Zahlen und vor allem um seine Familie. Irgendwann würde er noch einmal neu starten. Würden sie noch einmal neu starten, Netti, er und die Kinder.

Der Mann blickte nach oben. Ob es noch regnen würde? Dunkel wurde es, unangenehm frisch. Er blieb stehen und machte die Augen zu, wünschte sich, die ersten Regentropfen zu spüren, wie sie auf sein Gesicht fielen, auf die Haut klatschten. Es passierte nichts. Er ging weiter, an dem seit Ewigkeiten quer liegenden Baumstamm vorbei, gleich kam der Kinderspielplatz. Der Kinderspielplatz, der so versteckt war, dass hier selten Kinder spielten.

Und dann entdeckte er sie, das blonde Mädchen. Sie lief auf ihn zu, trug eine rote Jeansweste. Sah sich um, blickte wild umher. Die letzten Meter rannte sie beinahe.

Er müsse mitkommen, er müsse helfen, rief sie. Sie war vielleicht Anfang zwanzig. Dann nahm sie seine Hand und zog ihn, er ging mit.

Was denn passiert sei, fragte er, was denn los sei? Sie antwortete nicht, lief zielstrebig auf den Spielplatz zu, den menschenleeren Spielplatz.

175

Der Mann mit den Muttermalen sah sich um. War hier jemand? Hatte sie Angst? Konnte sonst noch jemand helfen, bei was auch immer? Keiner war da.

Das Mädchen hatte ihn noch immer an der Hand, sie gingen durch den Sand.

»Dahinten«, sagte sie, zeigte auf den Spielturm hinter dem Klettergerüst.

Was denn um Himmels willen los sei, fragte der Mann noch einmal.

»Hilf mir«, sagte die Blonde.

Er wusste nicht, was sie von ihm wollte.

»Tu mir nichts«, sagte sie.

Sie war verrückt, sie sah völlig verängstigt aus. Wovor hatte sie Angst?

»Wovor hast du Angst?«, fragte er, schrie beinahe. »Wovor hast du denn Angst?«

Sie waren jetzt hinter dem Holzturm, aber da war nichts. Niemand, keine verletzte Freundin, kein Tier, kein Mensch. Die Blonde begann beinahe zu weinen, ließ seinen Arm los, klammerte sich im nächsten Moment an ihn, umarmte ihn, drückte sich an seinen Körper. Er wusste nicht, was er tun sollte, sie war von Sinnen, sie atmete schwer, presste ihre Fingernägel in seinen Rücken.

»Was ist dein Problem?«

»Tu mir nichts«, wiederholte sie, sah ihn ängstlich an. Plötzlich begriff er es. Vor ihm hatte sie Angst. Aber wieso? Sie war doch zu ihm gekommen.

»Ich tue dir nichts«, rief er laut.

»Tu mir nichts«, schluchzte sie.

Es lief ihm kalt den Rücken hinunter. Sie hatte Angst, sie war völlig panisch, und er schien der Grund dafür zu sein.

»Hilf mir«, rief sie erneut, griff nach seinen Händen und

176

drückte sie jetzt an ihren Körper, an ihre Brüste. Er zog sie zurück, doch sie klammerte sich an seine Handgelenke.

Dann ließ sie los, packte den Kragen ihrer Bluse und riss sie mit einem Mal auf, riss sie auseinander, dass die Knöpfe sprangen.

Der Mann hatte Angst, vielleicht stand sie unter Drogen, sie wirkte völlig unberechenbar.

»Komm, hilf mir«, flüsterte sie jetzt, ergriff noch einmal seine Hände und führte sie wieder zu ihren Brüsten, die nur noch von ihrem BH bedeckt waren. Er versuchte sich loszureißen, sie hing an seinen Handgelenken, er wollte sie abschütteln, schüttelte sie mit, bis sie gemeinsam in den Sand fielen. Der Boden war feucht, Sand klebte an ihren Armen, die rote Jeansweste lag neben ihr. Er packte ihren Kopf und begann sie zu schütteln.

»Spinnst du? Spinnst du? Bist du völlig verrückt?«

»Lass mich«, hechelte sie, »lass mich.«

»Ich lasse dich ja«, schrie er fast weinend, »ich tue dir überhaupt nichts.«

Dann schlug sie ihm ins Gesicht. Mit der Faust mitten ins Gesicht, für einen Moment wusste er nicht, wie ihm geschah. Auf einmal sah er seine Hand in ihrem Gesicht, aber er schlug sie nicht, sie schlug sich, mit seiner Hand. Er war benebelt. War er in einem Traum? Passierte das alles wirklich?

Sie kratzte sich, mit ihrer Hand, mit seiner Hand, dann zog sie an seinen Haaren, bis er sie wegdrückte, sie fiel wieder, stand noch mal auf, spuckte ihn an.

»Du bist verrückt, du bist verrückt«, rief er immer wieder leise, sich der Situation vergewissernd.

»Hör auf, lass mich«, schrie sie, während sie nach ihm trat. Dann griff sie nach seiner Hose, griff ihm zwischen die Beine. Er drückte ihre Hände weg.

177

»Okay, okay«, sagte sie, schien sich beruhigen zu wollen, griff wieder nach seiner Hose. Sie begann zu weinen, der Mann verstand nicht, er begann auch zu weinen, es war alles zu viel. Sein Kopf tat weh, sie streichelte über sein Gesicht, über die Backe mit den Muttermalen, über ihr Gesicht flossen wie Regentropfen die Tränen. Sie war auf einmal ganz langsam.

»Warum tust du das?«, schluchzte er, »warum machst du das?«

Dann spuckte sie ihn wieder an, begann zu kreischen, fasste nach seiner Hand und presste sie in ihren Schoß, riss sich wie eben die Bluse auch die über der Taille sitzende Jeans auf, zog fester, bis sie unter dem Reißverschluss einriss.

Er musste weg, er wollte nur noch weg, aber ohne ihr wehzutun, käme er nicht los.

Sie schlug wieder zu, traf sein Kinn. Er war kurz davor zurückzuhauen, wollte sie loshaben, weghaben. Ihr Gesicht blutete, sie hatte es sich aufgekratzt, mit ihrer Hand oder seiner Hand, er wusste es nicht. Wusste nur, dass er es nicht war, sie war es gewesen.

Plötzlich drückte sie ihren Kopf an seinen, ihren Mund an seinen, begann ihn zu küssen, schrie dabei, aber küsste ihn, presste ihren Unterleib gegen seinen. Packte noch einmal zu, griff zu, griff ihm in die Hose, riss an seiner Hose, riss an ihrer Hose, ihr BH war bereits verrutscht. Sie schrie um Hilfe, dabei tat er nichts. Er stand vor ihr und weinte und drückte ihre hektischen Arme weg, wann immer er konnte.

Dann fiel der Schuss.

40
Gefängnis

Na denne, jutet Jelingen in Freiheit, meine Herr'n«, berlinerte der Strafvollzugsbeamte und öffnete die Tür. Endlich raus aus dem Scheißgefängnis, dachte Jay.

Es war keine wirklich ergiebige Zeit da drinnen gewesen. Er war nicht auf die Art von Kriminellen getroffen, denen er etwas abgewinnen konnte. Die Cleveren, die zwar nicht die richtigen Dinge taten, aber die Dinge richtig taten. Leute, von denen man gerne gewusst hätte, wo sie heute stünden, wenn sie irgendwann eine andere Abzweigung genommen hätten. Die man sich erfolgreich in der Wirtschaft vorstellen konnte, in der Politik, überall eigentlich. Weil sie organisierten, strukturierten, netzwerkten, Ideen hatten. Im Grund waren es erfolgreiche Problemlöser, die nur die falschen Probleme lösten. Daher konnte jeder Junkie dank ihnen an seinen Stoff kommen. Und nicht jedes Kind an seinen Kitaplatz.

Nein, Jay hatte die anderen getroffen. Die, bei denen er sich immer fragte, wie die einen es mit den anderen im täglichen Arbeitsalltag eigentlich aushielten. Leute, deren Alternativleben in vom Auswärtigen Amt betreuten Wirtschaftsdelegationen stattgefunden hätte, mit Leuten, die nicht einmal wussten, wer dieses Land regiere.

»Und jetzt?« Marcel hielt sich eine Hand vors Gesicht, die Sonne blendete.

179

»Na, zu seine Datsche.«

Würde ein Biograf Mannsens Leben mit einem nicht ganz negativ besetzten Adjektiv umschreiben wollen, bezeichnete er es wohl als bewegt. Nur interessierte sich kein Biograf für Mannsen. Überhaupt schien sich nur Jay für ihn zu interessieren, es gab keinen Kontakt zu Verwandten, wenig Bekannte und nicht einmal einen festen Wohnsitz. Die einzige Chance waren die Knastbrüder, ein paar saßen noch immer, einige wieder. Und so hatten Jay und Marcel den Sonntagvormittag im Gefängnis verbracht.

Schockiert war niemand von Mannsens Tod, das war Berufsrisiko. Sie bedauerten den Tod eher beiläufig, *Ach schade!*, meinte einer, *Wirklich?*, fragte ein anderer. Die meisten sprachen rückblickend gut vom *Boris*, vom *Bobo*, der *immer korrekt* war. Eine Verbindung zu den Ascandy-Morden konnte oder wollte niemand stricken. Sie wären fast schon wieder gegangen, als Marcel im letzten Gespräch nachhakte.

»Sie waren doch sein Zellennachbar, bevor er das letzte Mal entlassen wurde.«

»Dit stimmt«, antwortete ein ausgebeulter Kraftzwerg.

»Hat er nicht erwähnt, wo er als Erstes hingehen wollte? Nach der Entlassung?«

»Na, zu seine Datsche.«

Während sie im Auto saßen, sah Jay auf sein Telefon. Franziska Pohl rief an. Jay ging nicht ran. Er musste sich noch etwas ausdenken, irgendeinen Grund, warum er mitten in der Nacht bei ihr angerufen hatte. Er konnte nicht so tun, als sei nichts gewesen. Im Radio ging es um die Hotelmorde, auch der tote Anwalt wurde erwähnt, Mannsen nicht, die Info würden sie frühestens heute Abend rausgeben. Außerdem: Innenstadtraser wegen Mordes angeklagt, Jugendliche verwüsten St. Matthias-Friedhof, Haftbefehle gegen U6-Dealer. Aber: Wetter bleibt warm, Berlin war beruhigt.

Mannsens Datsche war nicht einfach zu finden. Die Informationen des Mitinsassen beschränkten sich auf zwei S-Bahnstationen, zwischen denen *die Hütte* in Bahngleisnähe stehen sollte. *Falls man Lust auf 'nen schnellen Abgang hat*, habe Mannsen gesagt. Jay und Marcel kam die überdurchschnittliche Aufmerksamkeit von Kleingartenvereinsmitgliedern zugute. Keine zehn Minuten streunten sie durch die Siedlung, als der ehrenamtliche Verwalter und seines Zeichens Mitgründer des örtlichen *Bezirksverbands der Kleingärtner e.V.* sie von sich aus ansprach. Sie zeigten ihm ein Foto Mannsens, und schon stiefelte der Mann – und er trug tatsächlich Gummistiefel an diesem wolkenfreien Sonntag – vorneweg und genoss mit jedem Schritt das Gefühl, der Polizei zu helfen, mehr noch: der Polizei zu zeigen, wo es langging.

Mannsens Datscha war kein Schmuckstück. Der Gummistiefelmann musste keine Sorge haben, den Titel der *Lieblichsten Laube*, die sie hier in Jays Vorstellung jährlich vergaben, irgendwann an die Behausung vor ihren Augen zu verlieren. Doch es war auch nicht der heruntergekommene Bretterverschlag, den Jay eigentlich erwartet hatte. Ohne gestalterisches Talent erkennen zu lassen, hatte Mannsen die Datsche dennoch ordentlich, sauber und völlig intakt gehalten. Durch das transparente Plastikvordach strahlte die Sonne auf einen Rasenteppich, ordentlich verlegt wie bei seinem Vater. Über vorrätiges Holz war eine blaue Plane gespannt, die Fensterläden zu. Marcel fummelte bereits an einem der beiden Fenster herum, Jay lief einmal um den Bungalow.

Als er zurückkam, war Marcel bereits eingestiegen, öffnete seinem Chef wenig später von innen die Tür. Jay blickte auf das dunkle Holz des Raumes. Es war für das Nest eines Kleinkriminellen fast schon kuschelig. Nicht viel Einrichtung, nicht viel Luxus, aber es war alles da. Marcel durchwühlte einen Kleiderberg in der Ecke, Jay machte sich an ein Regal mit Vorräten. Konserven gab es zur Genüge, Rinderkraftbrühe, Chili con Carne, eine Weile hätte Mannsen es hier noch aushalten können. Ganz oben auf dem Regal bemerkte Jay eine Kiste, nicht viel größer als ein Schuhkarton. Er streckte sich, erreichte die Kiste mit einer Hand, zog sie nach vorne.

»Wonach suchen wir genau?«, fragte Marcel, der die Kleidung auf dem Bett sortiert hatte, als packe er seinen Koffer für den Urlaub.

»Nach so was«, meinte Jay, ohne seinen Blick von der Kiste zu lösen. Sie war voller Fotos, dazu ein paar Kleinigkeiten, alte Autoschlüssel, ein Kreuz. Krimskramskiste. Jay ging die Bilder durch. Einige schienen den kleinen Boris mit seiner Mutter zu zeigen, manche zeigten auch den nicht mehr ganz so kleinen Boris im Kreis wenig sympathisch wirkender Männergruppen. Und immer wieder ein blondes Mädchen. Im Arm mit Mannsen, alleine vor Schneepanorama, in silbernem Paillettenkleid mit Plateauschuhen, mit Kussmund und Weihnachtsmannmütze. Aber immer ohne Augen. Mannsen hatte sie auf den Fotos ausgekratzt, Furchen im Papier. Es waren alte Bilder, Jeans und Frisuren verwiesen auf die Neunziger. Jay steckte die Fotos ein.

»Hoppla«, rief Marcel vom Bett. Er hielt einen weißen Umschlag hoch.

»Für Elise?«, fragte Jay.

»Nö, aber da würde sie sich wahrscheinlich drüber freuen. Eintausend Euro.«

Jay ging zum Bett. *Anzahlung* stand auf dem Umschlag, innen Hundert-Euro-Scheine. Und ein abgerissener Zettel. Von einem *Job* las Jay, *fünf bis zehn K möglich, Details und Ablauf* seien persönlich zu besprechen. *Treffp* konnte Jay noch lesen, dann war das Papier eingerissen. Er blickte auf das Datum, achter Februar, vier Tage vor Mannsens Tod.

»Wurde man sich wohl nicht ganz einig«, sagte Marcel.

»Oder da wollte sich jemand nie einig werden«, meinte Jay.

41

Befindlichkeiten

Sonya stand bereits im Gang, als die beiden oben ankamen. Vermutlich hatte sie das Auto vom Fenster aus gesehen. Jay wollte gerade erzählen, vom Gefängnis, der Datsche, sie ließ ihn nicht ausreden. Franziska Pohl würde ziemlich aufgelöst auf ihn warten, sie habe sie in eines der Vernehmungszimmer gebracht. Jay erschrak. Franziska! Er hatte den Gedanken an die vorangegangene Nacht erfolgreich verdrängt, zu lange gezögert, nicht gewusst, wie er reagieren sollte, auf den Fauxpas, hatte das Problem beiseitegeschoben, und jetzt stand es plötzlich vor ihm. Er versuchte, sich nichts anmerken zu lassen.

»Ja, ich hatte versucht sie zu erreichen. Wegen Mannsen.«

»Ja, um halb drei nachts, sagt sie.« Sonya kannte ihn, vor Sonya konnte er sich nicht verstellen. Sie sah ihn an, fragend, vorwurfsvoll, hätte wohl am liebsten etwas gesagt, schwieg.

Ob er mitkommen solle, fragte Marcel. Jay verneinte. Er bat Marcel, das Team upzudaten, sah noch einmal kurz zu Sonya und ging den Gang weiter. Er war wütend. Was dachte sich Franziska? Direkt zum Kommissariat, dabei musste sie doch wissen, wie heikel das für ihn war. Sie hatten gemeinsam gegessen, gefrühstückt, glaubte sie etwa, er habe das kommuniziert? Und wieso erzählte sie Sonya, ausgerechnet Sonya, von einem Anruf mitten in der Nacht? Vielleicht weil sie wirklich dachte, es sei ihm um den Fall gegangen. Er riss die Tür auf.

»Frau Pohl!«

»Jay, Gott sei Dank!«

Sie stand von ihrem Stuhl auf, ging einen Schritt auf ihn zu, als wolle sie ihn umarmen. Er drehte sich um und schloss die Tür hinter sich.

»Ich bin hier nicht Jay, ich bin hier der Kommissar, der in einer Mordserie ermittelt. Und Sie sind Angehörige einer Opferfamilie, Zeugin, auf jeden Fall mit direktem Bezug zu dem Fall. Ist dir klar, in was für eine Scheißsituation du mich bringst?«

Franziska sah Jay entsetzt an.

»Ich … Ich hatte mir nur Sorgen gemacht. Du hast angerufen, mitten in der Nacht …«

»Weil wir ein viertes Opfer haben, Boris Mannsen, der Typ hier.« Jay klatschte die Fotos auf den Tisch. »Kennst du den?«

Sie sah nicht hin.

»Und du bist heute Morgen nicht an dein Telefon gegangen. Und weil wir es doch gestern erst davon hatten, wie gefährlich …«

»Kennst du den Typen?«

Er hielt ihr die Bilder vors Gesicht.

»Nein, kenne ich nicht.«

»Danke, das war alles, was ich heute Nacht wissen wollte.«

Einen Moment war es ganz ruhig.

»Ich habe mir einfach Sorgen gemacht. Ich weiß ja auch nicht, warum. Aber ich hatte Angst um dich.«

Sie sprach leise, ihre traurige Ruhe wirkte Jays gereiztem Tonfall gegenüber überlegen. Er war gerade der Bad Cop, der Good Cop hing auf der anderen Seite an der Wand. Louis de Funès, umringt von blau uniformierten Damen, ein Filmplakat. Früher hatte dort der Dalai Lama gestrahlt, aus Rücksicht auf etwaige religiöse Vorbehalte musste er runter. *Louis und seine verrückten Politessen* war unverfänglich.

Er könne ihr ja nicht alles von dem Fall erzählen, sie sogar mit zum Tatort nehmen und sich dann beschweren, dass sie sich Sorgen mache?

Doch, er könne von ihr verlangen, ein bisschen nachzudenken, statt mir nichts, dir nichts ins Kommissariat zu spazieren. Er wisse nicht, ob ihr klar sei, als was für ein No-Go private Treffen mit Beteiligten eines Mordfalls gälten. Jay musste aufpassen, nicht zu laut zu reden. Noch einmal sprach einige Sekunden niemand. Er nahm die Fotos wieder vom Tisch und steckte sie ein.

»Es ist komisch«, meinte sie dann. »Du kommst hier rein und machst mir nur Vorwürfe, und trotzdem bin ich unglaublich erleichtert. Ich hatte mir wirklich Sorgen gemacht.«

Dann stand sie auf und ging zur Tür. Jay wäre am liebsten alleine im Zimmer zurückgeblieben, musste sie aber zum Ausgang bringen. Die Regeln verlangten die Begleitung, und er wollte nicht noch einmal gegen die Regeln verstoßen. Wortlos schritt er mit ihr über den Flur, über den gerade unendlich langen Flur. Zum Abschied gab es keine Umarmung.

Später in seiner anthrazitfarbenen Höhle hängte er Mannsens Fotos an die Indizienwand. Ein erkennungsdienstliches, das Foto der Badewanne, die alten Schnappschüsse mit Freundin. Er hatte ihn etwas abseits platziert, zog den Strich nur zu Klausing. Und zu dem großen Unbekannten in der Mitte. Dem Feld ohne Foto, wo nur der Text des Telefonanrufs stand, jetzt auch die Notiz aus Mannsens Umschlag, ein wenig hilfreiches Phantombild mit Bart, Sonnenbrille und Basecap, das Bild eines weißen Transporters. *Dorthin begib dich, gehe nicht ein*, Jay ließ seinen Blick über die Wand schweifen. Mannsen, Klausing, Pohl, Pfaffinger, das war die Reihenfolge, auch wenn es bei ihm im Kopf immer mit Pohl losging. Wasser, Erde, Wasser, Essen. Es ergab keinen Sinn. Badewanne, Brief, Matrose, Würstchen. In der Badewanne schwimmt ein Brief, der Matrose isst ein Würstchen. Nein. Was willst du mir sagen? Badewanne, Hotelzimmer, Briefe, Elise, Wiese, neuer Matrosenanzug, Westhafen, Pfannkuchen, Würstchen, Hotelzimmer. Jay drehte sich im Kreis. Blauer Punkt, noch mal blau, aber heller, lila, orange. Auf was codierbar? Synästhetiker könnten eine Zahl daraus machen, doch was würde das helfen? Es klopfte.

Jay sah nur einmal kurz zur Tür, es war Sonya, dann richtete er den Blick zurück auf seine Wand. Sie stellte sich neben ihn und musterte sein Schema. Krampfhaft versuchte er weiter an den Fall zu denken, die Morde, den Täter, es ging nicht. In seinem Kopf entstand ein ganz anderes Geflecht aus Namen und Bildern, da war jetzt Franziska, von ihr aus ging die Linie zu Sonya, am Rande noch Marcel, und der große Unbekannte in der Mitte war er selbst, mit Verbindungen zu allen. Er hing in der Mitte. Ihm wurde klar, wie wenig Franziska seine Reaktion eben verstehen konnte. Es war ihm um sich selbst gegangen, um seinen Stolz. Wie er vor Sonya dastand, wie er vor Marcel dastand. Es war wie der die Sonya-Geschichte, die alles schlimmer machte, als es eigentlich war. Und die konnte er Franziska nicht erzählen.

»Das war eben die Tochter.« Sonya tippte auf das Foto von Pohl senior.

Jay nickte.

Sonya wartete, ob Jay von sich aus mehr erzählen würde. Er tat ihr den Gefallen nicht.

»Wieso rufst du mitten in der Nacht bei einer Zeugin an?« Sie starrten beide weiter auf die Wand, vermieden es, sich direkt anzusehen.

»Das habe ich dir doch gesagt. Weil ich sie zu Mannsen befragen wollte.«

»Jay.« Sonya blickte zu ihm herüber.

»Was?«

»Die stürmt hier rein und fragt nach Jay. Wieso bist du mit der Tochter vom Pohl per Du?«

Jay merkte, welche Angst er vor diesem Gespräch hatte. Weil es wieder Sonya war, die sich professioneller verhielt, die souverän war, während er sich treiben ließ. Und weil er wusste, dass er bei ihr nicht weit kam mit Ausflüchten. Aber was ging es sie an?

»Du bist einen Tag wieder da, in welcher Funktion, weiß kein Mensch, und willst mir sagen, was ich darf und was nicht?«

Sonya atmete durch.

»Ist das dein Ernst? Du triffst dich privat mit der Tochter eines Mordopfers? Während der Ermittlung?«

»Ich tue das, was für den Fall am sinnvollsten ist.«

»Das ist doch Schwachsinn.«

Sonya drehte sich um und ging zum Schreibtisch, lehnte sich an, Jay blieb vor der Wand. Er musste einen Moment bitter grinsen. Wie sehr er sich das gewünscht hatte, nach der Trennung. Er traf jemanden, und Sonya rebellierte dagegen. Damals passierte es nicht. Weil er niemanden traf, und selbst wenn er ihr etwas vorgaukelte, durchschaute sie ihn oder hatte tatsächlich einfach nichts dagegen.

»Bist du eifersüchtig?« Er wollte sie provozieren, hoffte, sich aus dem Würgegriff zu befreien, ein Totschlagargument, doch Sonyas Argumente ließen sich nicht totschlagen.

»Jay, lass deine privaten Befindlichkeiten zu Hause. Du kannst dich treffen, mit wem du willst, das ist mir vollkommen egal, blond, braun, alt, jung, Hoteliersochter, Polizistin. Aber nicht mit jemandem, der direkt mit unseren Ermittlungen zu tun hat. Das muss man dir doch nicht erzählen, oder?«

»Franziska hatte mit ihrem Vater überhaupt nichts zu tun«, sagte Jay schnell, um irgendetwas zu entgegnen.

»Na dann.« Er bemerkte Sonyas triumphierenden Unterton. Kurz redete keiner, sie ging langsam zur Tür. »Angehörige mit schlechtem Verhältnis zum Mordopfer. Klingt nach einer Person, die man unbedingt in die Ermittlungen einweihen sollte. Würde Martha bestimmt genauso sehen.«

Er hörte die Tür. Hatte Sonya ihm gerade gedroht?

42

Blumen

Im Laufe der Jahre glaubte er, als Mann alle möglichen Reaktionen auf einen geschenkten Blumenstrauß erlebt zu haben. Freudiges *Ohhhh*, Umarmung, routinierter Dank, überraschtes Kopfschütteln, vielleicht auch Enttäuschung, wenn der Strauß erwartet wurde, aber zu klein oder unpassend ausfiel. Das ihm dargebotene Entsetzen, das in ein irritiertes Lachen überging, war Jay neu. Die Frau vor ihm hätte den Strauß beinahe fallen lassen. Und auch die Umherstehenden waren fassungslos. Verdenken konnte man es ihnen nicht, seine Gedanken konnte keiner lesen, und so war er für alle Anwesenden im Blumenladen der merkwürdige Typ, der an der Kasse seinen Strauß bezahlte und ihn noch vor dem Verlassen des Geschäfts einer wahllos ausgewählt wirkenden Kundin in die Hand drückte.

Sie war in der Tat wahllos ausgewählt. Jay hatte sie vorher nicht einmal angesehen, nur plötzlich begriffen, dass das mit den Blumen keine gute Idee war. Es war ein Dilemma. Sein Verhalten Franziska gegenüber war wenig sensibel gewesen, er hatte nicht an ihre Situation gedacht, zu sehr war ihm die misslungene Gesamtkonstellation im Kopf herumgespukt. Dass Sonya ihn bloßstellte, ausgerechnet vor Marcel, der ihn mit seinem Mitleidsblick erst zu dem Anruf provoziert hatte, den er Franziska wiederum erst noch erklären musste. Es war zu viel. Franziska hatte sich lediglich

Sorgen gemacht, aber was hieß hier lediglich, eben nicht lediglich, echte Sorgen, sonst wäre sie nicht zum Kommissariat gefahren. Und das zeugte genau von dem über das normale Zeuge-Polizist-Verhältnis hinausgehende Engagement, das Jay sich insgeheim erhoffte.

Es wäre also ein folgerichtiger Schritt gewesen, sich mit einem kleinen Wiedergutmachungsgeschenk zu entschuldigen. Daher ging Jay auf dem Rückweg von der Arbeit in dem kleinen Türkenladen vorbei, der auch sonntags auf war und in dem er schon die Blumen für seine Mutter gekauft hatte. Er wählte, ohne lange zu überlegen, einen Strauß, Anmut und Preisklasse passten, zahlte und dachte erst auf dem Weg zur verglasten Ladentür an die andere Seite. Blumen für die Zeugin. Bekämen sie das spitz, wäre Jay geliefert. Das war der Grund, wieso sich die gerade zur Tür hereintretende Kundin des Blumenladens an diesem Abend zu Unrecht geschmeichelt fühlen durfte.

Im Auto sitzend glaubte Jay, allein der Entschuldigungsbesuch bei Franziska könne zu viel sein. Er wollte nicht noch einmal unprofessionell wirken. Sein Fokus war ab jetzt komplett auf den Fall gerichtet. Sie war eine Hilfe, ja, sie hatte Ideen, aber ihr Vertrauen war nicht garantiert, da hatte Sonya recht. Er fuhr nach Hause, holte sich beim Thailänder die Rindfleischstreifen in Austernsoße und legte sich auf die Couch. Er hatte vergessen, den Ingwer abzubestellen, er hasste Ingwer, das Essen war verhunzt, nur hatte er auch sonst nichts zu Hause, er stocherte lustlos nach den Fleischstücken und schlief mit Stäbchen in der Hand ein.

Als Jay wieder aufwachte, war es nicht mehr hell. Wann wurde es mittlerweile dunkel? Um neun, um zehn? Er hatte die letzten Tage zu viel zu tun, er hatte kein Gefühl mehr dafür. Schon die Wochentage machten ihm Probleme, er wollte vorhin fast noch bei einem Supermarkt vorbei, am Sonntag. Er suchte hektisch nach seinem Telefon. Wie viel Uhr war es? Plötzlich wurde ihm klar, wieso er so auf die Uhrzeit brannte. Er hatte sich im Schlaf ein zweites Mal umentschieden, Franziska, und musste wissen, ob es zu spät war oder nicht. Blumen, okay, das war vielleicht zu viel des Guten. Sich nicht zu entschuldigen, war schlechter Stil. Er hatte sich nicht richtig verhalten, und Sonya hin oder her, das forderte eine Entschuldigung. Wo war die Grenze? Zehn, halb elf? Danach konnte man nirgends mehr klingeln, ohne erneut als Verrückter dazustehen. Er richtete sich auf, stellte die Thermoschale mit den ingwerdurchzogenen Thairesten auf den Couchtisch, entdeckte sein Handy auf dem Sideboard. 21:58 Uhr.

Mit leeren Händen klingelte er 27 Minuten später an Franziskas Haustür, der Tür, durch die sie gestern weggegangen war, glücklich nach der Umarmung. Ob er kurz hochkommen dürfe, fragte er. Sie wirkte einigermaßen überrascht. Nein, sie komme runter, Hinterhaus. Briefkästen, Fahrräder und Kinderwagen standen Jay auf seinem Weg durch den Treppenflur Spalier. Die Tür zum Innenhof stand offen. Sie sah wieder so gemütlich aus wie beim ersten Aufeinandertreffen in der Villa ihres Vaters. Weites Shirt, dünne Baumwollhose, die Hände in den Taschen. Jay griff in die Luft und streckte ihr seine zur Faust geballte Hand entgegen.

»Das ist der Blumenstrauß, den ich dir offiziell nicht schenken darf. Als Entschuldigung für meine Reaktion auf deine Sorgen, die du dir offiziell nicht machen darfst.«

Sie lächelte nicht.

»Schon okay, Jay. Du musst nicht ... Du musst das nicht machen.«

»Ich hatte wirklich schon Blumen gekauft.«

Sie sagte nichts. Ihre schönen dunklen Augen sahen zu Boden, Grillgeruch zog durch den Hof.

»Ich weiß nicht, wie das jetzt klingt. Aber es hat mich gefreut, dass du dir Sorgen gemacht hast.«

»Ist okay, ich habe es verstanden. Du bist der Kommissar, ich bin die Zeugin. Oder Verdächtige. Oder was auch immer. Wenn du noch etwas wissen willst, melde dich gerne.«

Dann griff sie in die Luft, streckte Jay ihre geballte Faust entgegen, nahm den imaginären Blumenstrauß und warf ihn ins Gebüsch. Sie drehte sich um und lief auf die offen stehende Tür des Hinterhauses zu.

»Franziska!« Sie blieb nicht stehen. »Franziska!«

Sie stand schon im Eingang, drehte sich noch einmal zu Jay um, lächelte, wollte gerade reingehen, weggehen. Jay rannte auf sie zu. Durch die halb zugezogene Tür rief er seine letzte Botschaft.

»Ich habe dich gestern nicht wegen Mannsen angerufen.«

Die Tür blieb einen Spaltbreit offen stehen. Franziska sagte nichts, kam nicht wieder heraus, verharrte hinter dem fast geschlossenen Hinterhofeingang.

»Ich habe dich angerufen, weil ich dich anrufen wollte. Weil ich dich hören wollte. Ich habe keine Ahnung, was das alles soll, ich bin völlig durch, der Fall, dieser völlig absurde Fall. Aber irgendwas bist du für mich, irgendwas weit weg von Zeugin.«

Jay hätte sich albern vorkommen können, er tat es nicht. Es fühlte sich echt an und ehrlich, egal wie sie reagieren würde. Erst einmal passierte nichts. Dann hörte er sie, durch den Türspalt, sie weinte. Er hätte gerne den Knauf gepackt und gezogen, sie in den Arm genommen, ließ es bleiben. Irgendwann drückte sie die Tür langsam auf, nahm Jays Arm, zog ihn in das dunkle Treppenhaus, umarmte ihn, griff nach

193

seinem Kopf, strich über seinen Rücken. Er ließ es mit sich machen, dachte nur den Bruchteil einer Sekunde daran abzubrechen, dann ergab er sich dem Sog aus Berührungen und leisen Seufzern. Sie küssten sich, langsam und dann ganz schnell, hektische, wild gewordene Küsse.

Jay war glücklich, zufrieden wie lange nicht, und das Glück hielt an, über Minuten, über Stunden, sedierte die plärrende Realität, bis sie ihn um 6:21 Uhr wieder schreiend aus dem Schlaf riss.

43

Theater

In einer der Illustrierten, die ihr durch die Nacht halfen, hatte sie einmal von Gerd Müller gelesen, dem Fußballer, der als Bomber der Nation bekannt gewesen war. Der früher dazugehörte, dann abstürzte, und dem die Bayern doch immer einen Posten anboten, und wenn nur als Platzwart, solange er wollte. So ähnlich fühlte sie sich selbst. Sie war seit dreißig Jahren da, als Souffleuse, Requisite, Maske, ein paarmal stand sie sogar auf der Bühne, wenn wieder irgendwer »krankheitsbedingt« ausfiel. O Gott, o Gott, sie könnte Geschichten erzählen. Von durchtrunkenen Nächten, von Orgien nach Premierenfeiern, von Liebschaften, Hass, Intrigen, Schlägen, Tränen. Die einen kamen durch, die anderen schafften den Absprung, und andere waren hängen geblieben. So wie sie. Sie soff als Souffleuse, bis die Schauspieler ihr Gelalle nicht mehr verstanden, sie soff als Requisiteurin, bis man sie morgens in der Gasthofkulisse von Miss Sara Sampson liegen sah, ach, es ging so weiter. Sie war die Karriereleiter des Theaters kontinuierlich nach unten gestolpert. Jetzt war sie Nachtwächterin und musste eigentlich dankbar sein wie Gerd Müller. Aber auch der war vermutlich nur nach außen dankbar gewesen, tief drinnen hatte er sich selbst gehasst, anders konnte sie es sich nicht vorstellen.

Es klingelte. Hatte es wirklich geklingelt? Manchmal

traute sie nicht einmal mehr ihrer eigenen Wahrnehmung. Zu oft war sie von ihr getäuscht worden. Sie meldete sich über die Sprechanlage.

Ziebert Gebäudereinigung, er wünsche einen guten Morgen und entschuldigte sich für das verfrühte Erscheinen.

Sie sah auf die Uhr. Es war erst vier, normalerweise kam die Reinigungsfirma gegen fünf. Auf dem Überwachungsbildschirm erkannte sie einen bärtigen Mann, daneben einen Reinigungswagen, eine riesig wirkende Apparatur, größer als die aus den Hotels und auch größer als die, die sie in der Putzkammer selbst hatten. Was sollte das Ding? Und wo war der Rest? Sie kamen normalerweise mit vier Leuten. Die Säle, Räume, Toiletten, Kantine, einer alleine konnte das nicht schaffen.

Der Mann schien ihre Gedanken zu lesen, antwortete, bevor sie etwas sagen konnte. Er erzählte von einem neuen Reinigungssystem mit Doppelfahreimer und größerer Abfalleinheit, deswegen sei er auch früher dran, sie wollten das heute einmal testen, die Kollegen kämen dann regulär um kurz vor fünf.

Doppelfahreimer, was es nicht alles gab. Sie schaltete die Flurbeleuchtung an, ging zur Tür und öffnete dem Mann. Sie wollte ihn sich wenigstens selbst ansehen, den Bärtigen und den Wagen. Er blickte nur kurz zu ihr, doch in seinen kleinen Augen blitzte ein Schmerz, den sie allzu gut kannte. Mühsam schob er den Reinigungswagen durch den Flur.

Sie setzte sich zurück in ihre Nachtwächterkabine, zurück zu den Illustrierten. Früher las sie nachts Klassiker, Camus, Brontë. Irgendwann wurde es ihr zu schwer, sie ging über zu den leichteren Happen, setzte sich auf intellektuelle Diät. Erfolgreich, es gab keinen Jo-Jo-Effekt.

Sie begann wieder zu blättern, doch ihre Gedanken

blieben bei dem merkwürdigen Putzmann. Er hatte etwas Beängstigendes an sich oder Verängstigtes, irgendetwas Angstiges, und mit Angst kannte sie sich aus. Ihrer Wahrnehmung war vielleicht nicht zu trauen, ihren Instinkten wohl. Reflexartig sperrte sie ihren kleinen Glaskasten von innen ab. War das wieder eine Panikattacke? Das Glas war dick, einfach so könnte man es nicht kaputt schlagen. Mit einer Eisenstange schon. Mit einer Eisenstange könnte er das Glas zerspringen lassen und auf sie einschlagen, immer wieder, niemand würde sie schreien hören. Ganz ruhig, ganz ruhig. Was sollte er ihr tun wollen? Wenn, dann wollte er irgendetwas holen, Geld, die Einnahmen. Sie wusste, wo sie lagen, vielleicht würde er sie schlagen, bis sie es ihm verriet, und keiner würde ihr glauben, und dann stände sie da ...

Tock. Tock. Es klopfte an die Scheibe.

Sie fuhr zusammen. Jetzt war er gekommen, jetzt war er gekommen, um sie zu holen.

Ob sie ihm den Großen Saal aufschließen könne? Er wolle damit anfangen. Seine Stimme klang mild.

Richtig, sie hatte vergessen, ihm den Putzschlüssel zu geben. Besser so, dachte sie, der Schlüssel würde bei ihr bleiben. Sie schloss ihre Kabine auf und versuchte dabei, so selbstverständlich wie möglich zu wirken. Der Bärtige sollte nicht merken, dass sie sich wegen ihm eingeschlossen hatte. Dass sie sich vor ihm eingeschlossen hatte. Mit bangen Beinen lief sie zum Großen Saal, immer zwei, drei Schritte vor dem Mann. Sie hatte ihn noch nie gesehen, aber das war nicht Indiz genug, die Putzkräfte wechselten ständig, Türken, Schwarze, Polinnen, Deutsche, heute der, morgen die. Sie zog die Tür auf, warf einen Blick auf die dunklen Ränge, *voilà*, und verabschiedete sich. Sie sah ihm nach, wie

197

er seinen schweren Putzwagen durch die Tür schob und im Theater verschwand.

Als sie wieder im Glaskasten war, sperrte sie nicht ab. Es war lächerlich. Ein harmloser Putzmann klopfte an ihre Scheibe, und sie starb beinahe vor Angst. Irgendetwas war bei ihr kaputt, war kaputtgegangen in all den Jahren. Früher wäre sie nicht so gewesen, und wenn früher anders gelaufen wäre, wäre sie auch jetzt nicht so. Ob er etwas klauen wollte? Das Geld, die Einnahmen, sie wurden erst morgens zur Bank gebracht. Noch einmal verließ sie ihre Warte, ging den breiten Flur mit den Plakaten an den Wänden entlang, bog ab ins Treppenhaus, zu den Büros hoch, drückte die Klinke ...

Alles zu. Und er hatte keinen Schlüssel.

Erleichtert machte sie sich wieder auf den Weg nach unten, durch den Flur. Ob sie noch einmal im Großen Saal vorbeischauen sollte? Nur nach dem Rechten sehen. Zur Beruhigung, zur eigenen Beruhigung. Wenn er da jetzt einfach putzte, war ja alles gut. Zögerlich öffnete sie die Tür zum Saal. Sie sah ... nichts. Doch, der Wagen stand vor der Bühne, aber der Bärtige? Sie lief durch das vom Putzlicht hell erleuchtete Theater.

»Hallo? Hallo?«

Die Helligkeit gab ihr Sicherheit, wieso auch immer. Wo war der Kerl? Die Sitzreihen waren leer. Die Bühne: leer. Sie hörte ein Geräusch. Der Technikraum, die Tür stand offen. Leise schlich sie zu der kleinen Kammer am Ende des Saals. Die Kammer mit dem Mischpult, den Kabeln und Lichtern. Von hier kam es, war nun deutlicher zu hören. Da musste er sein. Sie sah um die Ecke, fand seinen Blick, er fand ihren und ...

»Vorsicht!«

Sie erstarrte. Der Putzmann stand im Technikraum mit

einem Wischmopp, hatte die Stühle hochgestellt und putzte den Boden. Es sei nass, ergänzte er. Sie nickte, nuschelte was von *nach dem Rechten sehen*, verließ den Raum, den Saal, ärgerte sich über sich selbst, hasste sich, setzte sich zurück in ihre Glaszelle, zurück auf die letzten Quadratmeter, die man ihr noch anvertraute, vermutlich zu Recht. Sie blieb eine Weile unbeweglich sitzen, glotzte ins Leere, auf die Reflexion ihres Gesichts in der Scheibe. Sie drehte sich im Kreis, hielt sich abwechselnd für völlig paranoid und zu Recht besorgt, den Bärtigen für eine harmlose Reinigungskraft und dann wieder für einen Verbrecher. Sie musste sich zusammenreißen, um nicht zu heulen. Wie wenig Angst sie früher doch hatte. Als sie mit dem Typen zusammenkam, der so stark war. Der bei jeder Feier als Heilsbringer erwartet wurde, der Schneemann. So einfach, untief, schön, süß und auch so wütend, so traurig. Dem keiner was konnte, mit dem es keine Probleme gab. Und der ihr dann alle Probleme brachte. Der ihr Unheilbringer geworden war.

Es war zwanzig vor fünf, als der Putzmann mit seinem Wagen wieder vor ihr erschien. Er sei nun fertig, habe seinen Teil erledigt, den Rest machten die Kollegen, sie müssten gleich da sein.

Sie überkam erneut ein unwohles Gefühl. Vielleicht hatte er etwas geklaut, in diesem Putzmonster könnte er alles Mögliche herausschmuggeln. Vielleicht Technik, er war im Technikraum gewesen, sie hatte keine Ahnung davon, aber da gab es bestimmt wertvolle Teile. Verstärker, Mikrofone, so was. Plötzlich fühlte sie sich mutig.

Ob sie sich den Wagen einmal ansehen könne, so etwas habe sie noch nie gesehen, rein interessehalber.

Er wirkte nervös, das merkte sie, sah auf die Uhr. Aber natürlich, sagte er freundlich, er müsse nur bald weiter.

Sie trat aus ihrer Kabine und stellte sich vor den Reinigungswagen. Vorne waren Putzeimer und Wischmopps, alles offen. Im Mittelteil eine große geschlossene Einheit, mit Schubladen und Türen. Sie sah überall hinein, täuschte Interesse vor, hielt Ausschau nach irgendeiner Beute. Putzmittel, Lappen, Gummihandschuhe, nichts Besonderes. Hinten war eine Mülltonne, vermutlich die erwähnte *größere Abfalleinheit*. Hier oder nirgends, dachte sie, sah den Mann an und öffnete den Plastikdeckel. Papiermüll, die geleerten Abfalleimer im Flur, mehr nicht.

Während sie ihm hinterhersah, wurde sie traurig. Eine knappe Stunde war sie in innerem Aufruhr, glaubte einem Instinkt zu folgen, der sie verarschte, wie alle sie verarschten. Und doch dachte sie schon wieder daran, dass etwas nicht stimmte. Mit einer Hand schob der Bärtige seinen Putzwagen durch den Innenhof, lief zügig zum Parkplatz.

Sie ging zurück und war schon fast wieder an ihrem angestammten Platz, als sie auf einmal den Trommelwirbel hörte. Ganz leise erst, weit weg, dann Orchester. Bildete sie sich auch das ein? Gab es denn keinen Sinn mehr, auf den man sich verlassen konnte? Doch, da war Musik, keine Frage. Sie lief den Gang entlang, Streicher, Bläser, es wurde lauter und lauter. Angsteinflößend sahen links und rechts Plakate auf sie herab, Fotos von Schauspielern, geschminkt, maskiert. Und dann dachte sie an Ajax, an Menelaos und Odysseus, an Thoas und an Troja. Das war es. Mühsam hatte der Bärtige seinen Wagen ins Theater geschoben, leichthändig wieder hinaus. Er hatte nichts mitgenommen, das war sicher, ganz im Gegenteil. Aber was sollte das sein? Sie lief schneller und schneller, die Musik wurde ohrenbetäubend laut, eine Oper, sie kannte sie, Rossini, La Gazza ladra. Der Große Saal, es war der Große Saal, aus dem die bebende Ouvertüre drang, sie riss an der Tür, stürmte hinein … und fror ein wie ein Pantomime.

Plötzlich hatte sie keine Eile mehr. Sie stand da, mitten in einer Aufführung. Der Zuschauerraum war dunkel, auch die Bühne nicht hell erleuchtet. Nur ein Spot strahlte nach vorne, ein Lichtkegel, der das Grausame sichtbar machte. Ihre Lippen zitterten, angstgebannt blickte sie vor. Die würde sich doch bewegen, von der Bühne gehen, wenn der Vorhang fiele. Oder war das echt? Die Musik ließ ihren Körper beben, sie war überwältigt von der Totalität der Inszenierung. Ihr Blick wanderte durch den Raum. Aber alles war leer, stumme Sitze waren die einzigen Zuschauer des Spektakels. Das Orchester in den Lautsprechern setzte zu einem Crescendo an, wurde schneller. Sie ging näher heran, lief durch den Mittelgang zur Bühne, beeilte sich nicht. Die war über sechzig, die da lag, dort im Licht. Ihr Gesicht war leer, ihr Gesicht war tot, konnte man das spielen? Wieso sollte sie es spielen? Um ihren Hals hing ein Rahmen, ein goldener Rahmen, wie eine Kette. Wie ein Kunstwerk, dachte sie, angestrahlt wie ein Kunstwerk, gerahmt wie ein Kunstwerk. Sie wurde ausgestellt, mitten auf der Bühne. Je näher man kam, desto weniger Zweifel bestanden, die lebte nicht mehr, die atmete nicht mehr. Laien sahen so etwas nicht, aber als Souffleuse hatte man genug Theatertote gesehen, genug unterdrückte Atmer doch erkannt. Die hier atmete nicht mehr, die Frau im Rahmen. Die Musik wurde wieder langsamer, heiter. Es waren nur noch ein paar Meter, rauf auf die Bühne, im immer noch gleichmäßigen, unaufgeregten Schritt. Jetzt stand sie direkt vor ihr. Die Frau im Rahmen war auf die Bühne gesetzt worden, in Szene gesetzt worden, saß zusammengesackt in einem Stuhl. Und war tot wie eine Puppe. Ach, du Arme, dachte sie, du Arme, Arme, Arme. Dann

201

kniete sie sich neben die Frau, hielt ihre Hand, streichelte ihre Hand, mehrere Minuten, trat ab von der Bühne und rief die Polizei.

44

Typen

Ein Mord, dessen Opfer mit einem goldenen Rahmen um den Hals auf einer Theaterbühne saß, wäre genau einer der Fälle gewesen, zu denen man beim Prozess Gerichtspsychologin Britta Djorovic zu Rate gezogen hätte. Doch in diesem Fall war es Britta Djorovic, die mit einem goldenen Rahmen um den Hals auf einer Theaterbühne saß.

Während sie normalerweise mehrere Tage, zumindest Stunden für die Beurteilung eines Gewalttäters hatte, waren ihr am Abend zuvor nur wenige Augenblicke geblieben. Zwischen dem Moment, als ihr der Mann suspekt vorkam, und dem, als das Tuch sie betäubte. Eigentlich waren es noch ein paar Sekunden mehr, denn sie hatte sich angewöhnt, Menschen bereits vor jeglichem Verdacht in Intensivtätertypen zu kategorisieren. Einfach so, eine Übung. Wenn, dann. Der Mann trat ihr in der Dämmerung entgegen, sprach sie freundlich an, und sie überlegte, was sie ihm zutrauen würde.

Typ eins war er nicht, das waren die instrumentellen Täter, denen sah man es am einfachsten an. Die Tätowierten, die Verlebten, für die Gewalt ein Mittel zum Zweck war, eine erfolgversprechende Konfliktlösungsstrategie. Die aus Kriegsgebieten kamen oder Großstadtbrennpunkten, den Kriegsgebieten der Zivilisation.

Sie sah ihm in die Augen, während er eine schwer ver-

203

ständliche Adresse in seinen Bart nuschelte. Dort müsse er hin, ob sie das kenne? Sie schüttelte den Kopf.

Typ zwei schon eher, es war ohnehin die größte Gruppe. Impulsive, chronische Gewalttäter, die meistens schon als Kinder auffällig waren, antisozial, fies. Einmal hatte sie einen, der gerne Spinnen in Lauge zugrunde gehen sah. Es waren diejenigen, die sich in lichten Momenten der Falschheit ihres Tuns bewusst waren und dann Minuten später ohne Mitgefühl ihre Frau verprügelten. Sie waren persönlichkeitsgestört, der Neurowissenschaft zufolge sogar anatomisch verändert. Der präfrontale Cortex verhielt sich auffällig, und der Mandelkern war hyperaktiv. Ein kleines Zentrum irgendwo hinter der Stirn ließ sie sich ständig bedroht fühlen.

Der hier, der jetzt seelenruhig in seiner Tasche kramte und von einem Stadtplan faselte, wäre – wenn überhaupt – am ehesten Gruppe drei. Die auch eine Veränderung des Mandelkerns zeigte, nur eine ganz andere. Bei diesen Straftätern war das Furchtzentrum im Gehirn betäubt, völlig ruhig. Sie empfanden keine Angst, gingen planvoller vor als die Impulsiven. Sie logen ohne Probleme, manipulierten Menschen, von Reue spürten sie nichts. Nur zehn Prozent der Intensivstraftäter ließ sich in diese Gruppe einordnen, der hier würde reinpassen. Psychopathen.

Wie alt er wohl war? Ende dreißig? Krank sah er aus, bleich. Er blickte um sich, über die kleine, unbefahrene Straße, die eine Hand noch in der Tasche. In genau diesem Moment wurde er ihr unheimlich. Hatte er da wirklich einen Stadtplan drin? Oder eine Waffe? Sie spürte die Angst, die Angst von damals. Als ihr schon einmal jemand aufgelauert war, der sie bedroht und ihr dann das Geld gegeben hatte. Das Geld, das sie angenommen und von dem sie niemandem je erzählt hatte. Das Geld, das die Kanadareise geworden war. Der vor zwanzig Jahren war kein Typ drei, irgendwas zwischen eins und zwei, Milieu. Damals war es um einen Fall gegangen, um ein Gutachten. Worum es dieses Mal ging, wusste sie nicht.

Der Mann blickte ihr in die Augen, zog seine Hand aus der Tasche hervor, und da war plötzlich das Tuch. Sie blieb stehen wie festgemacht, schrie nicht, kämpfte nicht. Sie erkannte seine Entschlossenheit, seinen übermächtigen Willen, dem entgegenzustellen sich nicht lohnte. Sie hatte recht gehabt, im letzten Moment ihres Lebens lag sie noch einmal richtig, triumphierte im Untergang. Ironie des Schicksals, dachte sie, und ärgerte sich. Der Onkologe, dessen eigene Lunge schwarz wurde. Der Tierfilmer, den der Stachelrochen ins Herz stach. Die Meteorologin, die der Sturm einfing. Du konntest alles wissen, analysieren, dich bis ins Detail auskennen. Wenn es dich selbst traf, war es völlig egal. Es half dir überhaupt nichts. Das waren ihre letzten Gedanken. Dann war alles schwarz.

45
Empore

Wollnse dit Lied noch ma hörn?«, fragte jemand im weißen Schutzanzug aus der offenen Technikkabine. »Dit Handy sagt: Is Rossini.«

Jay war ewig nicht mehr im Theater gewesen. Hier schon gar nicht, da war er ein einziges Mal, vor Jahren, geschenkte Tickets. Wenn man sich die Zahlen in der Zeitung ansah, die Unsummen an Subventionen, kam man nicht drum herum, sich bei jedem Theaterbesuch wie auf einer Charity-Veranstaltung zu fühlen. Eine Rettet-den-Wald-Demo im Wald, die Protagonisten angemalt oder nackt oder laut oder alles. Hauptsache Aufmerksamkeit. Nur eben nicht im Wald, sondern im Theater. Konnte er nicht viel mit anfangen. Ein kurzer Trommelwirbel beschallte den Saal, dann ertönte die Musik. Mit verschränkten Armen stand Jay auf der Empore, blickte herab, auf die Reihen, das Gewusel der Spurensicherung. Mehr Fotos als bei jeder Premiere.

»War wohl verkleidet, der Mann, aber sie kann ihn beschreiben.« Marcel war hochgekommen, stellte sich neben seinen Chef. »Ich würde das gleich im Büro mit ihr machen, oder wollten Sie …?«

»Nein, mach du das gerne.« Jay hatte das gesamte Team für neun Uhr zum Case Team Meeting einbestellt. »Wo ist sie?«

»Holt ihre Sachen.« Marcel reichte ihm eine Zeitung. »Schon gesehen?«

Mannsen war auf dem Titelblatt. Die dicke Überschrift fragte weiß auf schwarz, was der *Rüpel-Raudi* mit den Hotelmorden zu tun habe.

»Opfer ist bestätigt«, rief jemand im weißen Schutzanzug nach oben. »Britta Djorovic.«

Jay sah auf, blickte Richtung Bühne. Sie lag schon nicht mehr da, war weggebracht worden, nur der goldene Rahmen glänzte im Licht der Scheinwerfer.

»Wie?« Marcel hatte sein Telefon bereits am Ohr.

»Djorovic. Dora, Julius, Otto, Richard, Otto, Viktor, Ida, Cäsar.«

Jay rührte sich nicht, wollte Marcel nicht den Druck spüren lassen, den er selbst gerade empfand. Für einen Moment driftete er ab, dachte an den Exmilitär in Coventry. International buchstabierte man das J als Jerusalem, hatte der erzählt, in Deutschland sei es erst ein Jacob gewesen, bis die Nazis jüdische Namen aus dem Buchstabieralphabet strichen. Er hatte es fast entschuldigend gesagt, wusste nicht, dass Jay kein Jude war.

»Djorovic. De, Jot, Oh, Er, Oh, Vau, Ih, Ce«, sprach Marcel in das Telefon. Sie sahen sich an, beide unsicher, beide mit der gleichen Sorge. Bloß keine weitere Mandantin von Klausing, bloß kein weiterer Ermittlungsfehler. Sie hatten mit allen gesprochen, überall Streifenwagen positioniert. War es zu wenig? Vielleicht hätten sie das Mobile Einsatzkommando gebraucht, den Personenschutz.

»Und?«, fragte Jay.

»Sie gehen die Listen durch.«

Ein Kollege kam die Treppe herauf, mit ihm die Nachtwächterin.

»Die Zeugin wäre so weit. Und hier deine Bilder, Jay.«

»Einen Moment«, rief Marcel der Frau zu, zeigte auf das

Telefon. Jay nahm den Stapel Papier und blätterte durch die Ausdrucke. Fotos der Leiche aus allen Perspektiven, frontal, von der Seite, von oben, von unten. Zierlich war sie, ihr Alter schätzte er auf sechzig. Nahaufnahmen der Wunde am Kopf, vermutlich mit dem Rahmen erschlagen, dann der rote Punkt im Nacken. Sie gehörte in die Reihe, fraglos.

»Britta. Be, Er, Ih, Doppel-Te, Ah. Britta Djorovic«, hörte er Marcel sagen.

Noch einmal vergingen endlose Sekunden. Sie würden ihn zerfleischen, wusste Jay, nicht nur Martha, auch die Zeitungen. Sie liebten Fortsetzungen, Fälle mit ständigen Neuigkeiten. Und menschliche Fehler. Erst dann hatten sie ihre Tragödien. *Schnarch-Polizei – 5 Tote!* Jay wäre geliefert.

Plötzlich stand die Nachtwächterin direkt vor ihm. Doch sie sah ihn nicht an, sah an ihm vorbei, sah hinunter. In den Zuschauerraum dachte er erst, nein, auf die breite Brüstung der Empore. Die Bilder hatte Jay dort abgelegt, die Fotos der Leiche. Die Frau war unter Schock.

»Guten Tag, Jerusalem Schmitt, Mordkommission, ich leite die Ermittlungen«, stellte sich Jay vor.

Sie antwortete nicht, ihr Blick wich keinen Zentimeter ab. Die Augen glasig, furchige Backen. Alkoholikergesicht, tippte Jay. Mochte bestimmt zehn Jahre älter sein als er, kurze blonde Haare, billige Ohrringe.

Sie ging einen weiteren Schritt Richtung Brüstung. Er versuchte, ihrem Blick zu folgen. Da merkte er, dass es nicht die Fotos waren, auf die sie starrte. Es war die Zeitung, der Boulevardtitel, den Marcel ihm mitgebracht hatte.

»Der ist auch tot?«, sagte sie wie zu sich selbst.

»Mannsen? Kannten Sie ihn?«

Sie antwortete nicht gleich, griff nach der Zeitung, las die Zeilen, sah das Profilfoto.

»Der Mann hier, ist der tot?«

Die Dame war ein Wrack, so viel sah Jay.

»Ja, der ist tot, kannten Sie ihn?«

»Nein«, sagte sie leise, legte die Zeitung wieder hin. »Alle tot, die ganzen Menschen.«

Sie sah zu Boden und schluchzte.

»Wir gehen davon aus, dass das alles der gleiche Täter ist«, sagte Jay.

»Wieso hat er nicht mich umgebracht?« Sie begann zu weinen.

»Ich denke, er kannte seine Opfer. Er bringt nicht irgendwen um, er hat ein System. Aber mehr wissen wir noch nicht.«

»Oder er bringt mich noch um«, meinte die Frau, wieder mehr zu sich selbst. Eine Träne fiel auf das Zeitungspapier, sie wischte sie weg, kramte ein Taschentuch aus ihrer Handtasche.

»Wie gesagt, das denke ich nicht, es ging dem Täter um Britta Djorovic, nicht um Sie.«

»Er kommt auch zu mir, es wird auch zu mir kommen.« Sie suchte das erste Mal Blickkontakt zu Jay. »Ich habe Angst vor ihm, er war so … Er war so böse.«

Jay hörte Marcels Stimme im Hintergrund. Ob Djorovic anderweitig mit der Kanzlei verbunden gewesen sei? Die Augen ließ Jay nicht von dem Nervenbündel vor sich.

»Beschreiben Sie meinem Kollegen gleich genau, was heute Nacht passiert ist. Dann kriegen wir ihn.«

»Nein, ich muss weg, ich muss schnell weg, bevor er mich holen kommt.« Jay beneidete Marcel nicht um das bevorstehende Gespräch. Die Relevanz der Zeugin ließ sich schwer einschätzen, schnell ginge es mit ihr auf jeden Fall nicht.

»Warum sollte er Sie holen kommen?«

»Ich weiß es nicht, ich will doch nur …« Sie brach mitten im Satz ab. »Ich will doch nur leben, ganz einfach, mehr will ich ja gar nicht mehr. Zur Arbeit gehen, nach Hause gehen, mehr nicht. Ich tue doch keinem was.«

Sie sah Jay an, als erhoffe sie sich eine Antwort von ihm, als könne er sie beruhigen, ihr die Sorge nehmen, die er nicht verstand.

»Ich habe doch keinem jemals was getan!« Sie setzte sich in einen der Theatersessel.

Einen Moment blieb er hinter ihr stehen, betrachtete sie, zusammengefallen, ins Nichts starrend. Ogottogott, begann sie zu stammeln, wippte mit ihrem Oberkörper vor und zurück, wiederholte Ausruf und Bewegung, vor und zurück, Ogottogott, als sei sie Amme ihrer selbst, im Versuch, durch ihr eigenes Wiegenlied zur Ruhe zu kommen. Er erblickte ihren Nacken, es durchfuhr ihn. Es war der erste Nacken, den er seit Langem sah, der erste lebendige Nacken, ein Nacken ohne Punkt.

Marcel platzte in die Szene.

»Djorovic war keine Mandantin und hatte auch sonst nichts mit Klausing zu tun.«

»Sicher?«

»Ja. Aber sie war Psychologin, auch am Gericht.«

Jay sah auf die Uhr. In einer halben Stunde sollte das Case Team Meeting beginnen. Er räumte die Bilder zusammen, nahm die Zeitung, sah noch einmal zu der zitternden Frau im Sessel, bat Marcel, sie nach der Zeugenaussage nach Hause zu fahren.

»Wir finden ihn.«

46

Kaleidoskop

Es war ein Kaleidoskop, dachte Jay. Man drehte und sah durch das runde Fenster zwei Tote im Hotelmilieu, lila und orange leuchtete es zwischen der glatten und mattierten Glasplatte, drehte wieder, und das Bild änderte sich, bewegte sich in alle Richtungen, hellblaue und dunkelblaue Kristalle schoben sich auf die Sichtfläche, drei Mandanten um ihren Anwalt, symmetrisch, drehte wieder und sah – was? Rot kam dazu, drehte sich hinein, verwoben in ein Gesamtbild, das immer bunter wirkte und zufällig wie jene Kaleidoskopbilder. Irgendeinen Sinn musste es aber haben. Noch einmal wollte Jay nicht drehen müssen.

Vor dem Kommissariat warteten bereits zwei Reporter, *nur eine kurze Einschätzung*, Jay ignorierte sie. Auch drinnen mehr Trubel als sonst, Kollegen liefen über die Flure, telefonierten, schienen zu warten, ohne zu wissen, worauf.

Der Konferenzraum war voll, die Luft stand jetzt schon. Martha lehnte an der Wand, tippte auf ihr Handy. Stimmen sprachen durcheinander und verstummten trotz Jays Anwesenheit erst einmal nicht. Er deutete es als gutes Zeichen.

Was der Unterschied zwischen der Spalte Ereigniszeit und Ereigniszeitraum sei, fragte eine Sachbearbeiterin. Wie es mit der ZMR-Abfrage aussehe? Der Brother sei nicht im Netzwerk, Drucken immer über den Laserjet Pro. Häusler – ja, Hegemann – ja, Hirsch – ja, Gatow – ja. Jay sah Sonya,

211

die hinter einem Kollegen mit Laptop stand und ihm über die Schulter blickte. Er stellte seinen Kaffee ab, ging nach vorne.

Allmählich wurde es ruhig. Jay drückte auf sein Handy, der Trommelwirbel ertönte, erneut die Musik aus dem Theater. Er ließ sie unkommentiert, ging zur Wand, nahm Ausdruck nach Ausdruck aus seinem Stapel und heftete die Bilder auf die leere Fläche.

Dann fasste er zusammen. Große Opernmusik, Djorovic auf der Bühne, mit Rahmen um den Hals. Roter Punkt. Wieder eine Inszenierung, wieder ein Ritual. Der Mord selbst habe nicht im Theater stattgefunden, sondern Stunden zuvor. Aufgelauert, betäubt, entführt, ermordet, inszeniert. Das bekannte Schema. Was sie über das Opfer wüssten?

Einer der Kollegen, in dessen Oberarme die von Jay zweimal gepasst hätten, stand auf und ging zum Board. Auch er hatte Bilder in der Hand, die er neben Jays Fotos der Leiche hängte.

»Britta Djorovic, 62 Jahre alt. Hat als Psychologin gearbeitet, unter anderem am Gericht, jahrelang. Hat Gutachten erstellt, viel für Familiengerichte, auch Strafgerichte.«

»Für Opfer oder Täter?« Eigentlich war das klar getrennt, das wusste Jay. Als Psychologin war man für die Einschätzung vermeintlicher Opfer zuständig, um die Angeklagten kümmerten sich die Psychiater. In Berlin handhabe man das jedoch aus unerklärlichen Gründen anders – Jay vermutete eine Kombination aus Budgetknappheit, Organisationsunfähigkeit und der ortsüblichen Skepsis gegen feste Regeln.

»Beides.« Der Mann sah auf einen Zettel in seiner Hand. »Zuverlässigkeit von Zeugenaussagen, Schuldfähigkeit, Risikoeinschätzungen.«

»Und sie hat nichts mit diesem Anwalt zu tun?« Martha meldete sich zu Wort, stand immer noch ganz hinten im Raum, ein Bein an die Wand gelehnt, ihr langer schwarzer Rock wölbte sich auf Kniehöhe nach vorne.

»In keinem Fall von Klausing war sie Gutachterin. Und sie war auch keine Mandantin.«

»Und andere Verbindungen?«, fragte Jay.

»Wir sind dabei. Aber das sind extrem viele Verfahren, oft war sie nur als Zweitgutachterin beteiligt, das ist schwer, alles …«

Sonya unterbrach ihn. »Pohl Djorovic, nichts gefunden, Pfaffinger Djorovic, nichts gefunden, Mannsen Djorovic, nichts gefunden. Schau die Listen gerne selbst noch einmal durch.«

Jemand legte ihm einen Stapel Papier hin, seitenweise Namen, Jahreszahlen. Jay begann zu blättern. Die Musik war längst aus, doch in seinem Kopf hallte sie nach. Sie übertönte das Geklicke und Getippe, für einen Moment sogar den Referenten vor ihm, der jetzt Djorovics Werdegang und offensichtliche Fakten aus ihrem Privatleben vortrug. Eher unbewusst nahm er die Namen vor sich wahr, überflog die Listen, dachte dabei nach. Ob er Franziska fragen sollte? Vielleicht konnte sie irgendeinen Bezug erkennen. Es war unwahrscheinlich.

Es ging jetzt um den gestrigen Abend, der Täter hatte Djorovic aufgelauert, wusste, wo er sie am besten entführen konnte. Es war ein verdammter Perfektionist, er hatte einen Plan, den er akribisch umsetzte. Und er hatte sich verdammt lange vorbereitet. Er hatte gewusst, wo Pohl spazieren ging. Er hatte gewusst, wie er in Pfaffingers Hotel kam. Wann der Anwalt alleine zu Hause war. Er hatte Mannsen gefunden. Er hatte gewusst, wann die Putzkräfte morgens ins Theater kamen und von welcher Firma sie waren. Und offensichtlich auch, wo er Djorovic abpassen konnte.

Während Jays Gedanken also eigentlich ganz woanders waren, nahm sein Gehirn nebenbei einen Namen nach dem anderen auf, prüfte ihn jeweils, befand ihn für unverdächtig und riss Jay daher auch nicht aus seinen Gedanken. Bis der eine Name kam. Ein Name, der nicht im ersten Moment aufblinkte, den das Gehirn aber doch gespeichert hatte und der in einem millisekundenlangen Prozess des Inverbindungsetzens so heiß wurde, dass Jay unvermittelt den vorne Vortragenden unterbrach.

»Das gibt es doch nicht.«

Alle Blicke richteten sich auf ihn.

»Das ist der Zusammenhang.«

Keiner sprach, die Stille forderte ihn auf weiterzureden.

»Britta Djorovic hat nichts mit Klausing zu tun. Und auch nicht mit Mannsen. Aber zumindest indirekt mit Ascandy.«

Die Kollegen drängten sich um seinen Platz.

»Wieso?«, fragte Martha.

»Sie war 1995 Gutachterin in einem Prozess gegen einen der Ascandy-Gründer.«

»Pohl?«

»Nein.«

»Pfaffinger?«

»Siegfried Böhm.«

47

Abschied

Vinyljunkie, hatte der Mann mit den drei Muttermalen gesagt. Die Apothekerin verstand ihn nicht. Woodstock, Stones, Plattensammler sei er. Sie sah ihn fragend an. Zu jung, in ihrer Welt gab es nur noch CDs, über Take That hätte er mit ihr reden können, aber das war eben auch der Vorteil: Von Platten hatte die keine Ahnung. Zum Reinigen der alten Schallplatten benötige er das Chloroform. Sie musterte ihn, fragte bei einer Kollegin nach, gemeinsam gingen sie nach hinten. Es dauerte einen Moment, dann kam sie zurück. Ließ ihn ein Formular ausfüllen, reichte ihm die Flasche über die Theke. Chloroform, ein Liter. Er solle vorsichtig sein, die Dämpfe verursachten in hoher Konzentration Bewusstlosigkeit. Na klar, vielen Dank.

Jetzt lag die Flasche auf dem Beifahrersitz neben ihm im Auto, ein paar Stunden erst war es her. Die Straßenlaternen zogen links und rechts vorbei durch die Berliner Nacht. Im Radio gongte es zu den Nachrichten, *es ist 22 Uhr*. Er stellte das Radio aus. Wahrscheinlich wäre es nicht um ihn gegangen, heute – morgen vermutlich schon. Morgen würden sie von der Verurteilung sprechen, würden die Jahre nennen, die der Hotelgründer ins Gefängnis müsse, schuldig gesprochen. Schuldig gesprochen von einem Richter, der ihm nie eine Chance gegeben hatte. Schuldig gesprochen einer Vergewaltigung, die er immer abgestritten hatte. Die keine Vergewaltigung war. Die nichts, nichts, gar nichts war, was ihm keiner glaubte. Außer dem Großen vielleicht, aber auch der wäre weg. Netti weg, Sohn weg, Tochter weg. Er war es so oft durchgegangen.

Er geriet beinahe in einen Rausch. Immer wieder musste er die Tachonadel bremsen, bretterte durch die breiten Straßen, einmal noch. Er spürte keine Reue, keinen Abschiedsschmerz, es war nicht, wie er befürchtet hatte. Zum letzten Mal an der Gedächtniskirche vorbei, zum letzten Mal über den Ku'damm. Es wäre vorbei, für immer, aber das war egal geworden, vollkommen egal, es bedeutete ihm alles nichts mehr. Retten musste er sich nur noch, sich und die Familie, das war sein letzter Auftrag. Er wollte es schnell hinter sich bringen.

Der Prozess hatte sich gezogen, über Wochen, unendliches Nachdenken, Durchspielen, Durchspinnen. Und dazwischen immer wieder die Erinnerung an diesen einen Abend, an den Spielplatz, die Schreie, er bekam sie nicht aus dem Ohr. Die Schreie des Mädchens, das er für verrückt hielt und das während des Prozesses überhaupt nicht mehr verrückt wirkte. Glaubhaft sei sie, seine Version wirke unglaubwürdig, dabei war es umgekehrt, sie wusste es, er wusste es, und die Gutachterin musste das doch auch merken.

Nicht einmal bei Netti war er sich noch sicher. Am Anfang, ja, da hielt sie zu ihm. Dann kamen die Fragen. Der Nachbarn, der Freunde. Die Kinder bekamen Probleme, so etwas blieb nicht geheim. Sie bat ihn, vorübergehend auszuziehen, bis *alles geklärt* sei, *wegen der Kinder*, flehte ihn an, weinte. Es war so schwer. *Papa*, rief die Kleine, der Große riss ihn am Arm. Er blieb stark vor den Kindern, erklärte, es sei nur vorübergehend, es sei besser so. Sobald er im Auto war, begann er zu heulen. Wie ein Schlosshund, erinnerte er sich, geheult wie ein Schlosshund.

Und dann saß er da, in dem einen Zimmer, sprach mit seinem Anwalt, musste vor Gericht, musste die Blicke aushalten, die ihn verurteilenden Blicke, hätte am liebsten ständig und jedem ins Gesicht gebrüllt, dass es nicht stimme, dass das ein Irrtum sei, ein fataler kompletter Irrtum. Wieso sollte er eine Frau vergewaltigen, wieso traute man ihm so etwas zu?

»Ich kann Ihnen nur sagen, wie der Staatsanwalt argumentieren wird«, hatte sein Anwalt geantwortet. O ja, der verdammte Staatsanwalt, der seine Anklage durchbekommen wollte und Böhm nie eine Chance gegeben hatte. »Das Mädchen hat keinerlei Motivation für eine Falschaussage, wirkt emotional stabil. Sie hingegen: Eheprobleme, Perspektivlosigkeit im Job, Scherbenhaufen der beruflichen Existenz.«

Oh natürlich, von den beiden anderen konnte er keinen Schutz erwarten. *Bestürzt* äußerten sich Hans und Karin zunächst, die ersten Tage beteuerten sie, so eine Tat *dem Siegfried niemals* zuzutrauen. Auf Nachfrage erzählte er dann doch von *zunehmender Isolation*, und sie sprach von *seltenen, aber intensiven Ausbrüchen*. Öffentlich aufgegeben hatte Ascandy ihn nie, man wolle das Urteil abwarten. Morgen wäre das Warten vorbei. Und dann wäre er weg. Als verurteilter Straftäter verlöre er seine Anteile, bekäme nicht einmal Geld dafür. Er hatte es so oft durchgespielt.

Es war, wie wenn man versuchte, sich das Universum vorzustellen. Er hatte das als Kind gemacht, man dachte an das Haus, den Ort, das Land, den Kontinent, zoomte immer weiter hinaus, die Erde, die anderen Planeten, und dann kam man immer an einen Punkt, an dem das Gehirn aussetzte, an dem es einfach nicht weiterdenken konnte. An dem Punkt war er jetzt oft.

Man würde ihn schuldig sprechen, er müsste ins Gefängnis. Er verlöre seine Anteile, sein ganzes Vermögen, das in diesen Anteilen steckte, sein Erbe, seine Sicherheit. Er hinterließe seiner Familie nichts als finanzielle Sorgen. Und Ächtung, gesellschaftliche Ächtung für den verdorbenen Vater. Netti gäbe ihn auf, er dürfte seine Kinder nicht mehr sehen, nicht einmal besuchen würden sie ihn, sie würden sich irgendwie durchs Leben schlagen, auf immer das Unglück und den Hass in sich tragen.

Er lenkte den Wagen in die wohlbekannte Straße. Es kam ihm vor, als sähe er sich selbst von oben, lenkend, schaltend, er handelte jetzt wie automatisiert. Man würde es ihm vielleicht als Überreaktion, als emotionale Verzweiflungstat auslegen. Ja, er war verzweifelt, verzweifelt wie kein zweiter Mensch. Und doch hatte es eine inhärente Logik, es ergab Sinn, es war unumgehbar, ein bitteres Ende, zu dem es keine Alternative gab. Denn bei der Alternative setzte das Gehirn aus, er hatte es ja so oft durchgespielt. Wie ein Wissenschaftler den Aufprall eines Kometen auf die Erde berechnete, so berechnete er den Aufprall heute Abend. Es war auch eigentlich nicht er, der das Ganze hier veranstaltete, er führte aus, was unausweichlich war.

Er sah auf den Beifahrersitz. Dann öffnete er die Flasche, tunkte mehrere dicke Tücher in die stinkende Flüssigkeit, schloss den Deckel ordentlich. Irgendwo hatte er gelesen, dass das schon reichen würde, aber er wollte auf Nummer sicher gehen. Er öffnete das Handschuhfach und griff nach der Pistole.

48

Kriminalakte

Jay starrte auf die Tür, wartete auf die Rückkehr des Kollegen, wartete auf die Akte. Digital gab es nur die Rahmendaten, der Fall lag zu lange zurück, Sonya war machtlos. Jay hatte jemanden runter ins Archiv geschickt, so lange wühlten sie sich durch online verfügbare Zeitungsartikel.

»Ich habe was aus dem *Tagesspiegel*, 95.« Die Kollegin begann zu lesen. »Am 28. September 1994 wurde Siegfried B. direkt nach der Tat festgenommen, da keine Fluchtgefahr bestand, aber wieder freigelassen.«

»Wann war der Prozess?« Jay ging auf und ab.

»Ging glaube ich Anfang 95 los«, sagte Sonya, dann fiel ihr der junge Kollege ins Wort.

»Am siebten April 1995 sollte das Urteil gefällt werden, am sechsten April fuhr Böhm zur Wohnung seiner Familie, richtete ein Blutbad an, tötete erst seine Tochter, seine Frau, dann sich selbst. Habe einen *Stern*-Artikel.«

Böhm war es, um Böhm ging es die ganze Zeit. Der dritte Gründer. Den, den Pfaffinger nicht in der Präsentation hatte haben wollen. Sie hatten die Spur außer Acht gelassen, zwanzig Jahre tot, sie hatten unterschätzt, wie weit zurück das alles ging. Der Kollege las weiter.

»Zunächst betäubte er seine Opfer mit Chloroform, dann erschoss er die beiden und sich selbst.«

»Chloroform, wie unser Mann.« Jay blickte zu Sonya.

In diesem Moment wurde die Tür aufgerissen, der Kollege hatte den beigefarbenen Einband in der Hand. Böhms Kriminalakte. Jay öffnete die Mappe und verteilte die Seiten. Ermittlungsberichte, Zeugenaussagen, er selbst nahm sich das Gutachten von Djorovic vor.

»Böhm hat bis zuletzt behauptet, dass er unschuldig ist. Dass die Frau verrückt ist«, rief jemand in den Raum.

Jay las das Gutachten. Djorovic hatte mit dem Opfer der Vergewaltigung gesprochen, Peggy Kath. Hielt ihre Aussagen für glaubwürdig. Anschließend hatte sie ein Gutachten über Böhm erstellt. *Emotional instabil* las Jay da, *Kontrollverlust, beruflicher Stress.* Sie hatte Böhms Unschuldsthese keinen Glauben geschenkt.

»Was für Probleme hatte Böhm bei Ascandy? Wissen wir was dazu? Haben Pohl und Pfaffinger ausgesagt?«

»Nein, waren nicht als Zeugen geladen. Nur über die Presse haben die sich geäußert. Böhm hat sich wohl immer mehr zurückgezogen.«

Jay und Sonya sahen sich an, als könnten sie aus dem Gesicht des anderen irgendeinen Hinweis bekommen, als hälfe der angestrengte Blick des Gegenübers bei der Verfertigung der eigenen Gedanken.

»Böhm steht wegen Vergewaltigung vor Gericht, Djorovic glaubt dem Opfer, hält ihn für unglaubwürdig«, murmelte Jay.

»Böhm hat Angst vor der Verurteilung, tötet sich und seine Familie.« Sonya stieg ein.

»Also ist Djorovic an allem schuld, Djorovic muss sterben.«

»Zwanzig Jahre später?« Martha meldete sich von hinten.

»Aber nicht nur sie, da sind noch mehr Schuldige.« Sonya redete, doch löste ihren Blick nicht von Jays Gesicht. »Es wäre gar nicht erst so weit gekommen, wenn er nicht die Probleme im Job gehabt hätte.«

»Also sind auch Pohl und Pfaffinger schuld«, sagte Jay.

»Und der Anwalt?«

»Freund von Pohl, Anwalt von Ascandy, vielleicht gab es da auch Probleme.«

»Nur Mannsen ergibt keinen Sinn. Was hat er gegen Mannsen?«

»Und wer ist er?« Martha schaltete sich noch einmal ein. »Wer will sich da rächen? Böhm ist tot, seine ganze Familie ist tot.«

»Jemand, der ihm sehr nahestand. Jemand, der damals darunter gelitten hat und bis heute leidet. Eigentlich sieht es nach einem Familienangehörigen aus.«

»Aber die ganze Familie ist tot!« Martha wurde lauter.

»Nein«, rief einer der Kollegen und drehte seinen Bildschirm. Ein Zeitungsartikel, unter dicken Lettern das Foto. Jay war sich sicher, in die Augen des Mörders zu blicken.

49

Vermisst

Wo war er? Irgendwo musste er sein. Der Mann mit den Muttermalen wollte seinen Namen schreien, blieb stumm. Er war leise, wollte das ohne Gewalt machen. Daher blieb ihm nur das Überraschungsmoment. Eben hatte es ja auch geklappt. Er schlich die Treppe hoch, war auf einmal doch wieder nervös, aber nur weil es noch nicht vorbei war, nicht so schnell ging wie erwartet. Er sah die offene Tür des leeren Schlafzimmers, das Schlafzimmer, in dem er so viele Wochen nicht mehr geschlafen hatte. Vielleicht würde er sich nachher noch einmal dort ins Bett legen. Besser nicht, er würde weinen, und es war sein fester Plan, nicht mehr zu weinen, das Weinen war durch, jetzt musste das hier nur noch zu Ende gebracht werden, und alles wäre vorbei.

Er ging weiter den Flur entlang, ganz leise. Wäre der Große nicht schon runtergekommen? Einen Moment hatte Netti geschrien, die Sekunde nachdem er Anna das Tuch auf die Nase gedrückt hatte, die paar Augenblicke, bis auch Netti selbst bewusstlos wurde. Es war eine seiner Hauptsorgen gewesen, die Reihenfolge. Hätte er es sich aussuchen können, wären sie alle gleichzeitig eingeschlafen, hätte niemand vom anderen etwas mitbekommen. Aber so ging es nicht, jemand musste der Erste sein und jemand der Letzte, und seinen Kindern wollte er den Anblick ersparen, sie mussten zuerst, Netti konnte er die zwei Sekunden Angst nicht nehmen. Es tat ihm leid. Zu seiner eigenen Verwunderung hatte er sich bei den Kindern nicht dafür entschieden, mit der Tochter anzufangen, obwohl sie jünger war, gerade dreizehn. Erst Johannes, dann Anna. Er wusste, wie sehr sein Sohn ihn liebte, wie sehr sein Sohn für ihn kämpfte, es wäre ihm noch so viel peinlicher gewesen, er hätte sich noch so viel mehr vor ihm geschämt als vor den anderen. Johannes, dann Anna, dann Netti. Das war der Plan. Anna, dann Netti war die Umsetzung. Denn Johannes war nicht da.

Der Mann stand vor der Zimmertür, versuchte in den Raum zu hören, hörte nichts. Vielleicht Walkman und Kopfhörer, vielleicht schlief er auch schon. Er drückte die Türklinke herunter, sah durch den schmalen Spalt in den Raum. Dunkel. Er schob die Tür weiter auf, ging zum Bett, hatte das Tuch schon in der Hand – leer. Er wurde ungeduldig, ging zurück zur Tür, knipste das Licht an. Sah das leere Bett, den leeren Raum. Johannes war nicht da.

Es konnte nicht sein, er hatte extra angerufen, Netti war es nicht recht gewesen, aber er wollte noch einmal mit dem Großen telefonieren. Sie würden einen Spieleabend machen, hatte der erzählt. Das passte gut. Doch wo war er jetzt? Der Mann rannte durch die Wohnung, wurde panisch. Es ging so nicht auf, es ergab keinen Sinn. Im Badezimmer: niemand. Annas Zimmer: leer. Er konnte sich nicht mehr zurückhalten. *Johannes*, schrie er, lief sogar hoch auf den Speicher, natürlich war er auch dort nicht. *Johannes*. Er verlor jegliches Zeitgefühl, war er seit fünf Minuten hier? Seit fünf Stunden? *Johannes*. Oben war kein Mensch, er stürmte die Treppe wieder hinunter.

Als er das Wohnzimmer betrat, glaubte er kurz an ein Déjà-vu, ganz weit entfernt war da was in seinem Kopf. Aber es war kein Déjà-vu. Es erinnerte ihn an früher, als er von

223

der Arbeit kam und sich die drei einen Spaß daraus gemacht hatten, sich zu verstecken, sobald sie ihn kommen hörten. Jetzt lagen Anna und Netti kopfüber gebeugt auf der Tischplatte, das Spiel noch aufgebaut. Nervös blickte Böhm auf den Spielplan. Scheine, Karten, Holzfiguren – zwei Spieler, nur zu zweit hatten Anna und Netti noch gespielt. Was sollte er machen, warten?

Er ging zum Alkoholschränkchen und goss sich einen Klaren ein. Er blickte aus dem Fenster, niemand weit und breit. Hier hatte ihn der Große schon einmal überrascht, damals im Winter, als er vom Essen mit Hans und Karin gekommen war. In der Wohnzimmerlampe spiegelten sich die drei Muttermale auf seiner Backe, die drei liniengeraden Punkte. Er spielte mit der Pistole in seiner Hand. *Bitte, bitte, bitte, Johannes, bitte komm, Johannes.* Die Ruhe machte ihn wahnsinnig, seine Frau lag da, seine Tochter, keiner redete, hier war immer geredet worden. Er hielt sich die Waffe an die Schläfe, starrte nach draußen, nahm sie wieder runter. Sehnsüchtige Blicke zur Haustür. Er griff noch einmal zur Flasche. Jetzt war er doch nervös, jetzt war er der schwitzende, zitternde Zauderer, dabei war es erst so gut gelaufen, so kalt und klug. Er haute gegen die Scheibe, dreimal, mit der flachen Hand. *Johannes*, brüllte er wieder, dann wurden seine Augen glasig. Ausgerechnet Johannes, sie konnten doch nicht ohne Johannes gehen! Das hatte er nicht gewollt, so hatte er sich das nicht vorgestellt. Er warf die Flasche Korn gegen die Wand, sie zerschellte am Mattgelb des Wohnzimmers. Panik, das war Panik, redete er sich ein, das musste aufhören, keine Panik, alles wird gut, ganz bald ist alles vorbei. Wie oft er sich nach dem Tod gesehnt hatte, die letzten Wochen und Monate. Es war immer der Notausgang, wenn nichts mehr ging, wenn alles schieflaufen sollte, gab es immer noch die eine Option, mit der man alles beenden konnte. Dann hörte er ein Geräusch.

Blitzschnell drehte er sich um, riss den Revolver in die Luft. Die Haustür war zu, es kam nicht von dort. Am Tisch regte sich etwas, er sah seine Tochter von hinten, sie begann zu husten. Er hatte nicht viel von dem Zeug genommen, es sollte ja nur kurz betäuben, den Rest hatte er schnell und schmerzlos mit der Waffe erledigen wollen. Sie würde aufwachen, sie und dann auch Netti. Der Lappen, wo war der Lappen? Reichte das überhaupt noch? Er hörte das Husten. Er hörte die Schreie auf dem Spielplatz. In seinem Kopf stieg die Lautstärke an, immer lauter, er hörte den Hammer, die emotionslosen Gerichtsrituale. Wo war Johannes? *Johannes!* Die Tochter war noch nicht bei Bewusstsein, der Kopf lag weiter auf dem Tisch. Gefängnis. Nein, er würde nicht ins Gefängnis gehen, sie hatten ihm alles genommen, den Triumph bekamen sie nicht. Ein Brummen übertönte alle Geräusche in seinem Kopf, ein großes, lautes Brummen, und es nahm auf einmal die Angst, Schwarz wurde Weiß, die Hand wieder ruhig. Dann war es ganz leise. Er streckte seinen Arm aus, feuerte einen Schuss, noch einen, dann änderte er die Richtung, schoss wieder und wieder und wieder. Drehte sich zum Fenster, blickte nach draußen, hielt sich den Lauf an die Schläfe und drückte ab.

50

Gleichzeitigkeit

Familiendrama: Nur Johannes (16) überlebt! Die Zeilen waren hart. Der Jugendliche war nach Hause gekommen, nichts ahnend, fand Vater, Mutter, Schwester tot im Wohnzimmer. Kam in ein Heim, dann verlief sich die Spur. Den haben sie nicht wieder hingekriegt, dachte Jay. Aber wieso erst jetzt, wieso nach zwanzig Jahren? Auch die Farben, die Szenen, das ergab alles keinen Sinn.

»Ich rede mit der Zielfahndung«, sagte Marcel.

Jay blätterte noch einmal in der Prozessakte. Der würde sich nicht so einfach fangen lassen, solche Täter entschieden selbst, wann sie fertig waren. Wann war er fertig?

»Tu das. Aber wer könnte das nächste Ziel sein? Wem gibt er noch die Schuld am Abstieg seines Vaters?«

»Dem Richter?«, meinte jemand.

»Der Mord fand am Tag vor dem Urteil statt. Der Richter hatte noch nicht entschieden.«

»Der Staatsanwalt. Von dem Böhm angeklagt wurde.«

»Helmut Dahne, damals 63.« Jay hatte mit der Antwort bereits gerechnet. »Könnt ihr den bitte checken?« Er blickte in die Runde. »Aber wenn der Junge seinen Vater für unschuldig hält. Wenn er glaubt, dass sein Vater nichts gemacht hat, das Gutachten falsch ist, die Arbeitgeber schuld sind an der mentalen Verfassung. Wer ist dann am allermeisten verantwortlich für den ganzen Prozess?«

»Diejenige, ohne die es keinen Prozess gegeben hätte.«
Sonya begann in den Papieren zu wühlen. »Peggy Kath.«

»Genau, das Opfer, damals gerade 22.« Mehr musste er
nicht sagen, Laptoptasten begannen zu klacken.

»Staatsanwalt: negativ«, hörte Jay, »der ist vor fünf Jahren gestorben.«

Er begann, wieder auf und ab zu gehen, Jay machte das
immer, wenn er nachdachte, merkte es gar nicht, nur wenn
die Kollegen ihn baten aufzuhören, heute traute sich niemand. Peggy Kath. Mitte vierzig war sie inzwischen. Ob sie
von den anderen Morden gehört hatte? Spätestens seit heute war es Stadtgespräch. Wobei die Namen Pohl und Pfaffinger ihr nichts sagen mussten, die hatten mit dem Prozess
nichts zu tun. Klausings Rolle war auch unklar. Mannsens
erst recht. An Djorovic müsste sie sich auf jeden Fall erinnern, die war aber noch nicht in der Presse. Noch nicht.
Wenn das raus wäre, wüsste Peggy, dass sie gejagt wurde.
Der Täter musste sich beeilen.

»Hm?«, sagte Sonya auf einmal. »Also entweder zu Peggy
Kath ist hier im System etwas falsch abgelegt ...«

Sie machte eine Pause, klickte sich weiter, hoffte den Ur-
sprung des Fehlers direkt zu erkennen.

»... oder ...«

Jay starrte auf Sonyas Mund, wartete auf das Stück Information, das er zum Weiterdenken brauchte.

»Oder sie wurde gerade eben hier im Kommissariat als
Zeugin vernommen!?«

Jay wurde heiß. »Marcel!«

51

Vernehmung

Sie hetzten über den Flur. Jay wusste nicht einmal, wer ihm alles gefolgt war, hatte keine Zeit, sich umzudrehen. In seinem Kopf nur Marcel und die weinende Frau von vorhin, die Angst hatte, Angst, geholt zu werden. Die wusste, warum Johannes Böhm auch hinter ihr her sein würde. Sie hatte seinen Vater damals angezeigt. Jay war sich nicht sicher, in welchen Verhörraum Marcel mit ihr gegangen war. Das erste Zimmer stand offen, niemand war darin. Das zweite war belegt, Jay klopfte. Zwei Kolleginnen blickten vom Monitor hoch, gegenüber ein älterer Herr, optisch nicht weit entfernt von Louis de Funès auf dem Plakat in seinem Rücken. Wo Marcel sei? In der Drei. Jay schloss die Tür wieder und ging zum nächsten Raum. Zu. Kurz drehte er sich um, sah Sonya, zwei Kollegen. Gleich würde alles Sinn ergeben, gleich hätten sie Peggy, wüssten, was 1994 passiert war, würden sie schon zum Reden bekommen und hätten sie vor allem gerettet. Vor einem kleinen traurigen Jungen, der zu einem großen wütenden Mann geworden war. Ruckartig zog er die Tür auf, blickte in den Raum und ... erschrak. Der ungemütliche Plastikstuhl mit dem polizeigrünen Polster, leer. Peggy Kath war nicht mehr da. Und Marcel auch nicht. Nur die Schreibdame – und diesen veralteten Ausdruck hatten sie hier immer noch – saß vor ihrem Monitor. Marcel fahre die Zeugin gerade nach Hause. Natürlich, Jay fiel die Empore im Theater ein, er hatte ihn darum gebeten. Er wählte Marcels Nummer an. Endloses Tuten. *Komm schon, Marcel.* Dann die Mailbox. Jay steckte das Telefon ein. Er war nervös. Sein Assistent saß vermutlich gerade in einem Wagen mit der Frau, die aller Voraussicht nach im Visier eines Psychopathen war. Und hatte davon keinen Schimmer.

52

Wedding

Seitenstraße vonne Krachmacher«, sagte die Kollegin auf der Rückbank.

Das Blaulicht bahnte ihnen den Weg. Durch den Wedding konnte man gar nicht schnell genug fahren, gerade hier oben. Nach dem Leopoldplatz wurde es ungemütlich. Je billiger die Bierpreise, desto häufiger mussten sie anrücken. Wo die Tafeln vor den Kneipen das große Bier für vier Euro anpriesen, war Ruhe, wo man es für eins siebzig bekam, mancherorts plus Kurzen obendrauf, war Ärger. Krachmacherstraße nannten sie es polizeiintern.

Jay saß auf dem Beifahrersitz, starrte auf sein Display, Marcel hatte sich noch nicht zurückgemeldet. Nicht mobil, nicht über Funk.

»Ui, kiekma, ’n neuet, da rechts. Mussma sich merk’n«, hieß es von der Rückbank. Der Fahrer grinste. Jay sah aus dem Fenster, übliche Läden, Passanten, dann zum Fahrer.

»Ein Wettbüro, das du nicht siehst. Haben wir hier früher gespielt, wenn nichts los war in Abschnitt 35.«

Jay kommentierte nicht, war zu angespannt für Flapsigkeit. Er versuchte noch einmal, über Polizeifunk Kontakt zu Marcels Wagen zu bekommen, keine Rückmeldung. Ob er noch bei ihr war? Hatte er sie bis zur Haustür gebracht oder bis in die Wohnung? In der ganzen Straße stand kein Polizeiwagen.

Das Haus war Platte, vereinzelt schmückten Blumenkästen die abblätternde Fassade, öfter: Flaggen. Hertha, Türkei, Deutschland. Die Kollegin sollte im Wagen bleiben, versuchen Marcel zu erreichen, zu zweit gingen sie zum überdachten Eingang.

Im ersten Stock war ein Fenster offen, ein Unterhemdrentner lehnte rauchend über der Brüstung, von irgendwo hörte man dumpfes Rumsen, normal hier. Albrahin. Damerow. D'Elsa/Körner. Gurov. Kath. Jay klingelte.

Wo würde er sie suchen, wenn sie nicht da wäre? Wenn sie wirklich abgehauen war, aus Angst, die Nächste zu sein. Der Kollege blickte auf den Bogen mit Peggys Zeugenaussage in seiner Hand. *Ruhe da*, hörte Jay es aus einem der offenen Fenster schreien.

»Gehen wir trotzdem rein?«, fragte der Kollege.

»Wir warten noch kurz.«

Jay starrte auf die metallenen Schlitze der Sprechanlage. Komm schon, dachte er, komm raus. Dann das vertraute kurze Rauschen.

»Hallo?«

Jay und der andere sahen sich an. Es war eine Männerstimme.

»Wir würden gerne mit Peggy Kath sprechen.«

»Peggy«, rief der Mann in die Wohnung. »Peggy.« Jay war erleichtert. »Moment bitte, meine Frau ist gerade im Bad, ich sage ihr Bescheid.«

»Könnten Sie uns schon mal …« Jay wurde vom erneuten Rauschen der Sprechanlage unterbrochen. Der Mann hatte eingehängt.

Die Kollegin blickte aus dem Wagen zu ihnen, streckte fragend den Daumen hoch, dann runter. Jays Begleiter beantwortete die Frage stumm, Daumen hoch. Kinder fuhren

231

mit ihren Rädern an dem Einsatzwagen vorbei, die Jungs oberkörperfrei, es war noch immer heiß, nur die Sonne kam heute nicht raus. Die Wolkendecke schien die Schwüle nach unten zu pressen. Aus dem Fenster des rauchenden Unterhemdrentners drang Fernsehwerbungshektik.

»Meine Frau ist gerade im Bad«, wiederholte Jay, drehte den Kopf. »Hatte die nicht im Vernehmungsprotokoll angegeben, sie sei ledig?«

Sein Gegenüber blickte noch einmal auf das Papier.

»Ledig, keine Kinder.«

Jay klingelte erneut. Er wartete dieses Mal nur wenige Sekunden, dann klingelte er wieder. Nichts geschah. Dreimal drückte er schnell hintereinander. Dann alle Klingeln.

»Polizei, öffnen Sie die Tür«, rief er dem Rentner zu. Wenige Sekunden später summte es.

Zu zweit rannten sie das Treppenhaus hoch, erster Stock, hörten eine Tür, froren ein.

»Watt soll'n der Lärm hier? Erst ditt Jepolter da ohm und dann in Treppenhaus. Hier wird nich jerannt!« Sekunden später sah eine kleine dicke Frau mit kurzen roten Haaren einen Revolverlauf und einen auf den Mund gelegten Zeigefinger vor sich.

»Pssst«, flüsterte Jay, »schließen Sie die Tür.«

Sie gingen weiter, ein Stockwerk noch, in der Drei musste Kath wohnen, da war das Klingelschild.

»Machen Sie auf, Polizei«, polterte der Kollege. Keine Reaktion. Jay deutete ihm an, zur Seite zu gehen. Mehrfach trat er auf das Schloss ein, es hatte nichts mit Kraft zu tun, es ging um Technik und Willen, das hatte Jay gelernt, im Training war er auch schon erfolgreich gewesen, das war seine erste echte Tür. Wieder nahm er Anlauf, trat zu, hörte den Widerstand brechen. Die Tür schwang auf.

232

»Frau Kath«, rief Jay in die Wohnung. Stille. Mit gezogenen Waffen stürmten sie den Flur.

»Badezimmer: Sicher«, hörte Jay.

Er drehte sich mit einer schnellen Bewegung vom Flur ins Wohnzimmer. Hier war auf jeden Fall etwas passiert, ein riesiger Bücherstapel lag mitten auf dem Boden, Blutspuren auf dem Laminat. Er zielte hinter die Tür. Niemand.

»Schlafzimmer: Sicher«, rief der Kollege.

Das Sofa stand nicht ganz an der Wand, viel mehr Verstecke gab es hier nicht. Mit der Waffe voraus schlich Jay durch das Zimmer, richtete sie dann schnell hinter die Couch. Kisten, Krimskrams, keine Person. Er wollte den Raum schon wieder verlassen, als er noch einmal auf den Blutfleck sah. Es war kein Fleck. Es war eine Blutspur, ein Gerinnsel. Er folgte der dunkelroten Linie mit seinem Blick. Die Bücher, der Berg von Büchern mitten im Raum. Dann sah er den Fuß, den Fuß, der aus den Büchern ragte, die Hand. Er kniete sich auf den Boden, schob die Bücher zur Seite, warf sie nach links und rechts, grub aus, was da begraben war. Er sah in offene Augen, das vertraute Gesicht, fühlte den Puls. Einundzwanzig, zweiundzwanzig. Dann drehte er den Kopf und hatte traurige Gewissheit. Noch bevor er etwas sagen konnte, hörte er erneut die Stimme des anderen Polizisten.

»Die Balkontür in der Küche ist offen, da ist jemand.«

53

Hof

Sie stand auf und sah zur Tür, durch die der junge Polizist und die Protokollantin gerade gegangen waren. Mit dem Bericht in der Hand, in dem sie alles gesagt hatte, und doch nicht genug. So viel mehr hätte sie erzählen können, aber konnte es eben nicht. Sie setzte sich wieder auf den gepolsterten Plastikstuhl, stand noch einmal auf, ging zum Fenster, blickte in den Innenhof, Polizisten, Polizeiautos, und hatte trotzdem Angst. Jetzt konnte es nur noch böse enden. Entweder er würde sie finden, sie leiden lassen wie die anderen. Oder es käme alles heraus, es würde alles wieder aufgewühlt werden.

Egal, hier war sie in Sicherheit, hier würde sie niemand umbringen. Sie setzte sich wieder, hielt sich mit beiden Händen am Schreibtisch fest. *Peggy, Peggy, Peggy.* Sie zitterte schon den ganzen Morgen. Seit der Putzmann gekommen war. Und noch viel mehr, seit sie die Zeitung auf der Empore gesehen hatte. Aber es war so lange her, es war doch verjährt, vergessen. Und sie hatte bezahlt dafür, für alles. Sie hatte bezahlt mit den endlosen Stunden, die sie nachts wach lag, mit den Schuldgefühlen, mit der Einsamkeit, mit dem Traurigsein, mit dem Nichts, das sie war, oder eben mit alldem, was sie nicht sein konnte. Das Leben hatte sie ihren Fehler bezahlen lassen, sie waren quitt.

Wieder ging sie zur Tür, öffnete, sah hinaus auf den Flur.

Überall Polizisten, die würden auf sie aufpassen, das würden die doch. Aber sie hatten ihren Namen, sie hatten ihren verdammten Namen, der stand bestimmt noch in den Akten, sie würden sich alles zusammenreimen. Irgendwann würde die Stimmung kippen, sie würden sie festnehmen, wären grob, würden böse mit ihr sprechen und sie zwingen, alles zu sagen. Dabei wusste sie selbst ja nur die Hälfte, warum das alles, das hatte er ihr damals nicht gesagt.

Ogottogott. Sie verschränkte ihre Hände hinter dem Hinterkopf, versuchte sich mit ihren Unterarmen die Ohren zuzuhalten. Sie war doch das Opfer. Was sie damals hatte ertragen müssen und was sie heute Nacht hatte ertragen müssen. Es reichte für zwei Leben, dachte sie, was sie schon durchgemacht hatte, es reichte für zwei Leben.

Die Tür ging auf, der junge Mann und die Protokollantin kamen zurück, legten ihr das Protokoll hin, zum Unterschreiben. Peggy Kath. Sie hätte ihren Namen nicht sagen sollen, sie hätte ihnen das nicht geben dürfen. Sie wollten doch nur wissen, was nachts passiert war, das wollte der Polizist doch nur wissen. Und da hatte sie alles gesagt, nichts verschwiegen. Hätte sie nur einen anderen Namen.

Er bringe sie noch nach Hause, meinte er, reichte ihr ihre Tasche. Nach Hause, nur schnell nach Hause und dann ganz weit weg. Sie würde ihn so gerne bitten, sie direkt zum Flughafen zu fahren, mit Blaulicht, bis zum Flieger, geheim, und dann wäre sie weg, irgendwo, das war ihr ganz egal, in Kurdistan oder Chile oder Afrika, nur unerreichbar, unauffindbar, weg.

Die Aufzugtüren öffneten sich, der Polizist drückte den Knopf für das Erdgeschoss, den Knopf zum Türenschließen. Langsam ging der metallene Vorhang zu. Plötzlich schnelle Schritte auf dem Gang. Eine Hand reichte in den Aufzug. Jetzt

235

hatten sie es gemerkt, dachte sie, jetzt sperrten sie sie weg für immer. Die Türen gingen noch einmal auf, ein junger Mann stand vor ihnen, außer sich vor Atem, entschuldigte sich. Ihr Polizist fragte den anderen, wohin er müsse. Ins Archiv, meinte der, UG, sah den gedrückten Schalter des Erdgeschosses, sagte was von *Schneller per Treppe*, dann war er weg.

Der Hof, dachte sie im Auto, es gab noch immer den Hof. Ihre Halbschwester wohnte auf dem Land, Brandenburg, sie könnte dorthin, sich einnisten, niemandem davon erzählen. Sie lachte innerlich kurz auf, die Tränen noch in den Augen. Niemandem davon erzählen war gut, wem sollte sie denn davon erzählen? Jedenfalls könnte sie dorthin, im Garten helfen oder im Ort einen Job suchen, Friseurin, Kasse, einfache handwerkliche Tätigkeiten. Oder Wachdienst wie im Theater, nur nicht mehr nachts, das war gestorben. Sie würde alles machen, wenn sie nur die Angst loswürde. Der Hof, das war eine gute Idee. Es war die einzige Idee. Ihre Halbschwester trug nicht einmal den gleichen Namen wie sie. Sie müsste nur nach Hause, eine Tasche packen …

Ob sie schon lange im Wedding wohne? Der Polizist bemühte sich um ein Gespräch. Sie saßen zu zweit im Auto. Er durfte nicht merken, wie nervös sie war. Früher konnte sie allen etwas vorspielen, jetzt fühlte sie sich von innen nach außen gekehrt, als lägen ihre Gedanken gut sichtbar auf der Haut, als könne der Polizist ablesen, was sie vorhatte, die Tasche, der Hof. Seit Jahren, sagte sie.

Dann waren sie da. Der Mann war lieb, fragte sie sogar noch, ob er sie hochbringen solle. Ja, hätte sie gerne gesagt, er solle mit hochkommen, warten, bis sie ihre Tasche fertig gepackt habe, sie dann begleiten, bis sie in Sicherheit war. Nein, sagte sie. Sie musste sich beeilen, jeden Moment könnten sie es herausfinden, bis dahin musste sie weg sein.

Sie blickte um sich, rechts, links, über die Schulter nach hinten. Niemand folgte ihr. Nur das Wichtigste, ein paar Klamotten, Andenken. Im Kopf packte sie die alte Ballonseidentasche schon mal vor, dann ginge es gleich schneller. Wie lange sie nicht mehr gepackt hatte. Sie war ewig nicht verreist, bestimmt fünf Jahre.

Im kühlen Treppenhaus erst merkte sie, wie schwül es draußen war. Sie lief schnell, gleichzeitig leise, wollte die Nachbarn nicht auf sich aufmerksam machen. Vermutlich müssten sie bald zu ihr Stellung nehmen, mutmaßen, wo sie nur abgeblieben sei. Während sie zwischen Salaten kniete, Tomaten, Blumen. Sie war genügsam, da musste sich keiner Sorgen machen.

Sie schloss ihre Wohnung auf, zog die Schuhe nicht wie sonst aus, ging direkt weiter ins Schlafzimmer. Hektisch warf sie Anziehsachen aufs Bett, wahllos, nur schnell musste es gehen. Wo war die Tasche? Im Wohnzimmer? Sie lief durch den Flur, betrat das verrauchte Zimmer – dann klatschte es auf ihre Schädeldecke.

Sie fiel um. Noch einmal merkte sie einen dumpfen Schlag, versuchte, sich mit den Armen zu schützen, abzuschirmen, vergeblich. Immer mehr Schläge prasselten auf ihren Körper ein, nur einmal traute sie sich, die Augen aufzumachen, sah, wie er sich aufgebaut hatte vor ihr, wie er sie bewarf. Mit Steinen, glaubte sie erst, mit Büchern, merkte sie dann. Es tat so weh, schwere Buchrücken malträtierten ihren gesamten Körper, es hagelte Schmerzen, wieder und wieder donnerte es. Sie lag jetzt flach da, spürte kaum noch etwas, ihr Kopf war nicht mehr ganz klar. Aber es stoppte, mit einem Mal stoppte es, der Lärm, die Schläge, sie hörte eine Klingel. Sie kämpfte darum, ihr Augenlid zu heben, sah Blut, die Beine des Mannes verließen den Raum. Ganz

leise sprach er im Flur. Sie winselte, sah ihn wieder herein-
stürmen, hörte das Fenster. Dann rannten die Beine zurück
in den Flur. Schreien wollte sie, sie war zu schwach. Wieder hörte sie seine Stimme, freundlich sprach er, ruhig, wie
konnte er so ruhig sein? Dann standen die Beine plötzlich
sehr nah neben ihr. Sie machte die Augen zu, stellte sich
tot, das wollte er doch, sie tot sehen, das sollte er haben.
Dann krachte es auf ihren Kopf ein, als schösse man ihr mit
einem Schrotgewehr in den Schädel. Es war doch so lange her, wieso konnte ihr niemand vergeben? Noch einmal
schlug er zu, dann wurde sie ganz müde. Tomaten und Salat,
sie stand im Beet und pflanzte und sah zu, und es war gut.
Dann war es vorbei.

54

Straßentreiben

Für einen Moment überlegte Jay, es ihm gleich-
zutun. Über die Brüstung klettern, mit einem Fuß auf die
Regenrinne steigen, kurz mit dem gesamten Körper in der
Luft, dann das Geländer des nächsten Balkons packen. Es
war der Vorteil am Plattenbau, die Stockwerke waren nicht
hoch, die Balkone nah aneinander, im Zickzack nach unten.

Langsamer wäre es in jedem Fall. Jay rannte aus der Küche, aus der Wohnung, die Waffe noch immer in seiner
Hand, stürmte die Treppe hinunter.

»Herr Schmitt!« Marcel stand im Erdgeschoss, war gerade
ins Haus gekommen.

»Sicher den Eingang!«, rief Jay, drehte sich um, sah die
Tür Richtung Innenhof.

»Aber was ist denn …?«

»Sicher den Eingang!«, wiederholte Jay laut. Dann griff
er nach der Klinke der großen Holztür.

Nicht abgeschlossen.

Jay öffnete, blickte in den Hof, entdeckte niemanden.
Fahrräder, eine modrige Plastikgartenmöbelgarnitur.

Er sah nach oben, der Kollege stand mit gezogener Pistole
auf dem Balkon, deutete zu den Mülltonnen neben einem
Holzverschlag, von oben aus nicht einsehbar.

Jay näherte sich leise. Wenn Johannes Böhm hier noch
irgendwo steckte, durfte Jay sich nicht bemerkbar machen.

239

Dann – ein Schrei. Er drehte sich zur Hauswand. Ein Baby schrie, im Arm der Mutter auf einem der Balkone.

»Gehen Sie rein, schließen Sie die Fenster«, rief er, wusste, sich dem Fliehenden offenbart zu haben, nahm es in Kauf. Er sah sofort wieder zu den Tonnen, zu spät. Ein schwarzer Müllbehälter wurde ihm entgegengeschleudert, Jay stemmte seinen Körper dagegen, verlor seine Waffe.

Liegend sah er von hinten den Mann auf das Dach des Verschlags klettern. Er stieß die Tonne von sich, griff nach der Pistole, versuchte sich ebenfalls auf das Dach zu ziehen.

Niemand mehr da.

Der Nachbargarten, von hier oben konnte man über den Zaun springen. Jay sprang, landete im Gras, riss sofort wieder die Waffe nach oben. Zwei große Bäume nahmen die Sicht, er lief versetzt, links, rechts, versuchte jeden Winkel des Gartens zu sehen.

Eine Tür, Jay hörte eine Tür, Böhm junior schien schon beim Innenhofeingang des Hauses zu sein.

Er rannte über die Wiese, vorbei an Sandkasten, Schaukel, riss die Tür auf.

Der Hausflur war leer.

Er sah noch, wie die Haustür auf der gegenüberliegenden Seite zufiel, rannte vorbei an Briefkästen und Fahrrädern, drückte sie auf und – Menschen. Lärm, Autos auf der Straße, türkische Stimmen, Jugendliche gaben ein Handy rum. Jay scannte die Masse, ließ seine Augen wandern, über Plastiktütenträger, Fahrradfahrer. Irgendwo war er, Jay konnte ihn nicht entdecken. Er sah eine U-Bahnstation in Sichtweite, auch Bushaltestellen, vorne war der Park. Der war weg, wusste Jay. Johannes Böhm war ihnen entwischt.

55

Klassiker

Gefühlsduselei und Faktenhuberei waren zwei Wörter, die Jay nicht nur mochte, sondern für die es seines Wissens auch keine adäquate Übersetzung ins Englische gab. Zumindest war ihm keine bekannt, die über trockene Bezeichnungen wie *sentimentalism* oder *fact-checking* hinausging. Der im Deutschen direkt mitgelieferte Spott fehlte. Er erinnerte sich noch daran, wie er bei einer Diskussion auf der Akademie in Coventry einmal auf die Lächerlichkeit der beiden Extrempositionen hinweisen wollte und sich vergeblich nach den einleuchtenden deutschen Bezeichnungen gesehnt hatte. Die Instinktbullen, die jeden Fall mit ihrem Bauchgefühl lösen wollten, waren ihm ebenso suspekt wie die Datenkolonnisten, zu denen er sich tendenziell noch eher hingezogen fühlte. Jetzt stieg er die Treppenstufen hoch und überlegte, ob er zu sehr nach Gefühl handelte.

Bei dem Baby eben war es noch klar, zumindest für ihn, die Sicherheit der beiden ging vor, ungeschützte Ziele, niemand konnte wissen, ob der Täter bewaffnet war. Jay war bei etwas anderem. Er hatte Marcel mit in den Hof nehmen können. Zu zweit wäre die Chance größer gewesen, Johannes Böhm zu fassen. Er ließ ihn die Tür sichern. War das rational? Klar, die Tür schien zu diesem Zeitpunkt einziger Ein- und Ausgang zum Innenhof zu sein. Aber Täterverfolgungen sollten sie nie alleine durchführen, das hatte er gelernt, das wusste er. Und außerdem hatte er Marcel aus einem anderen Grund nicht mitgenommen. Er war sauer, es ärgerte ihn, dass er sich Sorgen machen musste, dass er sich unnötig Sorgen gemacht hatte um seinen Assistenten, und merkwürdigerweise barg der Moment des Wiedersehens weniger Erleichterung als Bitternis. Marcel hatte inzwischen alles erklärt, war nur kurz was essen, *seit sechs auf den Beinen, Theater, Büro, hier,* wäre *fast gestorben vor Hunger,* sei sofort nach dem Anruf der Kollegin zurückgekommen. Jay akzeptierte es, wie ein Lehrer eine nicht gemachte Hausaufgabe bei guter Begründung oder der Chef einen weiteren Arztbesuch zur Arbeitszeit. Doch genau wie die dachte auch er sich seinen Teil, sah die Prozentpunkte, die bei Marcel eben fehlten, das Commitment, das Einswerden mit dem Fall. Nur, rechtfertigte das den Alleingang?

»Warten wir nicht auf die SpuSi?« Der Kollege stand vor Peggys Wohnungstür.

»Ist egal.«

»Ohne Schutzanzug darf man doch gar nicht …«

»Doch«, unterbrach ihn Jay und ging noch einmal rein.

Ja, das war das Nächste. Nachdem Johannes Böhm entwischt war, hätte Jay auf die Spurensicherung warten, zur nächsten Besprechung auf das Kommissariat fahren sollen, weiter in den Akten wühlen. Aber auch hier vertraute er seinem Gefühl, er war so nah dran gewesen, am Mord, am Mörder, er musste noch einmal an den Tatort zurück, musste hier die Antworten finden.

Er lief den Weg des Täters, ging durch die Wohnung, versteckte sich hinter der Tür des Wohnzimmers. Wartete. Wartete, bis Peggy durch die Tür kam. Schlug zu? Betäubte sie erst? Die Bücher, wo kamen die her? Er sah sich im Raum um, es gab ein Bücherregal, bunte Buchrücken, dem Fernseher untergeordnet. Alles stand ordentlich da. Wo nichts war, gab es Vasen, Deko, Theaterrequisiten. Keine kürzlich leer geräumten Fächer. Die Bücher, unter denen Peggy lag, aus der Wohnung kamen sie nicht. Johannes hatte sie mitgebracht, weil Peggy nur so sterben durfte. Weil sie nur so gefunden werden durfte, vergraben unter Büchern. Jay kniete sich vor die Tote. Es waren alles alte Bücher. *Schillers sämtliche Werke Band 7*, goldener Einband. *Faust*. Verzierte grüne Fenster auf dem Buchdeckel, *Lessings Werke, illustriert von Wiener Künstlern*. Alte Ledereinbände mit dargestellten Szenen auf dem Buchrücken. Schiller. *Don Carlos, Der Menschenfeind, Wallenstein. Geschichte des Dreißigjährigen Kriegs*. Klassiker, es waren alles deutsche Klassiker. Jay hob jedes Buch einzeln an, legte es genau dorthin zurück, wo es vorher gelegen hatte. *Romane und Novellen III* von Goethe. *Gedichte, Die Räuber, Cotta'sche Bibliothek der Weltliteratur:* Lessing. Goethes *Naturwissenschaftliche Schriften*. Die drei Großen, Goethe, Schiller und Lessing, bislang konnte er keinen anderen Schriftstellernamen auf den alten Büchern finden. Erschlagen von Klassikern, erschlagen von der deutschen Klassik, tot durch Goethe. Jay spielte durch, was die Botschaft sein könnte, was die Information war, die der Täter ihm durch diesen Tatort geben wollte. Dann sah er wieder den gelben Punkt im Nacken. Dem Nacken, den er heute Morgen noch ohne Punkt gesehen hatte.

Er ging zurück zur Sprechanlage, wieder ins Wohnzimmer, bog ab in die Küche, ging auf den Balkon. Das war wohl sein Weg gewesen. Durch die offene Tür blickte Jay ins Schlafzimmer. Anziehsachen lagen auf dem Bett. Er ging näher ran. *Ich muss weg, ich muss schnell weg, bevor er mich holen kommt*, hatte er Peggys Stimme von heute Morgen

243

wieder im Ohr. Sie hatte es gewusst, er würde kommen. Johannes Böhm hatte sie länger gequält als die anderen, den Djorovic-Mord vor ihren Augen inszeniert, als Vorschau, als Warnung ohne Ausweg. Ausgerechnet sie, das Opfer der Vergewaltigung. Oder zweifelte er das an? Wenn Böhm junior noch immer auf der Seite seines Vaters stünde, ihn für unschuldig hielt und damit im Recht wäre, dann hätte Peggy gelogen. Jay ging zu einer Kommode neben dem Bett. Parfümfläschchen standen hier, Kosmetikartikel, an der Wand Fotos. Bilder von früher. Hübsch war sie damals gewesen, glücklich. Er blickte über die Fotos. Lachend in einer Theaterkulisse, daneben Nahaufnahme in Schwarz-Weiß. Darunter stand sie im silbernen Paillettenkleid im Garten, mit Sonnenbrille ... Jay stockte. Das Kleid, die silbernen Pailletten. Er sah auf ihre Füße, Plateauschuhe, hässliche Neunzigerjahre-Treter, schwarz-rot. Auch die kamen ihm bekannt vor. Er bildete sich das doch nicht ein. Noch einmal sah er über die anderen Fotos, mit anderem Blick, Figur und Haare, das konnte hinkommen. Er rief Sonya an.

»Jay?«

»Geh bitte schnell in mein Büro.«

Sonya kannte ihn, wusste, wann keine Fragen zu stellen waren.

»Okay, bin ich jetzt.«

»An meiner Wand, da hängen alte Fotos, von einer Blondine, Mitte zwanzig, verkratzte Augen.«

»Sehe ich.«

»Das mit dem silbernen Kleid, was für Schuhe hat sie da an?«

»Sehe sie im Schnee ... als Nikolaus ... ja jetzt, Paillettenkleid?«

»Was für Schuhe?«

244

»Furchtbare Lack-Plateauschuhe.«

»Schwarz-rot?«

»Schwarz-rot.«

Aber wenn sie ihn ... er wiederum über ihn ... und der zusammen mit denen ... in Jays Kopf rasten die Gedanken, überholten sich, starteten wieder von vorne, schossen durch, einer kam ins Ziel. Er legte auf und wählte Franziskas Nummer.

56
Ketten

Nicht rausgeben, entschied Jay. Martha hatte ihn nach seiner Einschätzung gefragt, die Telefone standen nicht mehr still, immer wieder Reporter vor dem Eingang. Weitere Morde, ja, aber die Namen von Djorovic und Kath besser nicht an die Presse. Das hätte Johannes Böhm gewollt, das würde er genießen. Sie mussten ihn verunsichern, ihm das Gefühl geben, sein Plan ginge nicht auf, ihn nervös werden lassen. Nervosität machte Fehler. Martha widersprach nicht. In zwei Stunden war sie zum Krisentreffen ins Rathaus einbestellt worden. Und er brauche weitere Ermittler, meinte Jay. Sie versprach, sich darum zu kümmern.

Auf dem Weg zum Kommissariat kam es bereits im Radio, *Hotelmörder* nannten sie ihn immer noch, ergänzten jetzt aber *Serienkiller*, sprachen vom *irren Berlin-Mörder*. Im O-Ton erwähnte Martha das *noch mal aufgestockte Team der Mordkommission*, zu Details und Ergebnissen wolle sie sich nicht äußern, schloss mit der immer gültigen Zauberformel: *um die laufenden Ermittlungen nicht zu gefährden*. Und wie die liefen, die Ermittlungen, dachte Jay, lenkte den Wagen in die Einfahrt. Auf dem Gang wartete Marcel bereits, hatte das Papier in der Hand, nickte ihm zu, sagte nur ein Wort.

»Einstimmig.«

Und wie die liefen, dachte Jay erneut.

»Irgendwas Neues zum Böhm-Sohn?«, fragte Jay, als er

den Konferenzraum betrat. Die Fahndung sei bisher ohne Erfolg, an der gemeldeten Adresse eine lange verlassene Wohnung. Überhaupt sei er ein Phantom, nach den Heimaufenthalten verlief sich die Spur, irgendwann war er kurz in der Psychiatrie gewesen, haute ab, machte – soweit man das beurteilen konnte – nichts. Hatte Zeit, dachte Jay.

»Alle bitte mal schnell in mein Büro.«

Für einen alleine war es riesig, für das ganze Team eng. Jay stellte sich vor seine Indizienwand, hängte die Fotos von Peggy dazu. Im Büchermeer, als junge Frau im Kleid. Sie standen im Raum verteilt, starrten ihn an. Vorne die Kollegen, die Toten von hinten. Pohl lächelte sein Hotelprospektlächeln, Pfaffinger von der Webseite, Anwalt Klausing mit der Kanzleiwand im Hintergrund, dürre Langeweile auf Mannsens erkennungsdienstlichem Foto. Von Psychologin Djorovic hatten sie ein privates Bild, Urlaub, Peggy stand glücklich im Garten. Und in der Mitte war nicht mehr das Fragezeichen, neben dem Transkript des Telefonanrufs hing der Zeitungsausschnitt, ein Teenager mit Mittelscheitel strahlte in die Kamera, offene, jugendliche Fröhlichkeit, kein Werbegesicht, kein Zwang. Er war der glücklichste von allen. Gewesen.

Zwei Ketten hätten sie, begann Jay, zog eine Linie von Pohl zu Pfaffinger zu Klausing zu Mannsen. Dann setzte er ab, startete bei Djorovic neu, verband sie mit Peggy. Gemeinsam sei auf den ersten Blick nur die Verbindung zu Siegfried Böhm, beruflich in der Ascandy-Kette, privat beteiligt im Prozess mit Kath und Djorovic. Er tippte mit dem Stift mehrfach auf das Foto von Johannes Böhm.

»Der Sohn will den Vater rächen. Was macht er?«

Sonya reagierte als Erste.

»Tötet diejenigen, die seinen Vater zum Mörder gemacht haben.«

»Er tötet das Opfer der Vergewaltigung und die Gutachterin, die ihr glaubt. Warum?«

»Weil er seinen Vater für unschuldig hält.«

»Genau, er hält seinen Vater für unschuldig. Aber wenn sein Vater unschuldig ist ... Habt ihr die Akte gelesen? Es geht nicht um ein Techtelmechtel, bei dem Siegfried Böhm auf einmal mehr wollte, seine Version ist: Die Frau ruft ihn um Hilfe und zieht dann ihre Show ab. Wenn sein Vater also unschuldig ist, und daran glaubt Johannes, dann hat Peggy Kath gelogen. Und nicht nur gelogen, sondern eine Vergewaltigung inszeniert.«

»Die ist 22, arbeitet als Souffleuse am Theater, hat nichts mit Böhm zu tun. Was hat die für ein Interesse?« Martha hatte schnell reagiert, das Team war wieder aufgestockt worden, die junge Frau vor ihm sah Jay zum ersten Mal.

»Gehen wir andersherum ran: Wer hat ein Interesse daran?«

Jay ließ sie kurz überlegen, wartete aber keine Antworten ab. Er kannte die Antwort bereits, hatte sich seine These bestätigen lassen.

»Siegfried Böhms Eltern gehört ein Hotel, Templiner Hof, gemeinsam mit Pohl und Pfaffinger übernimmt Böhm das Mitte der Achtziger. Für ihn ein Familienbetrieb, die anderen beiden wollen hoch hinaus. Neue Häuser, niedrigere Kosten, zack, zack, zack.«

»Woher weißt du das?« Sonya sah Jay an.

»Ich bin die letzten Tage an Pohls Tochter drangeblieben. So bin ich an die Info gekommen.« Er lächelte sie kühl an, blickte dann wieder in die Runde. »Nur konnten die beiden gegen Böhm nichts entscheiden. Sie waren zu dritt. Marcel hat sich den Gesellschaftervertrag gerade angesehen.«

»Beschlüsse konnten nur einstimmig getroffen werden«,

248

warf Marcel schnell ein, hob wie zum Beweis die zusammengetackerten Blätter hoch.

»Das passt, bei Klausings Akten war auch ein Angebot an Böhm, für seine Anteile an der Firma«, meldete sich ein anderer Kollege.

»Wundert mich nicht. Pohl und Pfaffinger versuchen alles auf legalem Weg, aber kriegen ihn einfach nicht raus. Böhm sitzt da und sitzt da und ist einfach nicht wegzubekommen. Es sei denn … Was steht im Vertrag zur Einziehung der Geschäftsanteile?«

Jay sah zu Marcel, der begann zu blättern.

»Die Einziehung von Geschäftsanteilen ist mit Zustimmung des betroffenen Gesellschafters …«

»Zustimmung haben wir keine.«

Marcel wanderte in der Zeile.

»… ist ohne dessen Zustimmung zulässig, wenn in der Person des Gesellschafters ein seine Ausschließung rechtfertigender Grund vorliegt«, las Marcel vor.

Die Formulierung war nicht präzise, *seine Ausschließung rechtfertigender Grund*, es gab öfters Auseinandersetzungen vor Gericht deswegen. War eine Trennung zweier verheirateter Gesellschafter schon ein rechtfertigender Grund? Ab wann konnte man von vernachlässigten Verpflichtungen sprechen? Meistens waren die Gründe genauer angegeben.

»Ist das näher spezifiziert?«

Marcel überflog nuschelnd die nächsten Zeilen.

»e) wenn der Gesellschafter wegen einer Straftat rechtskräftig verurteilt wird, die nicht mehr zur Bewährung ausgesetzt wird.«

Jay ließ es sacken, wiederholte den Satz, drehte sich zur Wand und umkreiste mit dem Finger noch einmal Kath, Djorovic, Böhm senior. Stille im Raum.

249

»Wie … Was haben die gemacht?«

Jay drehte sich um, zeigte auf die Fotos hinter sich.

»Pohl und Pfaffinger überlegen mit ihrem Anwalt hin und her, spielen Optionen durch, finden nur eine Lösung. Man muss Böhm etwas anhängen, ihm eine Straftat in die Schuhe schieben. Und dann hat einer die Idee mit der Vergewaltigung. Aber wie finden sie eine, die sich auf den schmutzigen Deal einlässt, die für Geld das Vergewaltigungsopfer spielt?«

Zentimeter für Zentimeter fuhr Jays Finger die Linie lang, startete bei Klausing und endete bei dem Mann mit dem toten, harten, nassen, leeren Gesicht. Boris Mannsen.

»Mannsen war Klausings Klient, ein Typ von der Straße«, sagte Sonya.

»Vorbestraft, bestens vernetzt ins Milieu. Es durfte nur nicht Milieu sein, keine Prostituierte, was Bürgerliches.«

»Peggy Kath.« Marcel saß mit offenem Mund vor Jay. »Aber was hat Mannsen mit Kath zu tun?«

»Das habe ich mich auch gefragt, den Zusammenhang habe ich auch nicht gesehen. Bis ich heute in Peggys Wohnung war.«

Jay ging einen Schritt zur Seite, zeigte auf die Wand, auf die Ecke, in der die Bilder von Peggy hingen. Silbernes Kleid mit Pailletten, schwarz-rote Schuhe. Dann zurück zu Mannsen, zu den Fotos des Mädchens mit den ausgekratzten Augen. Paillettenkleid in Silber, die gleichen schwarz-roten Plateauschuhe.

»Peggy war damals Mannsens Freundin.«

Für einen Moment war es still im Raum. Alles ergab Sinn, passte zusammen. Jay atmete erleichtert aus. Bald hab ich dich. Marcel war der Erste, der etwas sagte.

»Haben wir irgendeinen Beweis dafür? Dass das eine Intrige war?«

»Wir nicht«, antwortete Jay, »aber ich bin mir ziemlich sicher, dass er einen hat.« Er klopfte mit dem Rücken des Zeigefingers auf den lachenden Teenager. »Sonst würde der nicht zwanzig Jahre später durch Berlin laufen und sechs Menschen töten.«

»Bisher sechs Menschen«, korrigierte Sonya.

»Ja, bisher«, sagte Jay und sah unruhig in das junge Gesicht an der Wand.

57

Ehrlichkeit

Wenn das alles durch war, bräuchte Jay ein Regal oder einen Schrank, zumindest irgendeine andere Ablage als den Schreibtisch. Mappen hob er hoch, Papierstapel, der Matrosenanzug hing auch noch über der Walnussplatte. Dann erst lokalisierte er das vibrierende Telefon. Seine Mutter war dran, hatte von der Mordserie gehört, machte sich Sorgen. Ja, es sei schon eine größere Sache, aber sie kämen gut voran, bald hätten sie ihn. Mit der Schulter presste er das Handy ans Ohr, die Hände schafften Ordnung auf dem Tisch. Sein Vater wollte ihn noch sprechen. In welche Richtung sie denn ermittelten? Ihn interessierten sonst nie Details aus Jays Arbeitsleben. Lange Geschichte, müsse er in Ruhe erzählen. Ja, er solle doch mal wieder vorbeikommen. Jay hatte kein Zeitgefühl mehr. War es vor drei Tagen gewesen? Vor vier? Jedenfalls hatte er sie gerade erst besucht. Auch wenn er da mit den Gedanken woanders war. Werde er machen, ganz bald, nur heute würde es eng werden. Na klar. Irgendwie war es schön, dass sie ihn schon wieder sehen wollten, sich Sorgen machten.

Sobald der Fall gelöst war, würde er sich bei seiner Mutter melden und seinen Besuch ankündigen, würde schon am frühen Abend kommen, sich auf die Liege im Garten legen, irgendwann den Duft des Abendessens in der Nase, und dann bis spätnachts, zumindest mit ihr, auf der Terrasse sitzen, mit Decken und rauchend, und schließlich ruhig und fest und lange schlafen. Eine Sekunde fielen ihm die Augen zu, dann klappte sein müder Kopf nach unten, und Jay wurde durch die Bewegung aufgeweckt.

Marcel klopfte. Er hatte das Phantombild dabei, Jay wollte es für seine Indizienwand. Schwarz-weiß gezeichnet, traurige kleine Augen.

Ob Jay gleich wieder in den Konferenzraum komme? Sollten sie ihn für kauzig halten, es war Jay egal. Er brauchte Zeit alleine, alleine mit der Wand, in seinem Büro, ohne Telefone, Tastenklappern, rein, raus, Stimmen. Er musste nachdenken.

Auf dem Weg nach draußen zögerte Marcel, drehte sich noch einmal um. Das eben, das sei beeindruckend gewesen. Na ja, ein bisschen kombiniert habe er, gab Jay zu, mehr nicht. Es reichte Marcel nicht, nein ehrlich, wie man so schnell denken könne, das sei wirklich krass. Jay hätte jetzt gerne ein *Du aber auch* gesagt, ein *Ohne deine Hilfe hätte ich das nie zusammengesetzt bekommen.* Irgend so was musste er ihm bald mal sagen, Mitarbeitermotivation. Aber Jay konnte schlecht lügen.

»Vielleicht kommst du da irgendwann auch noch hin, ich habe die Hoffnung noch nicht aufgegeben.« Too much?

»Sorry wegen vorhin, ich hätte da … Ich hätte nicht eine halbe Stunde nicht erreichbar sein dürfen, in so einer Situation wie gerade.«

Jay sagte erst mal nichts.

»Ich hätte dich mit in den Innenhof nehmen sollen.« Wie gesagt, er konnte schlecht lügen. »Wir machen alle Fehler. Nur, wenn wir an einer Stelle zu wenig geben, müssen wir das an anderer Stelle wiedergutmachen. Dann passt das.«

»Haben Sie eigentlich keine Angst?«

»Vor Johannes Böhm?«

»Ja.«

»Hast du Angst?«

»Na ja, der spielt mit uns, wir laufen dem hinterher. Das fühlt sich nicht gut an.«

58

Gedankenspiele

Drei Kaffee, kein Tageslicht. Alle hatten ihre Marotten, Jay brauchte eine leichte Koffeinüberdosis und einen Raum ohne Fenster. Verhörräume hatten diese dicken Türen, kein Mucks kam durch, perfekt. Vier anthrazitfarbene Wände starrten ihn an, wollten Antworten. Er hörte einen Beat, den es nicht gab. Nur Jay und die Notizen, Fotos, Ausdrucke, Beweisstücke. Hier irgendwo war die Antwort. Es irritierte ihn, von Johannes Böhm kein aktuelles Bild zu haben. Sie hatten das Phantombild, mit Bart und Mütze, daneben nur das Jugendfoto. Eins, zwei, drei, vier, fünf und sechs. Sechs dicke Linien führten von ihm weg, sechsmal hatte er zugeschlagen. Drei und Vier wollten deinen Vater loswerden – Jay redete laut. Zwei hatte den Kontakt zu den Kriminellen. Eins engagierte ein Mädchen, das Geld brauchte. Sechs spielte deinem Vater etwas vor. Fünf glaubte Sechs, nicht ihm. Jay redete immer zu sich selbst, wenn er richtig denken musste. Was er einmal gehört hatte, blieb besser hängen, es war seine Art, Gedanken zu speichern. Er stellte sich den Jungen vor, der nach Hause kommt, die Familie findet, Mutter tot, Schwester tot, Vater tot. Jay ging zu seinem Schreibtisch und holte die Fotos von damals aus der Lichtbildmappe. Bilder vom Tatort, ein paar davon hängte er zu Johannes Böhm. Du bist traurig, du bist wütend, du bist alleine, du hältst deinen Vater für unschuldig. Aber du

255

machst nichts, du gehst ins Heim, dir ist alles egal, Schule, scheiß auf Schule, Beruf, Zukunft, es bedeutet dir nichts. Vielleicht hat das Geld gereicht, das dir als Hinterbliebenem zustand, vielleicht hast du auch gearbeitet, einfach so vor dich hin, um irgendwas zu machen, aber das Früher war immer da, und deswegen ging es nie einen Schritt nach vorne. Therapie, denen erzählt man irgendwas, um sie glücklich zu machen, sie erzählen was, um sich glücklich zu fühlen, zu dir selbst kommen sie nicht durch. Und es war so falsch, du wusstest, dass es falsch war, dass er es nicht getan hatte, du hast irgendwie rausbekommen, was wirklich passiert war. Und das war so ungerecht. Sie alle lebten noch, er war tot. Sie alle hatten deine Familie ausgelöscht und lachten jetzt mit ihren Frauen und Kindern und Enkeln, am Wohnzimmertisch, dort, wo du deine Familie tot gefunden hast. Das konnte nicht sein, das musste aufhören. Du wolltest nur Gerechtigkeit. Du suchst sie dir aus, alle Schuldigen, du findest heraus, wo sie wohnen, was sie machen, wo sie wann sind. Sie dürfen nicht einfach sterben, jeder muss auf seine Art sterben, der Tod jedes Einzelnen muss eine Bedeutung haben. Du willst nicht lebend rauskommen, du willst ein Zeichen setzen. Du willst sagen, was damals passiert ist. Aber dafür hätte schon die Auswahl gereicht, das hätte uns doch gereicht, damit können wir uns zusammenreimen, was damals passiert ist. Warum die Farben, die Szenen? Du hast Bilder im Kopf, Bilder, die dich nicht in Ruhe lassen. Du hast eine Vision. Und du willst, dass wir dir auf die Schliche kommen, dass es eng wird. Für den Thrill? Vielleicht für die Aufmerksamkeit. Du bringst zwei um, Mannsen, Klausing, und kein Mensch setzt sie in Beziehung zueinander, keiner berichtet darüber. Selbst nach dem Dritten, der Vierten passiert noch nicht viel. Wenn wir sie nicht in Verbindung bringen, erfährt niemand, was du eigentlich sagen willst. Was du aufdecken willst, nach all den Jahren. Du weißt, dass ich ermittle. Du hast gelesen, dass ich die harten Fälle der Mordkommission mache. Du rufst mich an, du sagst mir irgendwas, irgendwas willst du mir sagen. Jay ging zum Laptop, spielte noch einmal den Anruf ab. *Gehe Viertausend.* Röcheln, Krächzen. *Mit wem spreche ich?* Jay hörte seine Stimme. *Dorthin begib dich, gehe nicht ein.* Den Rest konnte er auswendig. Sein Kopf lief in alle Richtungen, in Sackgassen, wieder zurück, in neue Sackgassen, irgendwann war er bei Farbenlehre. Dunkelblau, Hellblau, Lila, Orange, Rot, Gelb. Orange ist Rot und Gelb, Pfaffinger ist Djorovic und Peggy. Lila ist Blau und Rot. Pohl ist Djorovic und Mannsen. Blau, Rot, Gelb sind Grundfarben, Pohl und Pfaffinger nur gemischt. Gemischt aus dem Rest. Was fehlte noch? Grün auf jeden Fall, gemischt aus Peggy und Mannsen oder Peggy und Klausing. So kam man nicht weiter, allein Hellblau und Dunkelblau, nach der Logik konnte noch viel kommen. Jay ging zum Schreibtisch, griff in die Schublade, drückte eine Tablette aus dem Blister. Nicht noch mal Kaffee, in Tablettenform wirkte es direkter, vermutlich reine Einbildung. Er musste die Morde noch einmal durchgehen, die Szenen, die Inszenierungen. Mannsen, Dunkelblau, vor Monaten, noch im Winter. Du lockst ihn in ein Hotel, am Alexanderplatz, wartest da, betäubst ihn, lässt ihn in der Badewanne ertrinken. Jay schrieb einzelne Wörter an die Wand. Turmhotel, Alexanderplatz, Bad, Wanne, Hotelzimmer. Dann kam Klausing, hellblau. Du klingelst als Paketbote, überraschst ihn, überwältigst ihn, nimmst ihn mit, legst ihn an der Johannisthaler Chaussee ins Gras. Jay schrieb. Paketdienst, Wiese, Post, Briefe, Elise, Beethoven. Letzte Woche, Sonntagabend lauerst du Pohl auf, betäubst ihn, entführst ihn, wirfst ihn ins Wasser. Wir finden ihn im Hafenbecken. Westhafen, Matrose, Seemann, Wasser, Uniform, Neu, Preisschild. Du weißt, was passieren wird, dass Pfaffinger anreist. Du weißt, wo sie wohnt, du kennst jeden Winkel dort, es war das Hotel deiner Großeltern. Du wartest auf sie, zwingst sie, in den Pfannkuchen zu beißen, mit dem Würstchen drin, sie stirbt. Hotelzimmer, Pfannkuchen, Würstchen, Gift. Und dann die Psychologin, auf der Bühne exponiert. Rahmen, Theater, Bühne, Oper, Rossini. Vor den Augen von Peggy, die am meisten leiden muss, die am meisten gelogen hat, wochenlang, allen etwas vorgespielt. Du fährst wahrscheinlich direkt vom Theater zu ihr, sie ist ja nicht zu Hause, du hast die Bücher dabei, versteckst dich. Sie kommt heim und wird gesteinigt, erschlagen mit Büchern, mit Klassikern. Wohnzimmer, Bücher, Klassik, Goethe, Schiller, Lessing. Jay blickte auf die Wand, auf die Wörter, suchte nach Gemeinsamkeiten, auch nur nach gleichen Kategorien. Beethoven, Rossini, Goethe, hatte es irgendwas mit Personen zu tun? *Der spielt mit uns*, hatte Jay Marcel im Ohr. Ja, du spielst. Gegen die Polizei, mit der Polizei. Mit mir. Bist immer einen Zug vorne. Jay lief durch den Raum, die ganze Zeit war er in Bewegung. Minuten vergingen, er sah sich selbst in der spiegelnden Scheibe zum leeren Kontrollraum. Er drehte sich um, blickte auf die Wand, hoffte, dass das Bild aus zwei Metern Abstand mehr zeigte als die einzelnen Nahaufnahmen. Doch es war noch nicht zusammengefügt, es waren Einzelteile ohne Bauplan. Und dann auf einmal, ausgerechnet aus der Distanz, fixierte sein Auge das eine Foto. Ein Zoom, ein umgekehrter Zoom, nicht das Objekt wurde herangeholt, Jay lief langsam immer näher auf die Wand zu. Was sah man da im Hintergrund? Er ging noch einmal zum Schreibtisch, zur Lichtbildmappe. Er brauchte mehr Fotos,

Details, den Tisch. Annette Böhm vornübergebeugt, alles voller Blut, aber das Bild so abgeschnitten, dass man vom Tisch nicht viel sah. Lag da Geld? Keine vertrauten Scheine. Nächstes Bild: die Schwester. Anna Böhm, auch mit dem Kopf auf dem Tisch. Karten lagen daneben, beschriftet. Eine Lokomotive erkannte Jay auf einer Karte. *Der spielt mit uns*, hörte Jay wieder. Der spielt. Das Spiel. Dann waren ihm die Fotos egal. Er hob seinen Kopf und blickte wieder zur Wand. Natürlich, flüsterte Jay, natürlich. Er wischte sich mit dem Handrücken Schweiß von der Stirn. Dunkelblau, tot im Bad im Turm. Hellblau, tot bei der Chaussee, mit Post für Elise. Er sah noch einmal auf die Bilder in seiner Hand, verteilte sie auf dem Schreibtisch, fand das, das er brauchte, alles wusste er nicht auswendig. Lila, tot im Hafen, der Seemann in der neuen Uniform. Orange, wieso München? Pfaffinger, Münchnerin! Tot mit Wiener Würstchen im Pfannkuchen, im Berliner, wie sie es andernorts nannten. Er drehte das Bild. Rot, Opernmusik im Theater, tot ausgestellt wie im Museum. Gelb, erschlagen von Büchern, von Goethe, Schiller, Lessing. Es war so offensichtlich. Das Bild musste sich in Johannes' Kopf eingebrannt haben, das Spiel, für immer verbunden mit dem Tod seiner Familie. Und dann die bittere Ironie, ausgerechnet Hotels, ausgerechnet das Kapitalistenspiel, wo sein Vater an der wachstumsgeilen Hotelwelt gescheitert war. Genau in dieser Welt ließ er sie sterben. Jay wurde es plötzlich kalt. Wieder drehte er das Foto in seiner Hand. Grün und Blau. Zweimal noch.

59

Rathausflur

So einfach ist es«, endete Jay.

»Dann evakuieren wir hier.« Er konnte Martha schlecht verstehen, im Hintergrund unruhiges Gemurmel.

»Das ist sinnlos.«

Er stellte sich Martha vor, über den Natursteinboden eines Rathausflures stöckelnd, eine Hand am Ohr, mit der anderen den Mund abschirmend, umgeben von telefonierenden Journalisten und Cargohosen tragenden Männern mit Kameraequipment. An der Wand gerahmte Schwarz-Weiß-Kunst.

»Du erwartest, dass der Täter als Nächstes was im Rathaus plant, und hältst es für sinnlos, das Rathaus zu evakuieren?«

Sie schrie flüsternd, hob die Stimme nicht an, presste die Wörter zischend heraus.

»Der bringt nicht irgendwen um. Der hat seine Opfer im Kopf, schon lange.«

»Ja gut, dann bringt er vielleicht den Bürgermeister um, weil der damals … Ach, was weiß denn ich, völlig egal, wer umgebracht wird, wenn hier ein Mord passiert, und es kommt raus, dass wir das vorher wussten, dann gute Nacht.«

»Mach deine PK, beruhig die Leute, erzähl, was wir bisher haben. Wir umstellen das Rathaus …«

»Nein, Jerusalem, ich setze mich jetzt nicht in eine Pressekonferenz, wir evakuieren. Ich habe hier die Verantwortung.«

Es war zwecklos. Jay dachte inzwischen doppelt, war immer er selbst und versetzte sich dann in Johannes Böhm. Wie damals beim Flippern auf dem Kirchenteppich, er konnte aus sich selbst heraustreten und für einen Moment einen völlig fremden Standpunkt einnehmen. Aus Johannes' Sicht musste es nicht zwangsläufig das Rathaus sein, er brauchte nur einen Bezug, es gab ja auch keinen Mord in München oder Wien, keinen in der Oper. Rathaus, Haupt, Bahnhof. Er könnte ebenso zum Hauptbahnhof gehen oder – zumindest theoretisch, auch wenn Jay ihm dieses Understatement nicht zutraute – zu irgendeinem anderen Berliner Bahnhof, irgendeinem Berliner Rathaus. Und selbst wenn er das Rote Rathaus als Ort im Visier hatte, seinem bisherigen Schema folgend wäre das Rathaus Fundort, nicht unbedingt Tatort. Martha ließ sich darauf nicht ein. Jay atmete durch, hörte noch einmal die hektischen Nebengeräusche am anderen Ende der Leitung.

»Martha, wie viele Journalisten sind da?«

»Wieso?«

»Dreißig, vierzig?«

»Bestimmt.«

»Da sind die Zeitungen, die Sender, die Radios. Wenn wir sie jetzt in Panik versetzen, haben wir die ganze Stadt in Panik.«

Martha schwieg, Jay redete weiter.

»Und wir lassen uns die Chance entgehen, den Typen zu erwischen. Der wird umkehren, bevor er da ist. Und keine Ahnung, was er dann macht. Solange er auf seinem Weg bleibt, haben wir zumindest noch ein wenig Kontrolle. Wenn wir ihn ganz abbringen, dreht er vielleicht völlig durch.«

Martha blieb noch immer ruhig, dann begann sie zu flüstern.

»Ihr habt auf jeden Fall ein SEK einsatzbereit.«

60

Mustersuche

Sie standen um Jay herum, zu fünft, starrten auf die Wand, die Wörter, die er jedem Mord zugeordnet hatte, die entscheidenden waren inzwischen unterstrichen. Blicke sprangen hin und her, zum Foto, zur Wand. Auch der Telefonanruf, Jay hatte ein Papier dazugehängt, die Wörter in die richtige Reihenfolge gebracht, es war eindeutig.

»Rathaus, Haupt, Bahnhof«, sagte Jay. »Zu allen größeren Bahnhöfen und Rathäusern haben wir Streifen geschickt, um das Rote Rathaus und den Hauptbahnhof sind Großaufgebote und SEK. Sind wir irgendwie weitergekommen, wen er noch auf der Liste haben könnte?«

»Na ja, also wir haben den Prozess«, sagte Marcel. »Da gibt es das Opfer, tot, die Gutachterin, tot. Der eigentliche Gegenspieler von Siegfried Böhm war der Staatsanwalt, der wollte ihn im Gefängnis sehen.«

»Und der ist tot. Das ist sicher?«

»Der ist vor fünf Jahren gestorben. Es gibt natürlich noch den Richter, aber das Urteil stand noch aus, als Böhm ...«

»Egal, checkt den Richter.«

»Der spielt wahrscheinlich gerade Doppelkopf.«

»Was?« Jay sah Marcel an.

»Drei Kollegen sind dort, so ein Edelaltersheim in Schöneberg.«

»Gut. Wen haben wir noch?«

263

»Böhms Anwalt«, sagte die junge Frau von vorhin, eine der Neuzugänge. Sie wollte sich vorstellen, Jay sah dafür keine Zeit.

»Passt natürlich auch nicht wirklich, aber auch den würde ich ...«

»Lebt aktuell im Ausland, Boston, wir haben eben mit ihm telefoniert.«

Jay gefiel das Tempo. Aber an wen dachte Johannes? Irgendwen von den Medien, einen schmierigeren Gerichtsreporter? Sonya zeigte auf die Artikel, alle hätten darüber berichtet, ob sich Johannes Böhm da wirklich ziellos einen rauspicken würde? Jay gab ihr recht, das war nicht seine Art. Er verschränkte die Hände hinter seinem Kopf, rieb sich mit den Innenseiten über die Haare. Der Staatsanwalt, der einzig Passende war der Staatsanwalt. Was machst du, Johannes? Sippenhaft? Muss die Frau dran glauben? Müssen die Kinder? Dafür bist du zu fair, du lässt doch nur die Schuldigen leiden. Hast du schon vor fünf Jahren angefangen?

»Marcel, überprüf bitte den Tod des Staatsanwalts. Der Rest geht noch mal an die Akten. Gab es Schöffen? Dann Streife hinschicken. Gab es irgendjemanden, den wir übersehen haben? Zeugen, andere Beteiligte. Martha ist im Rathaus, ich fahre jetzt zum Hauptbahnhof.«

Das Team verließ den Raum, Jay suchte auf dem meterlangen Schreibtisch seine Sachen zusammen, drehte sich um, wollte gerade los – Sonya stand in der Tür.

»Jay, hast du deine Freundin eigentlich inzwischen noch mal befragt?«

»Franziska Pohl? Sie ist nicht meine Freundin. Und du hast gesehen, sie hat uns weitergeholfen, sie hat zugegeben, dass ihr Vater Probleme mit dem alten Böhm hatte.«

264

Sonya schloss die Tür, ging einen Schritt auf Jay zu.

»Aber ... hast du sie nicht noch mal gefragt? Zum Prozess? Hat sie davon nichts mitbekommen?«

»Nein, habe ich nicht. Ich sehe nicht, dass uns das gerade weiterbringt.«

»Vielleicht hat sie sich gerne in deiner Nähe aufgehalten«, Sonya redete leise, unaufgeregt, »weil sie selbst Angst hatte. Wer weiß.«

»Verstehe«, lachte Jay trocken, »du glaubst, es kann keinen anderen Grund geben, dass sie sich gerne ...«

»Ich mache mir nur Sorgen um eine Zeugin.«

Einen Moment sahen sie sich stumm an.

»Was ist eigentlich mit deinem Supertool?«

»Diana?«

»Diana.«

»Was hat das denn jetzt damit ...«

»Also predictive war die bisher noch nicht.«

»Jay, wir sind am Anfang von Bandenkriminalität ausgegangen.«

»Warum sitzen da dann immer noch rund um die Uhr zwei Kollegen dran?«

Jay versuchte so ruhig wie möglich zu bleiben, doch sogar er selbst hörte die Aggression in seiner Stimme. Das konnte sie einfach besser als er, sei's drum.

»Wir tragen gerade alle Zeugenaussagen zusammen, aus dem Grunewald, aus dem Ascandy, Mannsen am Alex, Djorovic-Entführung, zwei Ermittler sprechen noch mit den Nachbarn im Wedding. Vielleicht finden wir Muster.«

Ihre Daten würden vermutlich ergeben, dass die letzten Morde alle bei warmen Temperaturen stattgefunden hatten. Er sagte nichts, atmete dreimal durch, griff nach seinem Autoschlüssel.

265

»Gut, sehr gut, bin gespannt. Ich spreche dann vielleicht noch mal mit Frau Pohl. Aber jetzt muss ich zum Hauptbahnhof. Das einzige Muster haben nämlich bislang die Daten in meinem Kopf herausgefunden.« Jay tippte sich an die Stirn. »Predictive Policing.« Er ging an ihr vorbei.

»Jay«, rief sie ihm hinterher. »Muss ich dir wirklich sagen, wie gut du das gemacht hast?«

61

Post

Wohin gehe ich, fragte sich Jay und war für den Moment nicht Jerusalem Schmitt. Er blickte sich um, sah die Reihe der wartenden Taxis, den verglasten Eingang des Hauptbahnhofs. Touristen mit Sonnenhüten, die in Richtung der Reichstagskuppel zeigten, Amisurferjugendcliquen im Unterhemd. Was hätte er dabei? Noch mal einen Schiebewagen? Zu auffällig. Was hier keine Aufmerksamkeit erregte, war Gepäck. Er stellte sich vor, er hätte einen Koffer dabei. Wie groß musste der sein?

Hinter der Drehtür wurde es voller, rechts oben die Anzeigetafel, Laufschriften mit Verspätungen und umgekehrter Wagenreihung. Ein Junge mit Rucksack biss in seinen Burger, seine Mutter schob ihn zur Rolltreppe. Ein Mann mit großen Kopfhörern und Sonnenbrille aß ein Eis.

Manchmal fragte sich Jay, wie gut sie andersrum waren. Die Bösen, wie gut sie sich in die Polizei hineinversetzen konnten. Laien merkten hier gar nichts, sähen das gewöhnliche Bahnhofstamtam. Er als Ermittler konnte aus zwanzig Metern erkennen, dass der Mann da keine laute Musik im Kopfhörer hatte. Sondern die Anweisungen aus dem Kontrollraum. Es war keine schlechte Verkleidung, so liefen sie hier rum, Kopfhörer, Sonnenbrille, aber mit geschultem Auge konnte man immer den Unterschied sehen. Original und Fälschung. Die Frage war, ob Johannes Böhm das auch sah, ob Johannes auch Jay sein konnte oder nur Jay Johannes. Er lief an dem Eismann vorbei zum Aufzug. Dann zur erwähnten Tür und den Gang entlang.

»Jerusalem Schmitt, Neunte Mordkommission.« Für sechs Leute war der Raum eng. Zwei seiner Kollegen saßen vor den Monitoren, dazu drei Bahnmitarbeiter. Seine wussten besser, auf was sie achten mussten, die anderen führten durch den Dschungel der Überwachungskamerabilder.

»Wenn er in der 5b nach rechts aus dem Bild läuft, sehen wir den wieder in der 8a in der Totalen oder in der 5c, wobei die oft verdeckt ist.«

Zehn Bildschirme, jeder viergeteilt, sie hatten vierzig Kameraperspektiven vor sich an der Wand.

»Der mit der großen Tasche ist aus der 9a nach unten weg, wo sehe ich den wieder?«

»9b. Oder folgen, die 9a kannste steuern.«

Es sah aus wie früher bei Super Mario. Da in den Geheimtunnel rein, zack, unten ging es weiter durch, dann in den Ausgang, wieder Bildwechsel, oben. Ein paar Sekunden sah Jay einfach zu.

»Wie viele Leute haben wir auf der Fläche?«

»Zwanzig observieren, hier ist die Karte.« Jay blickte auf den Lageplan. Zwanzig rote Punkte verteilten sich über die verschiedenen Ebenen des Bahnhofs.

»Ausgänge umstellt?«

»Überall Verdeckte, SEK kann innerhalb von dreißig Sekunden dazukommen.«

Jay blickte wieder auf die Monitore, hoffte auf den Zufall, dass gerade ihm das Gesicht Johannes Böhms ins Auge stechen könnte. Dabei waren die meisten Kameras ohnehin in zu geringer Auflösung. Ströme waren das, zum Schwall verdichtete Menschen, sie flossen Rolltreppen hinunter, wurden direkt daneben eine Treppe hochgespült, tropften erst nach den Schleusen der beiden Ausgänge auf den Asphalt.

»33-4, nichts im Müll, nichts in den Schließfächern. Geschäfte müssen wir nur noch EG und UG machen. Ende.«

Die Stimme kam aus dem Lautsprecher. Die einen hielten Ausschau nach Böhm junior, die anderen durchstreiften die Lager, zugängliche Hohlräume, Container, alle Orte, an denen der Täter sein Opfer ablegen könnte. Jay sah auf die Uhr, bat einen der Bahnmitarbeiter, den Fernseher anzumachen, drückte sich durch, bis er den Saal sah. Die Sitze waren noch leer, Mikrofone, Wassergläser und Namensschilder standen bereits. Martha, Präsi, Innensenator, Regierender Bürgermeister. Wollten sie nicht schon angefangen haben mit der PK? Sein Telefon vibrierte.

»Martha?«

»Jay, es ist ein Paket aufgetaucht, in der Poststelle. Ohne Absender.«

»Im Rathaus?«

»Im Rathaus.«

»Groß?«

»Klein, vielleicht vierzig auf dreißig. Aber auf der Rückseite ist ein großer grüner Punkt.«

Ein Paket, wieso schickte Johannes ein Paket?

»Habt ihr es aufgemacht?«

»Natürlich nicht. Das kann alles sein, sogar eine Bombe.«

»Martha, das würde er nicht machen, der hat genaue ...«

»Eine Leiche ist auf jeden Fall nicht drin. Jay, das ist kein Spiel zwischen ihm und dir, wir sind hier für die Sicherheit verantwortlich. Wir evakuieren jetzt das Rathaus, die Jungs vom Sprengstoff sind unterwegs.«

Jay schwieg und rieb sich die Augen. Doch, Martha, das war ein Spiel. Für Johannes Böhm war das ein Spiel.

62

Weiß

Jetzt begannen sie durchzudrehen, es ließ sich nicht aufhalten. Liveticker, Amateurvideos, TV-Schalten, Verschwörungstheorien, Mutmaßungen, Trittbrettfahrer. Nur noch schneller als sonst, die Journalisten waren ja schon vor Ort, kaum raus aus dem Rathaus bauten sie sich in Sichtweite auf, um gleich ein *Da hinter mir* oder *Nur wenige Meter entfernt* in irgendeine Kamera sagen zu können. Drinnen nur noch Martha und die Kollegen und ein einsames Päckchen mit grünem Punkt, von dem die Angstmacher draußen nichts erfahren hatten.

Marcel meldete sich, hatte die Todesanzeige von Staatsanwalt Dahne gefunden. *Nach kurzer schwerer Krankheit*, las er vor, *für immer von uns gegangen. Trauerfeier am Samstag, den 18. September 2010, um 10 Uhr auf dem Friedhof St. Matthias – Von Blumenspenden bitten wir Abstand zu nehmen.* Definitiv schon Jahre tot. Er habe in der Charité sogar die behandelnden Ärzte ermittelt, Lungenkrebs, vierzehn Monate in Behandlung. Er würde jetzt noch zur Familie fahren, sie wohnten in Steglitz, Jay stimmte zu.

Auch auf den Überwachungsbildschirmen im Hauptbahnhof war die Evakuierung des Rathauses angekommen. Überall Telefone an den Ohren, in den Händen, noch schneller schien sich der Schwarm zu bewegen. Lief einer ruhiger? Jays Blick sprang, von 1a auf 2c, 4d, 9a, 9b, 10d, Johannes, wo bist du? Es war Trance, wie ein riesiger Tanz bewegten sie sich, die Massen, es fehlten nur noch wechselnde Farbfilter zum kompletten Trip.

Jay war überzeugt, man könne so einen Job nur aushalten, wenn man eben nicht die ganze Zeit auf die Bildschirme starrte, sondern meistens Außerberuflichem nachging, wie es in so vielen trostlosen Jobs üblich war. Er musterte die drei von der Bahn, identifizierte Modellbau, Essen und Flirten als ihre jeweiligen Hobbys, war sich sicher, dass an einem normalen Montagnachmittag gerade Kunststoffkleber nachbestellt, Pommes gemampft und Verabredungen ausgetextet wurden. Vielleicht tat er ihnen unrecht.

Wieder klingelte das Telefon, Franziskas Namen sah er auf dem Display, entschuldigte sich kurz, ging vor die Tür. Wo er denn sei, fragte sie, ob er das mit dem Rathaus gemacht habe, was sie dort gefunden hätten, und überhaupt, was das für ein Tag sei bisher, zwei Tote und die Evakuierung, sie mache sich Sorgen. Jay konnte kaum glauben, dass es noch keinen Tag her war, der Hof, die Küsse, so viel war passiert inzwischen, auf einmal war sie wieder so weit weg. Er sei im Einsatz, sagte er nüchtern, würde sie eventuell später sprechen wollen, sie solle sich den Rest des Tages freihalten. Franziska war enttäuscht, das hörte er, es waren keine lieben Worte, Jay war wieder der Kommissar, aber der musste er gerade auch sein, sie würde es verstehen, wenn er ihr erzählt hätte, wie der Fall sich zugespitzt hatte. Sie sei in der Uni, er könne sich melden, solle vorsichtig sein, bat sie. Natürlich. Noch einmal vibrierte es, Sonya rief parallel an, Jay verabschiedete sich kurz und unpersönlich, wechselte das Gespräch.

»Sonya?«

»Jay, ich habe dir doch erzählt, dass wir Zeugenaussagen

in Diana geladen haben.« Sie sprach schnell, Jay merkte ihrer Stimme die Wichtigkeit der Botschaft an.

»Ja.«

»Wir haben eine Übereinstimmung. Wenn wir alle Autos nehmen, an die sich die Leute in der Nähe der Tatorte erinnern, sind das zwar 217, vom schwarzen Mercedes bis hin zum LKW ...« Jetzt rief auch noch Marcel an, Jay drückte ihn weg und blieb bei Sonya. Er wollte wissen, was sie herausgefunden hatte.

»Aber Diana ist aufgefallen, dass übereinstimmend ein weißer Transporter gesehen wurde. Berliner Kennzeichen. Auf einem Privatfoto ist er im Hintergrund abgebildet, letzte Stellen 245.«

Wieder vibrierte es, Marcel hatte eine Nachricht hinterhergeschickt. *Jay ich glaub ich weiß es die Todesanzeige melde mich später.* Jay? Hatte Marcel endlich das Geschmitte aufgegeben.

»Okay.«

»Das ist noch nicht alles. Wir haben die Gegend im Wedding danach abgesucht, zwei Straßen von Kath entfernt steht der Transporter, B-AC-245.«

»Hattet ihr vorher nicht überprüft, ob auf Johannes Böhm ein Auto zugelassen wurde?«

»Doch, natürlich. Der Wagen ist nicht auf ihn zugelassen, sondern auf einen Karl Dahrow. Den Mann gibt es nicht.«

»Gut, dann wissen wir jetzt, dass er unter falschem Namen ein Auto geleast hat. Wenn das noch im Wedding steht, hilft es uns aktuell aber wenig weiter. Der Typ ist wohl seither anders unterwegs.«

»Na ja, wir haben ein Foto des Wagens gepostet und nehmen seither Hinweise entgegen.«

Jay hasste Hinweissuche in Paniksituationen. Jeder dritte

Anrufer wollte sich wichtigmachen, hoffte auf Erwähnung in den Tickern, Verbreitung seiner Thesen, ein Paradies für Brandstifter. Dazu Witzbolde, Fanatiker und bestem Wissen und Gewissen nach Blitzparanoide. In den sozialen Netzwerken das Ganze hoch drei.

»Lass mich raten, die haben den Wagen alle beim Rathaus gesehen.«

»Nein, dann hätte ich dich nicht angerufen, Rathaus wäre natürlich der Best Guess. Aber vom Einsatz am Hauptbahnhof weiß doch niemand, oder?«

»Nein«, sagte Jay zögernd.

»Wir haben übereinstimmende Aussagen, dass der Transporter in der Nähe des Hauptbahnhofs gesehen wurde. Heute Morgen um sechs.«

63

Bildsprünge

Schneller ging es trotzdem nicht. Früher wäre irgendwer durch Gänge gehetzt, hätte Bänder rausgepfriemelt, vor- und zurückgespult, bis man an der richtigen Stelle war. Jetzt konnte man sitzen bleiben, aber musste auf den Server kommen, *Verify Account*, Passwort raussuchen, *Connection temporarily failed.*

Das verdammte Internet, sei hier immer so langsam, heute noch langsamer, wohl, weil die ganze Stadt gerade online sei. Jay ignorierte den Modellbau-Typen, ließ ihn alleine mit der grauen Neunzigerjahre-Benutzeroberfläche kämpfen, blickte zu den Monitoren, noch liefen die Bilder in Echtzeit. Wenn Johannes heute Morgen schon hier gewesen war, wo war dann die Leiche? Jay hatte gerade das Suchteam angefunkt, sie waren durch, auch mit EG und UG, keine Spur. Plötzlich wurden alle Bildschirme schwarz.

Nun wolle er ja doch, der Server, freute sich der Bahnmann und tippte. Sekunden später waren die Bilder wieder da, nur anders, leerer, einige Menschen weniger auf den Gängen. Gleise, Rolltreppen, leergespült. 5:30:08 stand jeweils in der oberen rechten Ecke, im Sekundentakt änderte sich die hinterste Ziffer. Ob er einmal bis Viertel vor sechs vorspulen könne? Das war die Zeit, ab welcher der Transporter laut Sonya parkend gesehen worden war.

»Leitung zum Rathaus steht«, meinte einer von Jays Kollegen und zeigte auf einen Laptop vor sich. Jay sah einen Innenhof, leer bis auf einzelne Menschen in Schutzanzügen, umgeben von roten Mauern, am Ende des Hofs ein turmartiger Vorbau, vermutlich Aufzug. Jay beugte sich runter.

»Wieso zeigt die Kamera den Innenhof?«

»Weil wir hier das Paket platziert haben«, drang Marthas Stimme aus dem Laptop, »die Kollegen bereiten gerade eine kontrollierte Sprengung vor.«

Jetzt konnte er es erkennen, in der Mitte des länglichen Hofes, fast zu übersehen, ein kleines Paket.

»Bitte wartet noch, Viertelstunde, wir sind an Johannes Böhm dran.«

Er blickte wieder nach oben, bei 5:42 waren sie inzwischen, 5:43. Dann veränderte sich die Geschwindigkeit, das Gewusel wurde langsamer, für einen Moment wirkte es wie Zeitlupe, aber es war nur dem Kontrast geschuldet, sie liefen wieder in Normaltempo, mit Kaffee in der Hand, Aktentasche.

Vielleicht ein Zulieferer? Ein Mann, der einen riesigen Karton auf einer Palette schob, mit DB-Zeichen drauf oder Volvic oder dem Schriftzug einer Supermarktkette? Um diese Zeit fiele er nicht groß auf, morgens, da wurden doch alle beliefert. Allein Jay sah niemanden. Sie hatten die Bildschirme aufgeteilt, jeder der fünf beobachtete zwei Monitore, acht Perspektiven. Jay hatte seine Augen überall, oben, unten, links, rechts, es war ein Suchbild, irgendwo war er. Ihm fiel Marcels Anruf ein, er musste ihn noch zurückrufen, er klang, als habe er etwas herausgefunden. Doch das hier war jetzt wichtiger. 5:55.

»Jay, wir werden gleich sprengen, das Ding kann sonst jederzeit hochgehen.«

Nur eine Sekunde blickte er runter zum Laptop, noch immer der Innenhof, um das Paket war herumgebaut worden, Menschen waren keine mehr zu sehen.

»Ja, Martha, fünf Minuten.«

Er bat die Bahnkollegen um eine leichte Temposteigerung, ob anderthalbfache Geschwindigkeit gehe? Es ging. Jetzt hetzten sie wieder mehr, die Männchen, in die Läden, aus den Läden, holten sich ihr Frühstück, hörten Musik auf ihren Kopfhörern. Der Pulk vor der Anzeigetafel wurde immer größer, fast unter jedem Zug eine Laufschrift, planmäßig fuhr nicht viel. Dann sah Jay einen Mann durch die Drehtür kommen, Mütze, Bart, mit Rucksack. Nicht sonderlich groß, der Rucksack, Jay wollte seinen Blick schon abwenden. Aber wie er lief. Keinen Moment sah er zur Anzeigetafel, ging durch die nervöse Menge hindurch, lief langsam und gleichmäßig, sah nicht in die Schaufenster und drehte sich nicht um. Jay verglich den Ausdruck in der Hand, die Beschreibung von Peggy Kath, mit dem kleinen Rucksackmann auf dem Bildschirm. Er ging oben aus dem Bild, Jay suchte ihn auf den anderen, wo würde er rauskommen, er fand ihn nicht, wurde unruhig.

»Wo sehe ich den, der aus der 7b oben rausgeht?«

»7b, 7b, müsste dann wieder die 1c sein.«

Jay blickte nach links, 1c, da war er. Die Kamera war näher, keine Totale, dafür würde er genau unter der Kamera durchlaufen, wenn er Richtung Gleis ging. Es passte, dachte Jay, Größe, Figur. Bart und Mütze.

»Der mit dem Rucksack?«

»Ja«, sagte Jay.

»Aber ist der Rucksack nicht … viel zu klein?«

Jay antwortete nicht, folgte dem Mann mit den Augen. Wenige Meter vor der Kamera bog er ab, weg vom Durchgang zu den Gleisen.

»1c links raus«, rief Jay.

»Kommt gleich direkt in die 1d.«

Da war er wieder, lief immer noch sicher, ruhig, ohne Fragen. Auch diese Kamera gab gute Bilder, der Gang war nicht groß, der Mann kam näher.

»Wohin geht der?«, fragte Jay.

Die Männer von der Bahn sahen auf den Bildschirm.

»Da kommt eigentlich nur die Gepäckabgabe, oder?«, fragte der Dicke die Kollegen. Nicken.

Jay war nervös, der Rucksack, der viel zu kleine Rucksack. Einen toten Hund hätte man da reinbekommen, keine Leiche. Wieder starrte er auf das Phantombild vor sich, zurück auf den Monitor. Keine zwei Meter vor der Kamera blickte der Rucksackmann nach oben, sah direkt ins Bild, lächelte. Jay erstarrte. Er war es, das war Johannes Böhm, keine Frage. Er erkannte den Jungen, er erkannte das Phantombild, Johannes konnte sich tarnen, mit Bart und Mütze, er konnte sich nicht unsichtbar machen.

»Das ist er«, flüsterte Jay.

Aber was war im Rucksack? Wer war im Rucksack? Ein Gedanke ließ Jays ganzen Körper zusammenziehen. War das ein Kind? Ein Kind war doch viel zu jung, zwanzig Jahre war es her, in den Rucksack passte schon kein Dreijähriger mehr. Was hatte Johannes vor?

»Habt ihr die Schließfächer nicht überprüft?«, schrie Jay über Funk.

»Doch, klar.« Die Antwort kam direkt.

»Alle?«

»Nur nicht die kleinen, da passt ja kein Mensch rein.«

Jay ging zur Tür, drehte sich nicht um, verließ den Raum. Er hatte Angst, das erste Mal seit Langem richtige Angst. Doch, ein kleiner Mensch, dachte er.

64

Lebensatem

Das mit dem Namen störte ihn wirklich. Weniger die Tatsache, dass der Halunke dann ihren trüge – davon würde er ja nichts mehr mitbekommen, er würde nicht das Klingelschild sehen und auch nicht mehr hören, wie befremdlich sich der eigene Sohn am Telefon meldete. Eher die Unverfrorenheit, ihm das kurz vor seinem Tod noch anzutun. Hätten sie damit nicht warten können? Dahne, was war denn an dem Namen so schlimm? Der Halunke lächelte dann nur, sie auch, er streichelte ihm über das Gesicht, ach Papa, sah ihn liebevoll an und ließ doch keinerlei Diskussion zu. Zu zweit standen sie vor seinem Bett, mühsam setzte er sich wenigstens auf, gerne wäre er zum Schränkchen gegangen, hätte ihnen etwas angeboten, die Kraft reichte nicht. Schaut doch mal im Schränkchen, da müsste noch … Sie wollten nicht. Er wäre so gerne zu Hause gestorben, fast hätte es geklappt. Zweimal war er umgekippt, beide Male hatten sie ihn zurückgeholt. Jetzt also hier, wo es nach nichts roch, wo sie ihm mit ein paar alten Möbeln, Erinnerungsstücken, der Fotocollage von Weihnachten ein Gefühl von Vertrautheit geben wollten, was beim besten Willen – und er bemühte sich – nicht funktionierte. Allein die Vorstellung, wie viele andere Menschen auf diesen Quadratmetern, in diesem Bett Adieu gesagt hatten, ekelte ihn an. Und die Vorhänge, die feinen, fast durchsichtigen Vorhänge, durch die man den Schnee fallen sah. Wieso gab es keine richtigen Vorhänge, schwere Vorhänge, die man zuziehen konnte, um seine Ruhe zu haben. Helligkeit konnte er nicht mehr gebrauchen, Bewegungen irritierten ihn inzwischen grundsätzlich, auch fernsehen war zur Qual geworden, sein einziger Freund war das Radio. Ob er mal anfassen wolle, fragte der Halunke und führte seine Hand auf einen großen Ball unter Umstandskleidung. Nähe war schwierig geworden, es war ihm unangenehm, den Bauch seiner Schwiegertochter zu befummeln. Schön, sagte er leise, zog dann direkt die Hand weg. Es sei schon richtig aktiv, erklärte sie, strample viel, als entschuldigte sie sich für die Regungslosigkeit während des fünfsekündigen Handauflegens. Schön. Sie bemühten sich um Gesprächsthemen, versuchten es immer wieder, meistens in der Reihenfolge Wetter, Verwandte, Stadtgeschehen, gemeinsame Erinnerungen, es war zwecklos. Seine Wortbeiträge beschränkten sich auf kurze wertende Kommentare, was er insgeheim genoss. Sein ganzes Leben hatte er argumentieren müssen, abwägen, manchmal hatte er das vielleicht bewusst zu wenig getan, wollte dann eher Triumph als Gerechtigkeit, wollte seine Forderung akzeptiert sehen, aber überzeugen musste er immer. Jetzt konnte er *Geschieht ihm ganz recht* sagen oder *Die sind doch alle nicht mehr ganz bei Trost*, und keiner störte sich daran. Wenn du es erst einmal hierher geschafft hattest, in das höhenverstellbare Bett mit der Plastiktriangel wie einem Galgen über dem Kopf, dann hattest du nicht mehr viel, doch immer recht. Sollten sie sich auf dem Weg nach draußen, im Aufzug, ruhig darüber austauschen, wie schlecht drauf der Alte heute wieder war. In seinem Zimmer traute sich niemand zu widersprechen. Einspruch, Euer Ehren. Abgelehnt. Sie wollten nachher noch rausfahren, spazieren, meinte der Halunke. Schön, sagte er wieder, wollte die beiden aber auch nicht provozieren, fragte daher leidenschaftslos nach. Nicht zu kalt für das Kleine? Sie verabschiedeten sich mit der ihm immer unliebsamen Umarmung, würden übermorgen wiederkommen, jaja, gute Fahrt. Als die Zimmertür zu war, überlegte er, ob er den Kleinen noch zu Gesicht bekommen würde. Oder war es die Kleine? Sie hatten es ihm erzählt, er hatte es vergessen. Übermorgen kämen sie wieder, dann würde er noch einmal nachfragen. Er wusste nicht, dass es kein Übermorgen mehr geben würde.

65

Trennung

Schneller lief er, immer schneller. Als könne er den Böhm-Sohn noch abhalten, als könne er ihn zumindest noch erwischen. Er war doch gerade bei den Schließfächern, man sah es doch auf den Kameras. Die Monitore hatten Jay eine verschobene Realität vorgespielt, versetzt um zwölf Stunden. Sechs Uhr morgens, zwischen Theater und Peggy, ein Umweg über den Hauptbahnhof. Jay bemerkte jede einzelne Überwachungskamera auf dem Weg, sah sich im Kopf selbst auf der 7b, als er beim Eingang war, auf die 1c wechseln, da oben war sie, gleich würde er in die 1d abbiegen.

»SEK kommt«, rief einer der beiden Kollegen, der Jay offensichtlich gefolgt war.

Es war ihm egal, vollkommen egal, irgendjemand war in dem Schließfach, bestimmt keine Bombe, Johannes Böhms Lächeln, es war für Jay, es war schon wieder das triumphierende Gesicht des Siegessicheren.

»Und Frau Klewicz ist dran, wegen der Sprengung.«

Er riss dem Mann das Telefon aus der Hand.

»Martha, gib mir eine Minute, dann weiß ich, was das alles soll.«

Er reichte es ihm zurück, ohne Marthas Antwort abzuwarten. Viel mehr war jetzt los als bei der Aufzeichnung, große Koffer, kleine Koffer, eine Schulklasse kam ihm entgegen, laut alberne Jungs, schüchterne Mädchen. Kinder.

Jay hatte noch immer keinen Anhaltspunkt. Er sah das Sondereinsatzkommando in den dunklen Schutzanzügen den Gang entlangkommen, Helme auf, die Mädchen kreischten. Jay hielt an, unmittelbar vor dem Schild *Gepäck Center*, ließ das SEK vor, ließ sie die Leute rausschicken.

Dann blickte er auf sein Handydisplay. Marcel. Es war kein guter Zeitpunkt zum Telefonieren, die ersten Touristen kamen verstört und ohne Aufforderung die Hände hebend aus Richtung der Schließfächer. Marcel war jetzt sein Strohhalm, was immer es war, wenn es ihn irgendwie weiterbrachte, ihm verriet, was hier auf ihn zukam, hätte es sich schon gelohnt. Er wollte Johannes Böhm keine Überraschungsmomente mehr zugestehen. Mit Peggy hatte er es schon nicht mehr geschafft, jetzt bloß keinen Schritt zurück auf den Zuschauerrang.

»Marcel?«

Einer der vermummten SEK-Männer sah zu Jay und hob den Daumen. Sie begannen, die obere Reihe der Schließfächer zu öffnen.

»Jay, der Staatsanwalt, erinnerst du dich noch an die Radiomeldung?«

Das erste Fach hatten sie offen, eine Handtasche, Jay schüttelte den Kopf.

»Welche Radiomeldung?«

»Am Sonntag, im Auto, nach dem Gefängnis.«

Jay dachte nach, Marcel kam ihm zuvor.

»Jugendliche verwüsten St. Matthias-Friedhof, erinnerst du dich nicht? St. Matthias, das ist genau der Friedhof, auf dem Dahne liegt.«

Jetzt erinnerte sich Jay, die Meldung, klar, die Radionachrichten. Das zweite Schließfach war offen, schwarzer Rucksack, nicht der von Johannes Böhm.

»Ich habe mir gedacht, das kann doch kein Zufall sein. Bin direkt hingefahren. Niemand hat die Jugendlichen gesehen, die haben das daraus geschlossen, dass Grabsteine verunstaltet waren, leere Wodkaflaschen rumlagen.«

Das dritte Fach war offen, das vierte, wieder Handtaschen, der Rest der oberen Reihe war nicht verschlossen, sie machten sich an die untere.

»Das waren gar keine Jugendlichen?«, fragte Jay.

»Genau, das war meine Vermutung. Der Friedhofsgärtner hat mir Fotos gezeigt, da waren Sonntagmorgen überall Blumen zertreten, Lichter umgeworfen, Erde verstreut.«

Die nächste Schließfachtür ging auf, Schlafsack und Isomatte.

»Dahnes Grab war eines von denen, die verwüstet wurden.«

Wieder knackte eine Tür. Da war es. Die Blicke von vier SEK-Beamten, dem Kollegen aus dem Kontrollraum und Jay lagen auf dem grünen Rucksack im Fach. Johannes Böhms Rucksack. Er war nicht winzig, es mochte schon etwas hineinpassen. Vielleicht ja doch ein Mensch, nur anders.

»Jedenfalls habe ich mir das genau angesehen. Die Fotos, das Grab. Jay, das war alles nur Ablenkung, die Wodkaflaschen, die Schmierereien, das sollte nach durchgeknallten Jugendlichen aussehen, damit sich niemand wundert, über die Erde, die kaputten Blumen, aber es ging um etwas ganz Anderes.«

»Dahnes Grab.«

Plötzlich wurde Jay alles klar. Er hatte Glück gehabt, Staatsanwalt Dahne, Glück gehabt, dass er schon tot war. Es war Johannes egal, ob er noch lebte oder nicht, er gehörte dazu, er musste ins Schema. Tot oder lebendig. Und wer bereits hinabgestiegen war in das Reich der Toten, der wurde

283

wieder heraufgezerrt und musste noch einmal sterben. So wie er es verdient hatte.

Die schwarzen Männer öffneten den Rucksack, leuchteten mit Taschenlampen hinein, sahen Jay an. Er war ganz ruhig, bewegte sein Gesicht nicht, alle Anspannung hatte sich gelöst. Er war erleichtert, unglaublich erleichtert. Weil es unter allen Möglichkeiten das geringste Übel war. Weil er nicht überrascht wurde. Du hast es nicht geschafft, Johannes. Ich weiß, was da drin ist. Einer der Vermummten trat auf Jay zu, schob die Schutzbrille hoch, das Tuch runter zum Hals.

»Wollen Sie es sich nicht ansehen?«

»Nein, ich weiß es«, sagte Jay. »Knochen. Das Skelett eines alten Mannes, der vor fünf Jahren gestorben ist. Schauen Sie nach, am oberen Ende der Wirbelsäule müsste ein grüner Punkt sein.«

»Ja, Knochen, Brustkorb, Wirbelsäule, Becken. Nur der Schädel fehlt.«

»Na klar«, Jay sprach ganz leise, »natürlich fehlt der.«

Rathaus, Haupt, Bahnhof. Es war nicht nur der Hauptbahnhof. Haupt. Dann wählte er Marthas Nummer, verlangte die kontrollierte Sprengung abzubrechen, zum Paket zu gehen, es zu öffnen und ihm ob seiner hellseherischen Fähigkeiten seinen Schreibtisch zu zahlen, wenn sich darin ein Totenschädel befände. Erst später sah er ein, dass jegliche Prämie dafür, sofern Martha jemals darauf zurückkommen würde, nicht ihm zustand, sondern Marcel.

66

Leerstelle

Jay stützte sich mit beiden Armen auf dem Lenkrad ab, spürte das Vibrieren des Motors, sah über die rote Ampel hinweg in den Himmel. Vielleicht würde es heute endlich wieder einmal regnen. Er stellte sich vor, wie es wäre, Johannes Böhm anzufassen, ihn zu fixieren, abzuführen. Er konnte es sich nicht vorstellen. Sich zumindest nicht vorstellen, wie es sich anfühlte. Erleichterung, Genugtuung, Stolz, Mitleid, es würde etwas auslösen, nur was, das wusste Jay noch nicht. Bald hoffentlich schon. Die Ampel wurde grün.

Im Konferenzraum standen sie bereits um die große Karte. Blaue Fähnchen steckten an allerlei Orten. Bellevue, Tiergarten, Schloss Charlottenburg, Park am Gleisdreieck, in der Baustelle des Berliner Schlosses, im Tempelhofer Park, Volkspark Friedrichshain, Mauerpark, Humboldthain, bis runter zum Schloss Cecilienhof, Sanssouci. Parks und Schlösser. Sie warnten öffentlich nicht davor, wollten keine Panik und keinen panischen Täter, auf allen Kanälen ging es noch um die beiden Toten vom Vormittag, Augenzeugen berichteten von einem Einsatz am Hauptbahnhof, der gemeinhin aber, ebenso wie die Evakuierung des Rathauses, als Fehlalarm abgetan wurde. Djorovics Identität konnte noch geheim gehalten werden, ein sich im Netz rasend schnell verbreitendes Video eines Nachbarn zeige jedoch die Tatortabsperrung im Wedding, Kaths Name blieb seither nur von den seriösesten Medien unerwähnt.

Ein letzter blauer Punkt, ein letzter Punkt, den Jay nicht mehr sehen wollte. Wie weit sie mit den möglichen Zielpersonen seien?

Sonya sprach von Zeugen, Gerichtsmitarbeitern, alle informiert, teilweise unter Polizeischutz gestellt, in der gesamten Akte stände kein Name mehr, den man nicht recherchiert habe, keine Person, die nicht informiert und in Sicherheit gebracht worden sei.

Vielleicht war Franziska tatsächlich ihre letzte Chance. Er hatte eigentlich auf Marcel warten wollen, ihm sagen, wie wichtig sein Einsatz war. Aber der war noch am Friedhof, sie hoben das Grab aus, holten den Sarg, würden ihn öffnen, und vielleicht wäre der Anblick der leeren Kiste mehr Bestätigung als das Lob des Chefs. Jay entschuldigte sich, kündigte an, er wolle sich mit Frau Pohl treffen, verließ den Raum. Er lief bereits den Flur entlang, als er Sonyas Stimme hinter sich hörte.

»Jay!«

Er drehte sich um.

»Wir haben alle aus der Akte überprüft, aber was, wenn da jemand fehlt?«

»Was meinst du?«

»Ich habe mir die Gutachten von Djorovic noch einmal durchgelesen. Die Vergewaltigung wurde nicht erst im Nachhinein angezeigt. Es gab einen Anruf bei der Polizei, sowohl Siegfried Böhm als auch Peggy Kath sprechen von einem Polizisten, der Böhm noch am Tatort verhaftet hat.«

»Da muss es doch eine Anzeige zu geben.«

»Ja, müsste es. Gibt es aber nicht, kein Vordruck 95 in der Akte. Und der Polizist hätte mit Sicherheit auch eine

Zeugenaussage vor Gericht machen müssen. In der Akte ist nichts.«

»Wie schafft man es, in so einem Prozess nicht aussagen zu müssen?«

»Gar nicht, Jay.«

Sie holte ihr Telefon aus der Tasche, wischte und hielt es in seine Richtung.

Kannst du ihn mir kurz geben? Sonyas Stimme. Die Aufzeichnung eines Telefongesprächs. Kurzes Rauschen.

»Ich habe bei unseren Doppelkopfspielern im Altersheim angerufen.«

»Der Richter?«

Ja? Etwas entfernter die Stimme eines alten Mannes.

Nein, einfach ans Ohr halten wie ein Telefon, sagte eine deutlich jüngere Stimme, wieder Rauschen, dann erneut der Alte.

Ja?

Hallo, Sonya Mainitz, Neunte Mordkommission, ich habe eine …

Barbara?

Nein, Sonya Mainitz, ich habe eine Frage zu einem Prozess.

Barbara? Bringst du Kuchen mit?

»Das dauert jetzt ein bisschen, so ganz auf der Höhe ist er nicht mehr, hat mich erst für seine Tochter gehalten.« Sonya schob ihren Daumen über das Display, sprang nach vorne.

… ich weiß gar nichts mehr, ich hab' alles vergessen …

»Meinte dann, er kann sich an fast keinen Prozess mehr erinnern. Aber unseren schon.« Noch einmal fuhr sie die Leiste weiter nach vorne.

… dann durchgedreht, hat seine ganze Familie umgebracht.

Der Prozess, wissen Sie noch, wer damals als Zeuge ausgesagt hat?

287

Könnten Sie mir das Glas Wasser …? Die Stimme war wieder weiter weg. *Ja? Prozess?*

Wer hat da ausgesagt, als Zeuge?

Jay und Sonya standen beide gebückt über das Telefon, hielten jeweils ein Ohr in Richtung des kleinen Lautsprechers.

Ja, die Frau natürlich, das Opfer.

Und noch jemand?

Das weiß ich nicht mehr. Vielleicht Leute, die den kannten, die etwas über ihn sagen konnten. Oder die den gesehen haben. Man hörte ihn einen Schluck Wasser trinken. *Und der Polizist natürlich.*

Der Polizist?

Ja, der Polizist, der hat die ja gesehen, die beiden.

Wissen Sie noch, wie der hieß?

Ja, hören Sie mal, das ist zwanzig Jahre her, da weiß ich doch nicht mehr, wie der Polizist hieß! Er machte eine Pause. *Bringst du denn jetzt Kuchen mit?*

Sonya stoppte die Aufnahme.

»In der Akte steht kein Wort von einem Polizisten. Jemand hat sie sabotiert. Intern.«

67

Halt

Jay stand an seinen Wagen gelehnt vor dem Universitätsgebäude und wartete. Sie waren eigentlich schon vor fünf Minuten verabredet gewesen, noch nichts zu sehen von Franziska.

Heute wäre es undenkbar, alles digital, damals ging es noch. Ins Archiv gehen, Kriminalakte Böhm holen, das Protokoll der eigenen Zeugenaussage herausnehmen, sich für immer aus dem Fall löschen. Aber zumindest die Ermittlungsakte mit dem, was bis zum Prozessbeginn geschehen war, gab es doppelt. Einmal bei der Polizei, einmal bei der Staatsanwaltschaft. Roter Aktendeckel, irgendwo unten in deren Archiv. Sonya war unterwegs.

»Herr Kommissar.« Franziska stieg auf der Beifahrerseite ein, ohne Jay weiter zu begrüßen.

Sie fuhren durch den Spätfeierabendverkehr, ziellos, Jay erzählte von den Toten, dem Schema, vom Böhmsohn. Er erzählte von ihrem Vater und Pfaffinger, dem Plan, mithilfe des Anwalts den dritten Mann loszuwerden. Klausings Rechnungen, die vorbereitenden Verträge für die Übernahme einer anderen Hotelkette, 1995, es gab nicht einmal Gespräche mit deren Management, hatten sie inzwischen herausgefunden, Scheinzahlungen. Mannsen wiederum bekam Klausings Rechtsbeistand fast gratis, die sich waschenden Hände.

289

Jay sah zu ihr rüber, Franziska war kreidebleich. Sie versuchte ihren Vater nicht in Schutz zu nehmen, fragte nicht genauer nach, sie schien ihm alles zuzutrauen, nach den letzten Begegnungen verwunderte Jay das nicht. Nur das System, das Ausmaß der Intrige, und vor allem deren Folgen schockierten auch Franziska.

Ob sie Kontakt zu Johannes gehabt habe? Ja, natürlich habe man sich gekannt, über die Eltern, gemeinsam im Garten geschaukelt, während die drinnen zusammensaßen und viel Papier auf dem Esstisch lag. Als sich die Eltern zerstritten, wurde der Kontakt weniger. Ihr Vater, sein Vater, beide wollten das nicht. So ein lieber Kerl sei das gewesen, nicht wie andere Jungs, irgendwie weicher.

Die Straßen sahen anders aus als sonst, merkte Jay, weniger Menschen, dafür alle paar Minuten Polizei, eine Stadt auf Mördersuche.

Den Prozess habe sie schon nicht mehr verfolgt, ihr Vater erwähnte am Rande, Siegfried sei durchgedreht, müsse bald ins Gefängnis. Den Rest kenne sie aus der Zeitung. Und danach? Einmal habe sie noch versucht ihn zu besuchen, es sei hoffnungslos gewesen. Kein Wort gesprochen, Türen geknallt, er war vollkommen zerbrochen, ein ganzes Leben in einer Nacht auf einen Zellhaufen geschrumpft. Der Kopf, nur leer.

Jay bat sie nachzudenken, zu überlegen, wer in Frage kommen könne, wen Johannes noch brauche, um sich vollendet zu fühlen. Sie schwieg. Keine Ahnung, die ganze Geschichte, sie habe das nicht mehr wirklich verfolgt. Er blickte auf die Uhr, war nervös.

Sie fuhren beinahe im Kreis, redeten eine Weile gar nicht, irgendwann fühlte Franziska das vorherige Gespräch weit genug entfernt. Wegen gestern, er solle nicht denken, also, sie wolle nur klarstellen … Sie stockte. Also, das sei sehr schön gewesen, das habe ihr sehr gutgetan, besonders in dieser Situation, sie wisse das aber nicht richtig einzuordnen, was er denn …?

Er hörte sein Telefon, Sonya rief an. Sie war im Archiv der Staatsanwaltschaft, hatte die Dringlichkeit ihres Anliegens verdeutlichen können, bekam Zugang zu den Akten.

»Wo bist du gerade?«

»Im Auto.«

»Fahr mal rechts ran.«

»Wieso?«

»Fahr mal rechts ran.«

Er sah in den Rückspiegel, blinkte, hielt in einer Einfahrt.

»Was ist denn los?«

»Ich habe die Akte, die zweite. Es gab eine Zeugenaussage, der Polizist hat vor Gericht ausgesagt, hat erzählt, dass er die Vergewaltigung gesehen hat.«

Franziska hörte nichts, sah Jay besorgt an.

»Fuck. Fuck. Wieso hat der Idiot das aus der Akte genommen?«

»Ich weiß es nicht Jay, aber …«

»Das kann ihn sein Leben gekostet haben.«

»Der Idiot ist dein Vater, Jay. Gunther Schmitt.«

68

Regen

Gunther war sich nicht sicher. Er stand mit den Händen in den Hüften im Garten und blickte senkrecht nach oben. Könnte sein, könnte aber auch nicht sein. Den Wetterbericht hatte er verpasst, Programmverschiebung wegen der Sondersendung zur Berliner Mordserie. Sicherheitshalber würde er gießen. Er lief über den Kies zur Hauswand um die Ecke, wickelte den Schlauch von der Spule, drehte das Wasser auf und gönnte dem Rasen den Regen, nach dem er sich den ganzen Tag über gesehnt hatte.

Ja, der Mörder, dachte Gunther. Er konnte sich keinen Reim darauf machen. Es hatte ihn durchzuckt, als er *Ascandy* gelesen hatte, wie es ihn immer durchzuckte, wenn er den Namen hörte. Am Morgen hatte er sich das erste Mal seit Langem ein Boulevardblatt geholt, Jeanne hatte es ihm abgewöhnt, es waren Schweinejournalisten, klar, aber sie waren eben immer einen Tick schneller als der Rest. Und aus einem Drang heraus, einem unwohlen Gefühl, wollte er mehr wissen über den Fall, alles wissen über den Fall. Die beiden Chefs, ihr Anwalt und ein tätowierter Typ. Er konnte sich keinen Reim darauf machen. Dann zwei Frauen, da wurde er hellhörig, hing den ganzen Tag vor den Fernsehbildern. Und gerade der Name, Peggy Kath. War das ein Zufall? Und dass ausgerechnet Jay ... Gedankenverloren stand er mit seinem Schlauch mitten im Garten, aus Versehen goss er eine halbe Minute die gleiche Stelle, sah schon die Pfütze, Gift für den Rasen. Und wenn es doch mit früher zu tun hatte? Es ergab keinen Sinn. Zwanzig Jahre war es her, wieso jetzt – er ging zu den Beeten, hielt den Schlauch fest, goss, das beruhigte. Er musste Jay davon erzählen, es war unangenehm, all die Jahre hatte er geschwiegen, es ging so nicht weiter. Langsam dämmerte es.

Jeanne stand in der Terrassentür, winkte, *ich bin mal weg*, machte sich auf den Weg zu ihren Freundinnen. Wie jeden Montag, es ging reihum, einmal im Monat waren sie auch hier. Er ließ Grüße ausrichten, dabei konnte er sie bis heute nicht auseinanderhalten, verwechselte immer Doro und Caro, die sich optisch nicht mehr unterschieden als ihre Namen. Und die Terrassentür solle sie bitte anlehnen, wegen der Mücken, *ay ay*, sagte Jeanne und verschwand.

Jetzt war er also alleine, dachte Gunther, nur er und der Schlauch. Normalerweise mochte er es, alleine zu sein, gerade im Garten. Stundenlang konnte er hier stehen und mähen und pflanzen und jäten und gießen. Heute war er mit einer undefinierbaren Sensibilität gestraft, nahm alles viel intensiver wahr, sein ganzer Körper ein riesiger Verstärker. Hitze, Geräusche, alles überkam ihn, prasselte auf ihn ein, und dass Jeanne weg war, war gar nicht gut dafür.

Er wischte sich mit dem Hemdärmel über die Stirn. Plötzlich begann er zu pfeifen, fast unbewusst, er pfiff vor sich hin, wie es andere Leute manchmal taten, er tat es nie. Dave Brubeck, die bekannte Melodie, Gunther pfiff das Saxophon. Verdammte Dämmerung, er sah immer weniger, egal, er war eigentlich ohnehin fertig, und wahrscheinlich käme ja auch noch der Regen.

Er wollte gerade aufhören, zurück zur Hauswand gehen, als auf einmal, ganz langsam, der Strahl des Schlauches immer schwächer wurde, nur noch plätscherte, dann versiegte. Das Wasser war abgedreht. Wer hatte das Wasser abgedreht? Gunther hörte augenblicklich auf zu pfeifen. Und es dauerte keine Sekunde, bis er verstand, dass es Quatsch war. *Sensibilität, verstärkte Wahrnehmung,* gegenüber Jeanne hatte er es sogar *wetterfühlig* genannt. Es war Angst, nichts weiter hatte er, nichts als reine, blanke Angst.

Und wie er die hatte, er ließ den Schlauch fallen und rannte zum Gartenhaus, flüchtete sich in seinen Schuppen, machte die Tür zu, ließ das Licht aus.

Es war dumm, hier wäre er eingeschlossen, er musste wieder hinaus, doch traute er sich nicht. Werkzeug, Waffen, hier war ja alles, Harke, Rechen, albern vielleicht, gegen eine Pistole hätte er keine Chance, aber die Harke? Wenn er schnell genug wäre. Er hörte den Kies, hörte er den Kies? Schritte, schnelle Schritte, da wurde nicht geschlichen, jemand kam in vollem Tempo auf ihn zu.

Gunther griff zur Harke, stellte sich vor die Werkbank, hielt die Harke hinter dem Rücken, musste auf das Überraschungsmoment hoffen – da wurde auf einmal die Tür aufgerissen, das Licht ging an …

»Ah!« Gunther ließ einen kurzen, spitzen Schrei los. Ein wenig peinlich war ihm der Ausruf, angsteinflößend klang das bestimmt nicht. Wie eingefroren stand Gunther vor der Werkbank, starrte in das Gesicht des Eindringlings. Auch der regte sich im ersten Moment kein bisschen. Dann ließ Gunther hinter seinem Rücken die Harke fallen. Sie würde ihm hier nicht helfen.

69

Schuppen

Jay hatte etwas gehört, jemand rannte weg. War es richtig, Franziska alleine im Auto zu lassen? Die ersten Einheiten wären in wenigen Minuten da. Er stellte sich einen Radarbildschirm vor, aus allen Richtungen steuerten sie gerade hierhin, auf dieses Haus zu, das Haus, in dem er groß geworden war, der Zielpunkt der Großfahndung. Er war vollgepumpt mit Adrenalin. Wut und Angst wetzten an seinen Nerven. Er hatte geklingelt, keine Reaktion, lief um das Haus herum in den Garten. Er hastete über die Kieselsteine, sah den Gartenschlauch auf dem Rasen liegen. Der Schuppen. Jay hetzte über den nassen Rasen. Er zögerte keinen Moment, riss die Tür auf, schaltete das Licht an.

Er blickte in ein Gesicht, das er so nicht kannte. Ein verängstigtes, panisches, verschwitztes Gesicht.

»Papa!«

Er stand vor der Werkbank, der ordentlichen Werkbank mit den Beschriftungen auf Schächtelchen und Halterungen.

»Was erschreckst du mich so?« Mehr sagte Gunther nicht. Er atmete schnell ein und aus, hatte die Hände hinter dem Rücken, versuchte sich zu beruhigen. Jay starrte auf Gunthers bebende Lungen, er atmete, er atmete ein, er atmete aus. Jay war unendlich glücklich. Und im selben Moment unendlich enttäuscht.

»Warum ich dich erschrecke? Warum ich dich erschrecke?« Jay ging auf Gunther zu, schrie ihn an. Er stand keinen halben Meter vor ihm. »Weil du ein Lügner bist.«

Gunther atmete nicht langsamer, schüttelte hektisch den Kopf. Nein, nein, das sei nicht wahr.

»Dein ganzes Leben ist eine Scheißordnung, jedes Scheißwerkzeug muss am richtigen Ort liegen.« Er nahm eines der Kistchen mit Nägeln und warf es gegen die Wand. Gunther holte seine Hände abwehrend nach vorne. »Aber du lässt eine Zeugenaussage verschwinden? Du erzählst mir nicht, dass du mit dem Fall zu tun hattest, an dem ich seit Tagen ermittle?« Jay fegte einen Becher mit Pinseln vom Tisch.

»Ich wusste nicht …«

»Der Typ hat mir heute eine Mülltonne entgegengeschmissen, der hätte mich auch genauso gut erschießen …«

»Ich wusste das nicht«, schrie Gunther.

Kurz schwiegen beide, Jay hörte in der Ferne die Rotorblätter eines Hubschraubers.

»Du steckst da mit drin?«

»Wo drin denn?«

»Hast du Geld bekommen?«

Gunthers Hände flehten. Er wisse nicht, wovon Jay spreche. Zwei Hoteliers, ein Anwalt, ein Krimineller, da sei doch kein Zusammenhang gewesen. Bis heute habe er doch keine Ahnung gehabt, dass das irgendwas mit der Geschichte von damals … Erst als er das Mädchen im Fernsehen gesehen habe, da konnte es kein Zufall mehr sein. Aber wieso – seine Stimme wurde lauter –, wieso das alles, da habe er keine Ahnung, das müsse Jay ihm glauben.

Jays Telefon vibrierte. Ziel lebt, keine Spur vom Täter, sie seien im Schuppen. Er gab die Infos hastig durch. Das Haus sei umstellt, sagte Martha, Marcel gleich da, sie durchforsteten die Nachbarschaft, Sondereinsatzkommando, Hubschrauber. Jay legte auf. Wer der Täter denn sei, wollte Gunther wissen, wischte sich mit einem dreckigen Lappen den Schweiß von der Stirn.

»Der Sohn«, sagte Jay.

»Der Sohn«, wiederholte Gunther.

Jays Stimme war ruhiger geworden.

»Warum hast du das gemacht?«

»Was?«

»Warum hast du vor Gericht gelogen?«

»Ich habe nicht …«

»Haben sie dir Geld geboten? Pohl, Pfaffinger, vielleicht der Tätowierte?«

»Jay, ich verstehe das nicht, ich habe damit nichts zu tun. Ich habe nur gesagt, was ich gesehen habe. Ich war ja da, ich habe es ja gesehen, ich …«

»Was hast du gesehen?« Jay wurde ruppig. »Was hast du gesehen?«

»Die beiden … Das Mädchen, das schrie … Den Mann, der hatte die gepackt … Der Mann ist weggelaufen.«

Gunther begann zu weinen, Jay hatte ihn noch nie so gesehen.

»Das ist nie passiert. Nie. Das war Show, und deswegen bringt er euch alle um. Weil ihr gelogen habt …«

»Jay.«

»… weil ihr seinen Vater kaputt gemacht habt.«

»Ich habe das doch gesehen, Jay, ich war doch da.« Gunther liefen Tränen über die Backen. Jay blickte in verzweifelte Augen.

»Wieso hast du dann deine Aussage aus der Akte genommen?«

Gunther fuhr sich mit der Hand über die kahle Stirn.

297

»Nach meiner Aussage, vor Gericht, da kam Böhm zu mir, hat mich angesehen, mit seinem völlig leeren Blick. Wenn ich schuldig wäre, hat er gesagt, wenn ich schuldig wäre, würde ich ins Gefängnis gehen. Ich wusste nicht, was er damit gemeint hat. Er hat ja immer gesagt, er ist unschuldig. Ich hab nichts gemacht, hat er gesagt, ich hab nichts gemacht. Und dann, als ich das gelesen habe in der Zeitung, mit der Familie, da habe ich solche Angst bekommen. Solche Angst, dass ich einen Fehler gemacht habe. Aber ich hatte es doch gesehen, ich hätte es schwören können, ich hatte es gesehen, es war vor meinen Augen. Und dann kamen die Fragen, die Zweifel. Habe ich das gesehen, oder habe ich das nicht gesehen? Habe ich mir das eingebildet? Bin ich schuld? Und ich dachte, ich muss irgendwann dafür büßen, ich wollte das einfach weghaben, löschen, aus der Erinnerung rausradieren, nie mehr davon hören. Und als es aus der Akte war, fühlte es sich an, als wäre es nie passiert. Ich hatte nichts mehr damit zu tun.

»Jay!« Er hörte Marcels Stimme. »Jay!« Er riss die Tür zum Schuppen auf. »Wir haben ihn gefunden, zwei Häuserblocks von hier.«

70
Böschung

Dieses Mal entkommst du mir nicht, dieses Mal wird dein Plan nicht aufgehen. Und wenn er dieses Mal nicht aufgeht, hat das ganze Spiel nicht funktioniert.

Befremdlich sah es aus, Polizisten im Garten, Polizisten im Haus, Jay rannte vorbei, vorbei am Haus, Marcel dicht hinter ihm. Franziska saß noch immer im Auto, öffnete die Tür, als sie die beiden erblickte, rief ihnen hinterher, Jay hielt nicht an. Er drehte sich zu Marcel, der deutete mit seiner Hand die Straße runter.

Überall standen Polizisten. Mit Durchsagen forderten sie die Anwohner auf, in ihren Wohnungen zu bleiben, Fenster und Türen zu verschließen. Hinter ihnen nicht leiser werdend Franziskas Stimme.

Es war absurd, sie rannten durch Jays Nachbarschaft, die gleichen Straßen, die gleichen Gärten, durch die Jay früher gerannt war, auch als Polizist, als Gendarm, nicht auf der Suche nach dem Mörder, auf der Suche nach Räubern, sechs bis zwölf Jahre alt, wie er selbst. Er fand sie alle, jedes Mal, und wenn nur einer fehlte, ein Feigling, der sich nicht bewegte und zwei Stunden in seinem Versteck ausharrte, Jay gab nicht auf. Manche waren schon nach Hause gegangen, hatten Angst vor Strafe oder einfach keine Lust mehr, er zog weiter, schürfte sich die Ellenbogen auf, entschuldigte sich beiläufig, wenn er auf Eigentümer gerade zertrampelter

Blumenbeete traf, bis der letzte Räuber verhaftet war. Und dann kam er im Dunkeln nach Hause, seine Mutter schimpfte kurz wegen der Hose, für Grasflecken gab es ein bisschen Ärger, für Löcher ein bisschen mehr, holte wahlweise Gallseife aus der Waschküche oder das Nähzeug aus der Kommode mit den Verzierungen. Sein Vater schickte ihn dann ohne Essen ins Bett, seine Mutter brachte ihm später meist doch noch irgendeine Schüssel beim Gutenachtsagen. Und am nächsten Morgen war alles wieder gut, und Jay hatte einen neuen, bunten Flicken auf der Jeans.

»Links«, rief Marcel. Natürlich, das Ufer, der kleine Bach, in dem sie manchmal gebadet hatten, die Hecken, in denen sie früher Hütten gebaut hatten, kaum einsehbar von der Siedlung aus, perfekte Verstecke.

Mehrere Suchscheinwerfer und Maschinenpistolen zielten auf die Böschung. Irgendwo da drin sei er, teilte einer der Vermummten mit, vermutlich hätten sie ihn bereits angeschossen, zumindest schieße er inzwischen nicht mehr zurück.

»Wo ist er?« Franziska kam dazu, völlig außer Atem.

»Geh hier weg, das ist zu gefährlich.«

»Wo ist er?«

Jay packte sie am Arm. »Hey, lass uns das hier machen.«

»Wo ist Johannes?«

Sie riss sich los.

»Johannes«, rief sie, rannte über den kleinen Steg auf die andere Uferseite, die Pistolenläufe, die Lichtstrahlen wiesen ihr unfreiwillig den Weg.

»Geh da weg, Franziska«, schrie Jay.

»Bleiben Sie stehen«, riefen die Vermummten.

Sie ließ sich nicht aufhalten, verschwand im Dickicht des bewachsenen Ufers. Zwischen den Blättern sah man ihre weiße Bluse im Licht der Lampen aufblitzen.

»Jay, was hat die vor?« Marcel sah zu seinem Chef. Der hörte ihm schon nur noch halb zu.

Der Räuber war noch im Versteck.

Jay lief über den Steg, rannte nicht wie Franziska, lief langsam, legte die Finger auf die Lippen, wies die schwarzen Männer an, ihre Positionen zu halten. Er drückte die Zweige zur Seite, wie automatisiert setzte er einen Fuß vor den anderen.

Jays Füße waren nass, er war ins Wasser getreten, watete weiter am Ufer entlang, blickte zwischen Ästen und Halmen hindurch, erkannte nichts.

Er hörte die Mücken, hier am Wasser waren es noch mehr als zu Hause, er hatte stets mehr Stiche gehabt als die Kinder aus den Betonbezirken.

Dann hörte er ein Winseln, ein leises Weinen, da drüben war es, er zog sich an einem Ast nach oben, lief tiefer ins Dunkle.

»Franziska!«

Sie saß an einen Baum gelehnt auf dem Boden, hielt sich blutige Hände vors Gesicht.

»Er ist tot.«

Neben ihr ein regungsloser Körper.

Jay ging näher ran, hatte seine Waffe noch immer ausgestreckt, zielte auf den blutüberströmten Mann.

»Er ist tot, Jay«, weinte Franziska.

Jay wandte seinen Blick nicht ab. Mit weit ausgestreckten Armen lag er da, wie gekreuzigt, am Boden gekreuzigt. Die Hände waren rot und leer.

»Wo ist seine Waffe?«

»Ich weiß es nicht. Er lag so da, als ich kam.«

So siehst du also aus. Kein Bart, keine Mütze, ein eingefallenes Gesicht, aschfahl. Keine Parkstraße, keine Schlossallee, das hier war dein Ende.

71

Auslöser

Auf der Holzbank könnte Jay mit seiner ersten Freundin gesessen haben. Er war sich nicht ganz sicher, aber eine der Bänke am Grünstreifen mit Blick auf den Bach war es auf jeden Fall. Sie hatte gefragt, ob er sie küssen wolle. Er hatte nein gesagt. Dann hatte sie ihn trotzdem geküsst.

Jetzt saß er hier mit Franziska. Die Decke aus dem Krankenwagen lag über ihren Schultern. Trotz der zwanzig Grad zitterte sie, starrte ins Gras. Die Sanitäter kamen noch einmal vorbei, erkundigten sich, ob wirklich alles in Ordnung sei, sie würden sich dann auf den Weg machen. Die Decke durfte sie behalten. Autotüren schlugen zu, Lichter erleuchteten für Augenblicke die stockdunkle Nacht, die meisten Kollegen waren schon weg.

Als Letzter kam Marcel, verabschiedete sich ebenfalls, man sähe sich ja morgen. Jay – und er blieb für Marcel auch weiterhin Jay, keine Rückkehr zu Herr Schmitt – erwähnte die Sache mit dem Grab, Dahne, das habe er gut gemacht. Marcel lächelte. Sein Gedächtnis, ja, das funktioniere ganz ordentlich. Nach einem kurzen Moment des Stolzes wechselte Marcel zurück in eine vertraute Ungeschicktheit, er sprach Franziska sein Beileid aus, und man merkte ihm schon währenddessen die Zweifel an, ob dies überhaupt angebracht sei. Johannes Böhm und sie waren nicht verwandt, hatten sich Jahre nicht gesehen und ja, er war nun mal ein

Serienmörder, durfte man da Beileid wünschen? Schnell wechselte Marcel das Thema, wandte sich wieder Jay zu. Die Spurensicherung sei noch am Tatort, und ein paar Kollegen suchten im halbhohen Wasser nach der Waffe, der Rest sei abgezogen. Alles klar, bis morgen.

Jay überlegte, ob Johannes damals doch mehr für Franziska gewesen war, als sie ihm gegenüber zugab. Vielleicht hatten auch sie zusammen auf einer Holzbank gesessen, sich den ersten, eklig-feuchten Kuss gegeben, den zweiten, besseren, bis zum ersten ewig schönen Kuss. Vielleicht hatten sie mehr unter dem Streit der Eltern gelitten, als alle dachten. Vielleicht beruhigte sich Franziska aber auch nur deshalb nicht, weil es der eigene Vater war, ohne den der Jugendfreund jetzt nicht blutig und tot in der verwilderten Böschung läge.

Der eigene Vater. Jay dachte an Gunther. Auch ohne seinen Vater wäre alles anders gekommen. Hätte er die Vergewaltigung nicht geglaubt, sie nicht angezeigt. Hatte er sie geglaubt? Jay musste noch einmal zurück, noch einmal zu Gunther, obwohl er nicht wegwollte von der Bank, sie gerne noch die Nacht hindurch getröstet hätte, sobald alle weg wären, womöglich sogar den Arm um sie gelegt.

Er bot Franziska an, einen Kollegen zu rufen, der sie nach Hause fahren könne. Sie schüttelte schnell den Kopf. Er dürfe sie nicht alleine lassen, jetzt bloß nicht alleine lassen. Ihre Augen waren dick. Sie wolle bei ihm bleiben, nachher mit ihm fahren, würde im Auto warten, so lange er wolle, nur nicht alleine sein. Er stand auf, und gemeinsam liefen sie den schwach beleuchteten Weg zurück zur Siedlung.

Jay stellte sich vor, es wäre ein Verdauungsspaziergang. Sie hätten mit den Eltern im Garten gegrillt, seine Mutter machte gerade Drinks, sie kämen zurück, setzten sich noch zu viert auf die Terrasse, irgendwer lobte die gute Luft. Könnte es eines Tages so sein?

Sie blickte zu Boden, redete nicht. Ihre dunklen Haare hingen über die Schulter, wie einen Mantel trug sie die Decke der Sanitäter, hielt sie vor dem Hals fest.

Jay fiel ein, was er noch richtigstellen musste. Was immer das mit ihnen werden würde, eine Lüge, wenn auch eine kleine, wäre kein guter Start. Er erinnerte sie an den Abend im Maître, an ihre Unterhaltung. Er erhoffte sich ein Lächeln, Franziska blieb regungslos. Jedenfalls habe sie dort doch nach seinem Namen gefragt, Jerusalem. Und dann erzählte er es ihr.

Dass er eben kein Jude war. Er behauptete das auf Nachfrage manchmal, die echte Geschichte war peinlich, er hatte sie selbst erst mit sechzehn erfahren. Als junge Erwachsene hatte seine Mutter viel mit Leuten zu tun gehabt, die sich grundsätzlich gerne mit irgendetwas solidarisierten. Waren das in den Sechzigern noch die Israelis als Opfer, so wurden es nach dem Sechs-Tage-Krieg und dann in den Siebzigern vor allem die Palästinenser als Opfer der Opfer. Pali-Solidarität, Schluss mit Imperialismus und Expansionskriegen, Jeanne mittendrin. Während sich andere radikalisierten und gegen Israel engagierten, blieb es bei Jeanne jedoch immer bei dem Wunsch, etwas für die Araber zu tun. Als eine Freundin vorschlug, als Krankenschwestern an das Auguste-Viktoria-Hospital im arabischen Teil Jerusalems zu gehen, geleitet von dem von Israel nicht anerkannten ehrenamtlichen Bürgermeister Ostjerusalems und Mitglied des jordanischen Parlaments, gab es nur zwei Hinderungsgründe. Das Krankenhaus verdankte seine Existenz einer Initiative Wilhelms II. – der nicht gerade zu Jeannes Idolen zählte –, und ihr neuer Freund Gunther, der in Jeannes

Freundeskreis nur *dein Polizeifreund* genannt wurde, war strikt dagegen. Über beides setzte sie sich hinweg, lebte für einige Monate mit den Arabern und bekam Ende des Jahres 1978 Besuch von ihrem Polizeifreund, der es nicht mehr aushielt ohne seine liebenswert chaotische Freundin. Was folgte, war Leidenschaft, dann eine freudige Nachricht und eine weitere hitzige Diskussion, bei der sich wieder einmal Jeanne durchsetzen konnte. Und so ereilte Jay das gleiche Schicksal wie Jahre später die Kinder so vieler Klatschblattprominenter, und gerade deshalb verschwieg er den Hintergrund seines außergewöhnlichen Vornamens meistens: Er war nach seinem Zeugungsort benannt worden. Jerusalem. Mehr nicht.

Franziska reagierte kaum merklich auf die Geschichte, Jay war sich nicht einmal sicher, ob sie überhaupt zugehört hatte. Inzwischen standen sie vor dem Haus der Eltern, Jay schloss das Auto auf, fragte, ob er ihr etwas zu trinken bringen solle. Nein, danke.

Er klingelte. Schneller als sonst hörte er die Schritte auf dem Flur, seine Mutter riss die Tür auf, hatte ihren Sohn im Arm, bevor er eintreten konnte.

»Jay, ich bin so froh«, flüsterte sie ihm ins Ohr, fragte, ob alles in Ordnung sei.

»Ja, es ist vorbei.« In diesem Moment fiel die Last von ihm. Es stimmte, es war vorbei, und es fühlte sich an, als hätten Jeannes umschlingende Arme jeden Zweifel aus Jay Körpers gezogen. Eine unter Schock stehende junge Frau musste über den Tod eines Jugendfreundes hinwegkommen, und ein Polizist in Rente einen groben Fehler erklären. Aber die Gefahr war vorbei.

»Wo ist Papa?«

»Im Schuppen, es geht ihm nicht gut.«

Jay lief wortlos durch die Wohnung, öffnete die Terrassentür, ging durch den dunklen Garten, im Schuppen brannte Licht.

Er machte langsam die Tür auf, die er vorhin noch aufgerissen hatte, Gunther stand dieses Mal mit dem Rücken zu ihm, stützte sich mit den Händen auf der Werkbank ab.

»Es tut mir leid, Jay.« Jay sagte nichts. »War er wegen mir hier?«

»Ja, er war wegen dir hier. Du warst der Letzte, den er noch auf der Liste hatte.«

»O Gott. Aber woher ... Woher wusste er meinen Namen?«

»Auf jeden Fall nicht aus der Akte«, antwortete Jay trocken. Draußen waren Schritte zu hören, seine Mutter würde sich nach ihren Männern im Garten umsehen, vielleicht brachte sie ihnen kalten Ingwertee mit Minze.

»Ich hätte euch das sagen sollen. Aber das war so belastend, mir ging es so schlecht damit. Ich ... Ich musste damit alleine fertigwerden.«

Jay wollte seinem Vater so gerne glauben, ihn so gerne weiter als den ansehen, der er immer für ihn gewesen war. Er wollte sein Bild nicht revidieren, nicht zugeben müssen, sich in seinem Vater getäuscht zu haben. Er sah, wie die Türklinke nach unten gedrückt wurde, das Holz aufschwang ...

Dann blickte er in den Lauf einer Pistole.

Wie festgewachsen blieb er stehen, sah die nassen Augen, die zitternden Hände, Blut an der Waffe.

Auch Gunther drehte sich um, noch in der halben Drehung blieb sein Blick auf der Frau in der Tür hängen, ein Reflex ließ ihn die Hände beschwichtigend vor seinen Körper schnellen, langsam wandte er sich ganz zur Tür.

Die Frau hielt die Waffe mit beiden ausgestreckten Armen, den Zeigefinger am Auslöser, schluchzte, richtete den Lauf in Gunthers Richtung.

»Nimm die Waffe runter«, sagte Jay ruhig.

72

Schweigen

Das Mädchen wusste es. Der Vater wollte nicht gestört werden, wenn er im Arbeitszimmer war. Deswegen klopfte sie auch nicht, legte nur das linke Ohr auf die Tür. Mit wem sprach er da? Er war am Telefon, es war ja niemand gekommen. Ganz leise redete er, leiser als sonst. Sie schob die Tür einen Spalt weit auf und lauschte weiter. Worum es ging, verstand sie nicht, nur hier ein Wort, dort einen halben Satz. Und sie hörte den Namen, den Namen, der ihr Monate später wieder einfallen sollte.

Das Mädchen hörte nicht auf, den Freund zu treffen. Der Vater konnte verbieten, was er wollte, es war ihr egal. Der Freund war ihr Freund, und sie waren bei ihm, wenn dort niemand war, bei ihr, wenn da niemand war. Meistens war überall jemand, dann waren sie draußen. Liefen durch die Straßen, saßen auf dem Spielplatz. *Hanna* nannte sie ihn vor ihren Eltern, das klang so ähnlich, er war Hanna, und mit Hanna ging sie in die Stadt.

Eines Tages kam der Freund zum Treffpunkt und weinte. Sie nahm ihn in den Arm, tröstete ihn erst, fragte dann, was passiert sei. Er erzählte es ihr. Nur auf Kaution überhaupt freigekommen, Anzeige, bald vor Gericht. Das Mädchen war sich die erste Zeit unsicher, wusste nicht, was sie glauben sollte. Der Freund wusste, was er glaubte. Wie ein Löwe verteidigte er den, dessen eigene Kräfte schwanden.

Dann kam er wieder einmal vom Gericht zurück, immer war er dort, merkte sich alles, was sie sagten, denn der Freund war schlau. Er berichtete von der Zeugin, was sie sich zusammengelogen habe, nannte ihren Namen.

Im ersten Moment dachte das Mädchen an einen Zufall. Im Nachhinein konnte sie sich nicht erklären, warum sie an einen Zufall gedacht hatte. Der Vorname war nicht häufig, der Nachname auch nicht. Sie sah im Telefonbuch nach, ein Treffer. Irgendwann hielt sie die Unsicherheit nicht mehr aus und fragte ihren Vater. Fragte, ob er den Namen kenne, von dem man in der Zeitung lese. Nein, er kenne überhaupt niemanden mit diesem Namen, sie solle nicht so viel Zeitung lesen, in ihrem Alter, lieber ein gutes Buch, und außerdem habe er ihr oft gesagt, dass ... Sie hörte schon gar nicht mehr zu. Es stimmte doch nicht. Er hatte den Namen gesagt, am Telefon.

Immer, wenn sie alleine war, auf dem Weg zur Geigenstunde, am Schreibtisch vor den Hausaufgaben, immer machte sie sich ihre Gedanken, es wurden immer mehr, und allmählich setzten sie sich zusammen. Wieder und wieder versuchte sie zu lauschen, manchmal bekam sie mit, was der Vater redete, manchmal drückte sie beim Telefon auf Wahlwiederholung. Dem Freund erzählte sie nichts davon, es war ihr so peinlich, sie schämte sich so sehr für den eigenen Vater.

Kurz vor dem Urteil fällte sie einen Entschluss. Entweder man würde ihm glauben, dann gäbe es einen Freispruch, dann hätte der Freund seinen Vater zurück, und die Familie käme wieder zusammen. Oder sie würde erzählen, was sie gehört hatte. Würde an die Öffentlichkeit gehen, gemeinsam mit dem Freund, alles würde durchleuchtet, und die Unschuld des Verurteilten würde im Nachhinein bewiesen werden. Vielleicht würde ihr eigener Vater dafür ins Gefängnis kommen, aber wie es aussah, hatte der es mehr verdient als der Vater des Freundes. Die vielen Tränen, die der Freund in ihren Armen weinte, sie ertrug sie mit diesem Gedanken. Am Ende würde zumindest für den Freund alles gut ausgehen.

Auch an jenem Abend hielt sie ihn im Arm. Außer Atem war er zum Treffpunkt gerannt, schimpfte auf die Mutter und die Schwester, die seelenruhig zu Hause säßen und spielten. Er habe es irgendwann nicht mehr ausgehalten, habe die Karten weggeworfen und sei abgehauen. Dann weinte er wieder. Einen Tag noch, dachte das Mädchen und strich ihm durch die Haare, morgen wäre alles vorbei.

Aber am nächsten Tag war nicht alles vorbei, am nächsten Tag fing alles erst an. Es war jene Nacht, in der sie den Freund verlor, jene Nacht, in der der Freund alles verlor, in der er sogar sich selbst verlor. Er wollte sie kaum mehr sehen, wollte niemanden sehen, war nur alleine. Er ging für eine Weile in eine andere Stadt, sie verabschiedeten sich kurz. Als er zurückkam, war er schon nicht mehr wiederzuerkennen. Gealtert war er, steinalt, dabei noch keine zwanzig.

Und sie hielt die Klappe, sie lebte ihr Leben und verriet nichts. Sie war so wütend, sie hatte einen Feuerball im Bauch und durfte ihn nicht ausspucken, er brannte jeden Tag in ihr, ein riesiges Brandmal musste sie schon haben, nur war es innen, und keiner konnte es sehen. Sie hätte es dem Freund so gerne gesagt, direkt am nächsten Morgen, doch dann hätte er ihr die Schuld gegeben. Zu Recht, sie war schuld, sie hätte alles verhindern können, hätte sie nicht so lange gezögert. Das Mädchen wollte den Freund nicht verlieren, dabei gab es nichts mehr zu gewinnen. Er war traurig und blieb traurig, und das sollte sich nie ändern.

Das Mädchen wurde größer, die Schuld wuchs mit. Sie war gar kein Mädchen mehr, aber sie würde immer das Mädchen bleiben. Sie wurde den Vater los, wollte auch ihre Familie verlieren, wie der Freund, keinen Deut besser sollte es ihr gehen als ihm. Sie lernte zu lachen, sie merkte, wie einfach es war, durch das Leben zu gehen und gar nicht man selbst zu sein. Es lief so viel automatisch ab, es fiel nicht weiter auf.

Aber irgendwann drohte der Feuerball sie zu sprengen. Er wurde immer größer, pumpte sich auf in ihr, sie träumte von ihm, ständig und immer wieder, von der großen Explosion. Und dann entschied sich das Mädchen, den Freund noch einmal zu suchen, nach all den Jahren. Sie erschreckte sich, als sie ihn sah. Er war nicht der, den sie kannte, er war ein Geist.

Sie erzählte ihm alles, alles, was sie wusste, minutenlang, sie hatte den Text auswendig gelernt. Ja, sie habe sich schuldig gemacht, hätte das alles verhindern können, sei nicht besser als die anderen. Der Freund sagte kein Wort, die gesamte Zeit sagte er nicht ein einziges Wort. Dann sagte er: Geh bitte. Das Mädchen ging.

Eine Zeitlang ging es dem Mädchen besser. Sie hatte nichts wiedergutgemacht, das konnte sie ja leider nicht, doch es war draußen und nicht mehr nur in ihr drin. Sie dachte oft an den Freund, fragte sich, ob es ihm jetzt noch schlechter ging, ob er sie hasste. Fragte sich, was er wohl machte. Nur, was er wirklich machte, darauf wäre sie nie gekommen.

Als der Vater tot war, wusste sie Bescheid. Sie war sich sicher, dass er es gewesen war, und sie wusste auch warum. Aber sie hatte kein Recht, ihn zu stoppen. Unendliche Schuld hatte sie auf sich geladen, und es war nun seine Auf-

311

gabe, ihre Strafe zu wählen. Es sollte aufhören, es hatte doch alles keinen Zweck. Verraten würde sie ihn nicht.

Sie verriet ihn nicht einmal, als der andere dazukam. Sie wusste nicht mehr, was sie fühlen sollte. Nur waren ihre Gefühle unwichtig, im Vergleich zählten sie nichts. Der Freund hatte sich den anderen ausgesucht, des Vaters wegen. Er hatte den perfekten Gegenspieler gefunden, sie waren beide schlau, auf Augenhöhe. Und beide schienen das Spiel zu genießen, der eine legte vor, der andere zog nach. Sie half dem anderen nicht, sie hielt ihn auch nicht ab.

Und dann sah das Mädchen den Freund ein letztes Mal. Erlöst lag er da, dachte sie, doch er war nicht erlöst. Er hielt die Waffe in der Hand, und für einen Augenblick dachte das Mädchen, er wolle sie erschießen. Irgendwo in ihrem Kopf gab es sogar eine Stelle, die hoffte, er wolle sie erschießen. Er röchelte und sprach nur leise. Sie ging näher an ihn heran, er drückte ihr die Waffe in die Hand, flüsterte in ihr Ohr. Einer fehle ihm noch, einen brauche er noch. Sie solle das für ihn machen, er bitte, bitte, bitte sie darum. Er würde ihr verzeihen, er würde ihr nichts nachtragen. Er habe sie geliebt, sagte er.

Die Erinnerung an ihn war über all die Jahre gleich geblieben. Es gab keinen Abschluss, keine Linie, die man unter alles setzen konnte. Sie war immer da, seine traurige Geschichte.

73

Loslassen

Keine Reaktion. Keine Drohung, keine Erklärung, keine Forderung, kein Wort.

»Nimm die Waffe runter, Franziska.«

Nur schnelles Atmen und ein bebender Körper.

»Es geht nicht, Jay«, sagte sie leise. »Ich muss das machen, ich bin ihm das schuldig.«

»Du bist ihm überhaupt nichts schuldig«, sagte Jay lauter.

»Doch«, schrie sie, »ich bin schuld, ich bin daran schuld.«

Sie weinte.

»Leg die Waffe weg, alles wird gut. Er ist tot, es ist alles vorbei.«

Die Wahrscheinlichkeit, ihr die Waffe abzunehmen, sie zu überwältigen, ohne dass sich ein Schuss löste, schätzte Jay auf 95 Prozent. Sie war schwach, kraftlos, er hatte das schon oft geschafft. Aber nie war mit den anderen fünf Prozent sein eigener Vater bedroht.

»Es war alles, was er mir noch gesagt hat. Dass ich das fertigbringen soll. Das war alles, was er sich noch gewünscht hat.«

Sie sah zu Boden, die Waffe weiter ausgestreckt.

Gunther stand sprachlos vor der Werkbank.

»Er hat noch gelebt, als du kamst.«

»Ja«, sagte sie leise, »er lag da, das ganze Blut, er hat meinen Namen gesagt, ich habe mich zu ihm gebeugt. Alles ist vorbereitet, hat er gesagt. Es muss noch fertiggespielt werden, hat er gesagt. Das war alles, was er wollte.«

»Er hat dir die Waffe gegeben.«

Sie nickte.

»Er ist tot, Franziska.«

»Weil ihr ihn umgebracht habt.«

Sie blickte wieder hoch, nicht zu Jay, zu Gunther, der an ihr vorbei ins Leere sah.

»Er und mein Vater und die ganzen anderen in ihrer scheißverlogenen Welt. Sie sind schuld, dass Johannes' Vater tot ist, und seine Mutter und Anna, und jetzt auch noch Johannes selbst.«

Sie begann erneut zu heulen.

»Ich habe nichts mit denen zu tun«, sagte Gunther, ruhig, beschwörend, »ich wurde dahingerufen, ich bin durch den Wald gelaufen, und ich habe das gesehen ... Ich habe es so gesehen, wie ich es ausgesagt habe.«

»Du hast dich aus der Akte gelöscht«, schrie sie. Gunther sah zu Jay. Natürlich wusste sie es, sie hatte ja mit ihm im Auto gesessen. Jay hätte sie niemals so nah an die Polizeiarbeit herankommen lassen dürfen.

»Aber nur, weil ich damit nichts mehr zu tun haben wollte.«

»Nimm die Waffe runter«, sagte Jay, ruhig.

»Ich kann nicht, Jay. Ich schulde ihm so viel.«

Sie sahen sich an, und Jay glaubte, sie in diesem Moment zu verstehen. Sie wollte nicht schießen, sie würde nicht schießen. Sie konnte sich nur nicht weigern. Irgendetwas in ihr zwang sie dazu, Johannes seinen letzten Wunsch nicht abzuschlagen. Sich vor dem letzten unvollendeten Opfer aufzubauen und vorzugeben, eine Mörderin zu sein. Mit seiner Waffe in der Hand sein Werk abzuschließen. Franziska Pohl war unter Schock, Franziska Pohl war keine Mörderin. Im Versuch gescheitert hätte sie ihre Schuldigkeit getan. Jay sah sie weiter an, schüttelte den Kopf, durfte mit dieser Einschätzung nur nicht falschliegen, suchte in ihrem Gesicht nach Beweisen für seine These. Du willst das nicht, Franziska, du wirst das nicht tun. Und du willst, dass ich das jetzt mache. Dann ging er einen schnellen Schritt auf sie zu, drückte mit dem einen Arm ihre Hände, die Pistole umklammernden Hände, zur Seite, griff mit dem anderen nach ihrem Hals, drehte sie, hörte einen kurzen Schrei, spürte, wie sie unter dem Druck die Waffe fallen ließ, ihr ganzer Körper wollte zu Boden sinken, Jay hielt sie von hinten fest.

»Alles wird gut«, flüsterte er ihr ins Ohr, »alles wird gut.«

Sein Vater blieb stumm, blickte noch immer ins Nichts, verließ wortlos den Schuppen.

Jay blieb stehen mit Franziska, minutenlang, hielt sie fest, ließ sie weinen, schützte sich vor ihr und sie vor sich selbst, stand mit einem Fuß auf der Waffe mit dem Blut. Fast, dachte Jay, fast hätte er es geschafft. Dann setzte er sie in sein Auto und fuhr los.

Inhalt

1 Westhafen   5

2 Grunewald   8

3 Casa   11

4 Überfall   17

5 Wasserdicht   20

6 Zukunft   24

7 Boulevard   26

8 Herbstliebe   32

9 Verwunderung   35

10 Inkongruenz   40

11 Wasser   43

12 Stapel   50

13 Tegel   53

14 Rezeption   58

15 Suite   60

16 Abendmahl   68

17 Flipper   71

18 Würstchen   74

19 Wachstum   77

20 Trio   79

21 Froschplage   84

22 Duo   88

23 Pläne   90

24 Wein   95

25 Los   103

26 Einsparung   106

27 Sie   110

28 Wespen   115

29 Treppenstufen   119

30 Lieferumfang   124

31 Lammfrikadellen   130

32 Nachtgedanken   136

33 Wiese   142

34 Heuhaufen   147

35 Alexanderplatz   152

36 Kanzlei   158

37 Balkon   165

38 Schrei   170

39 Spielplatz   174

40 Gefängnis   179

41 Befindlichkeiten   184

42 Blumen   190

43 Theater   195

44 Typen   203

45 Empore   206

46 Kaleidoskop   211

47 Abschied   215

48 Kriminalakte   219

49 Vermisst   222

50 Gleichzeitigkeit   226

51 Vernehmung   228

52 Wedding   230

53 Hof   234

54 Straßentreiben   239

55 Klassiker   241

56 Ketten   246

57 Ehrlichkeit   252

58 Gedankenspiele   255

59 Rathausflur   260

60 Mustersuche 263

61 Post 267

62 Weiß 270

63 Bildsprünge 274

64 Lebensatem 278

65 Trennung 281

66 Leerstelle 285

67 Halt 289

68 Regen 292

69 Schuppen 295

70 Böschung 299

71 Auslöser 302

72 Schweigen 308

73 Loslassen 313

Philipp Reinartz,

1985 in Freiburg geboren, studierte Theater, Film und Fernsehen, Germanistik, Geschichte, Journalismus und Design Thinking in Köln, Saragossa und Potsdam. 2013 gründete er mit Freunden eine Firma für Smartphonespiele und veröffentlichte im selben Jahr seinen Debütroman »Katerstimmung«. »Die letzte Farbe des Todes« ist der erste Kriminalroman des Autors und der Beginn einer Serie um den Berliner Kommissar Jerusalem »Jay« Schmitt.